제1회 소설 동인_큰글_ 소설집
개와 고양이의 생각

○ 일러두기

영어 및 한자 병기는 본문보다 작은 글씨로 처리했습니다. 인명 및 지명은 국립국어원의 외래어 표기법에 따라 표기했으며, 규정에 없는 경우는 현지음에 가깝게 표기했습니다.

개와 고양이의 생각

제1회 소설 동인 큰글 소설집

K-Novel Global Literature

권지예 | 개와 고양이의 생각

고승철 | 1인 출판, 2인 인생

김용희 | 한때 새를 날려보냈던 기억

양선희 | 두고 가는 길

윤순례 | 날개 잃은 용들의 고향

윤혜령 | 무명가수전

임현석 | 고로케 먹는 사람들

황주리 | 소설, 자서전

생각의창

| 차례 |

권지예 · 개와 고양이의 생각 —— 9

고승철 · 1인 출판, 2인 인생 —— 49

김용희 · 한때 새를 날려보냈던 기억 —— 87

양선희 · 두고 가는 길 —— 121

윤순례 · 날개 잃은 용들의 고향 —— 157

윤혜령 · 무명가수전 —— 213

임현석 · 고로케 먹는 사람들 —— 249

황주리 · 소설, 자서전 —— 275

소설 동인 '큰글'을 시작하며 —— 309

개와 고양이의 생각

권
지
예

◆
권지예

1997년 〈라쁠륨〉으로 등단했다. 작품으로는 장편소설 《사임당의 붉은 비단보》, 《유혹 1~5권》, 《4월의 물고기》, 《붉은 비단보》, 《아름다운 지옥 1, 2》, 소설집 《베로니카의 눈물》, 《퍼즐》, 《꽃게무덤》, 《폭소》, 《꿈꾸는 마리오네뜨》, 그림소설집 《사랑하거니 미치거니》, 《서른일곱에 별이 된 남자》, 산문집 《권지예의 빠리, 빠리, 빠리》, 《해피홀릭》 등이 있다. 2002년 이상문학상, 2005년 동인문학상을 받았다. kwonjiye@naver.com

개는 이렇게 생각한다.

인간은 나를 먹여주고 지켜주고 사랑해준다. 인간은 신이 분명하다.

반면에 고양이는 이렇게 생각한다.

인간은 나를 먹여주고 지켜주고 사랑해준다. 인간에게 나는 신이 분명하다.

세상에는 크게 두 종류의 여자가 있다고 한다.

흔히 강아지 같은 여자와 고양이 같은 여자.

남자는 나를 먹여주고 지켜주고 사랑해준다. 남자는 신이 분명하다.

남자는 나를 먹여주고 지켜주고 사랑해준다. 남자에게 나는 신이 분명하다.

그런데 나는 도대체 어떤 종류의 여자일까.

오랜 시간 혜진은 그런 생각에 사로잡혀 산 적이 있었다.

나는 남자를 먹여주고 지켜주고 사랑해준다. 남자는 나에게 개일까? 고양이일까?

남자에게 나는 신이 아닐까?

*

김혜진과 이정호는 4년이 넘도록 사귀고 마침내 결혼했다. 벚꽃이 절정이던 1986년 4월의 아름다운 봄날이었다. 김혜진은 만 스물여섯, 이정호는 만 스물아홉 살이었다. 혜진은 4년 차 공립중학교 교사였고, 정호는 갓 석사학위를 마치고 처음으로 봄학기에 지방 대학에 한 강좌를 맡은 시간강사였다. 예식장은 여의도의 교원공제회관이었다. 혜진은 결혼식 비용을 아끼기 위해 교사에게 할인되는 그곳을 선택했다.

꽃놀이 가기 좋은 유난히 화창한 날이라, 장녀인 혜진의 아버지는 식장에 하객이 많이 들지 않아 개혼에 체면을 구길까 우려했다. 그러나 기우였다. 신부 아버지의 인맥으로 신부 하객석은 꽉 찼고, 신랑 측 하객도 넘쳐 났다. 시골에서 7남매 중 막내아들의 결혼식에 참석하는 칠순 노부모의 직계 존비속은 물론 가구당 기본이 7남매 이상인 온 일가친척까지, 출석률 100 프로를 과시하는 인해전술의 집안이었던 거다. 하객석은 버진 로드를 경계로 분위기가 명확히 갈렸는데, 양쪽의 시차가 20년 이상 나는 분위기였다. 60년대와 80년대가 공존하는 듯한. 그것은 양복과 한복을 입은 두 바깥사돈 간의 20년도 넘는 나이 차이만큼의 연차였다.

결혼행진곡에 맞춰 아버지와 버진 로드를 걸을 때, 혜진은 떨리지는 않았다. 다만 전날 밤에 울다가 잠을 못 이룬 탓에 부은 눈두덩과 머리에 얹은 베일이 신경 쓰였다. 아버지는 격조 있는 스텝으로 자신의 무대인 양 즐기는 게 틀림없었다. 한때 명동에서 양복점을 운영했고 슈트 모델처럼 양복빨이 좋은 아버지는 춤과 노래에도 일가견이 있었기 때문에 무대를 두려워하지는 않는다. 아니나 다를까, 신부 예쁘다는 소리보다 하객석에서 다소 과장된 소곤거림이 들려왔다.

"난 새신랑인 줄 알았네."

"아니 신부 아버지가 몇 살이야? 젊고 인물이 훤하네."

예식 전에 신부 화장을 할 때 혜진은 공제회관 미용실의 메이크업 실장이 은근히 웃돈을 요구하는 걸 모른 척했다. 그랬더니 실장은, 계속 머리칼이 힘이 없어 올림머리가 잘 안되네, 머리통이 작아 베일이 매가리 없이 처지네, 베일 천도 별로네, 온갖 트집을 잡았다. 혜진은 주눅 들고 부아도 났지만, 그 손길에 맡길 수밖에 없었다. 고지식하고 눈치 없는 혜진은 그 트집이 웃돈이나 팁을 받기 위한 실장의 갑질이란 걸 뒤늦게 깨달았다. 선생이지만 '와이로'라면 생래적으로 학을 떼는 혜진이었다. 정액제로 계약한 건데 원칙대로 해야지. 모른 척하다 보니 좋게 말할 타이밍도 놓쳤다. 이제 와서 굽히긴 싫었다. 실장이란 여자는 계속 눈치를 주다 포기했는지, 빈정이 상한 티를 내면서 말했다.

"뭐 이제 어쩔 수 없네요! 머릿발 살릴 시간도 없고…. 그렇다고 신부님을 포기할 순 없고. 에효! 뭐 아이디어를 내 봐야죠."

실장은 혜진의 머리를 올백으로 양쪽 눈꼬리가 치켜 올라가도록 바짝 당겨 빗어 올려 고무줄로 상투를 틀 듯 바짝 묶었다. 그러더니 시다(보조)를 시켜 지난 타임의 예식에서 쓰고 난 화환에서 제일 꼿꼿한 백합을 몇 송이 빼 오라고 시켰다. 두 송이를 묶어서 혜진의 머리 위에 핀으로 고정하고 그 위에 베일을 씌웠다.

"보세요. 신부님 머리가 확 살았죠? 베일 속 백합 덕분에 키도 제가 10센티는 늘려 놨어요. 오오, 신비로운 이 분위기! 베일 속으로 꽃이 아슴아슴 보일 듯 말 듯!"

그러며 실장은 손뼉을 치며 깔깔 웃었다. 거울 속에 헤프게 벌어진 백합꽃을 얹은 머리 꼴이 우스꽝스러운 건 혜진의 눈에도 마찬가지였다. 뭐야, 천경자 그림도 아니고…. 혜진은 울고 싶었다. 그러나 실장에게 따질 시간도 깜냥도 없는 혜진은 스스로 합리화했다. 머리 위에 베일을 덮어 생뚱맞은 백합꽃을 가린 걸 멀리 떨어진 하객들은 모를 거라고 위안을 삼을 수밖에. 다만 정수리에 꽃송이가 고정이 잘 안돼 덜렁거리는 게 신경 쓰였다.

"이거 예식 중에 떨어지면 어쩌죠?"

"그거야 신부님 하기 나름이죠. 고개를 굽히지 마요."

결혼식 내내 혜진은 긴장했다. 절할 때도 고개를 숙이지도 못하고 꼿꼿하고 오만방자한 신부가 될 수밖에. 결혼식이 어떻게 지났는지 조마조마하고 정신이 하나도 없었다. 융통성 없는 자신의 처세가 후회됐다. 실장의 복수와 농간에 고스란히 당한 거 같았다. 늘 똑똑한 척하지만 세상 물정에 어리숙하기 짝이 없는 바보가 김혜진이구나. 돈은 내가 내고도 내가 엿을 먹은 거구나. 아아, 세상의 갑을은 보이는 게 다가 아니구나.

*

돌이켜보니 결혼식의 백합꽃 베일은 왠지 혜진의 인생과 결혼에 대한 암시와 상징처럼 떠오르는 거였다. 백합꽃을 머리에 불편하게 이고, 꼿꼿하게 목으로 버티고 우아한 척하며 벌서는 느낌. 그러나 그건 서막에 불과했다는 걸 혜진은 그때는 몰랐다.

결혼이라는 건 결국 갑을의 계약이고, 특히 여자에겐 '기울어진 운동장'에서 성립되는 계약이란 걸. 그걸 오래지 않아 깨닫게 되리라는 것 또한 몰랐다. 왜냐하면 결혼 전, 사랑과 연애에선 어디까지나 자신이 갑이라는 걸 한 번도 의심해보지 않았기 때문이었다.

연애에서 결혼 준비로 단계가 진행되는 시점에 혜진은 자신이 선 운동장이 서서히 시소처럼 내려가는 느낌이 들었다. 첫눈에 반해 혜진을 여신처럼 받드는 정호의 낭만적인 사랑과 열정을 믿으며 자신이 당연히 갑이라고 생각했었다.

연애 4년 동안에 그는 고학하다시피 대학원을 다녔고, 군대 대신 1년짜리 방위로 국방의 의무를 마쳤다. 그동안 혜진은 대학을 졸업했고 국가순위고사에 합격하여 교사가 되었다. 교사가 되자마자 결혼자금을 위해 월급의 반을 이율이 높은 재형저축에 가입해 두었다. 뭐니 뭐니 해도 재형저축보다 든든한 건, 혜진은 65세까지의 정년과 죽을 때까지 연금이 보장된 교육공무원이란 점이다.

이정호가 남자 친구였을 땐 키도 크고 서글서글한 인상이 좋다며 '서글이'로 부르던 혜진의 엄마는 2년이 넘어가자 초조함을 숨기지 못했다. 행여 딸이 몸을 함부로 굴려 반품, 교환도 안 되게 헐값에 넘어가는 건 아닌지, 금 간 유리잔이 안 되게 처신을 잘해야 한다는 둥 잔소리가 늘었다. 3년이 넘어가자 정호의 전화도 잘 바꿔주지 않았다. 딸이 술 마시고 밤늦게 들어온 날이면 딸의 등짝에 분노의 스매싱을 날렸다.

"아이고 이런 썩을!"

엄마가 호의를 가지고 부르던 정호의 별명 '서글이'가 언제부턴가 '썩을'이란 욕으로 변했다.

"너보다 나은 게 뭐 하나라도 있음 대봐라. 학벌도 집안도 직업도 돈도 없는 촌놈을 왜 만나냐! 아이고 이런 헛똑똑아!"

3년 반이 넘어가자 엄마 친구 딸 누구는 남자 집에서 집을 사줬대, 누구누구네 딸들은 다 신랑감이 삿자 돌림이래,라는 말이 흘러나왔다. 여자가 최고로 시집 잘 간다는 대학 나오고 여교사면 1등 신붓감인데, 넌 뭐니. 여태 백수 뒤치다꺼리나 하고. 솔직히 내 집 마련은 차차 한다 해도 삿자 중에서 남자가 교사 정도라도 되면 내가 이렇게 서운하진 않겠다. 너희 학교 총각 선생만 돼도 말이다. 급기야 엄마는 혜진에게 선을 보라고 닦달을 했다.

만 4년이 지나 혜진이 결혼을 선언하자 엄마는 올 게 왔다는 듯 체념의 한숨을 크게 쉬었다. 상견례 자리에서 엄마의 부모뻘인 정호의 부모를 만나 결혼 날짜를 잡고 나자 엄마는 상황을 순순히 받아들였다. 당장 셋집을 구하는 게 문제인데,

상견례 후에 정호의 아버지는 무슨 논리인지, 셋집은 못 해준다, 대신에 색시 다이아 반지와 패물은 꿀리지 않게 해주라고 일갈했단다. 평생 충청도 산골에서 담배 농사와 논농사, 밭농사로 7남매를 키운 예비 시부는 늙고 햇볕에 그을린 촌부지만, 외면이 번드르르해 보이는 서울 사돈 내외를 보고는 다이아 반지와 패물로 구색을 맞춰 체면을 세우고 싶어 했다.

아이고, 시골 사셔서서 서울 전셋값을 모르시나. 집은 남자가 해야지 뭔 소리야? 집을 사달라는 것도 아니고. 엄마는 답답해했다. 답답한 건 혜진도 마찬가지였다. 집은커녕 방 한 칸도 어림없다니. 혜진은, 백번 양보해서 다이아 반지와 패물은 안 받겠다. 그 돈으로 대신에 방을 얻자. 정호를 설득했지만 그는 부친의 말씀을 자식들이 거역한 적 없다는 가풍만 둘러댔다. 그럼 방은? 다이아 반지만 끼고 노숙하면 다냐.

와우산 꼭대기에 있는 정호의 자취방은 헌책방처럼 사방 벽이 천장까지 이미 책들로 에워 쌓여 있었다. 책 때문에 신혼살림을 차리려면 현실적으로 최소한 방은 두 개여야 했다. 책도 온갖 잡동사니 물건들도 다 버리고 없애자. 그럼 단칸방에서 신혼 시작해도 난 괜찮아. 그러니 정호 씨가 마지막으로 결단을 내려. 다 정리하겠다고. 헌책과 잡동사니 말이야. 그러나 정호는 눈길을 피했다. 독심술가 혜진은 그의 마음의 소리를 다시 확인할 뿐이었다. 정리 못 한다고? 분신이라 모시고 가야 한다고? (아, 그때부터 알아봤어야 하는 거였다.)

연애 기간에는 현실적인 결혼 조건에 대해 속물 같아서 이야기를 피해왔지만, 결혼식이 막상 닥치니 매일 신경전이었다. 사실 혜진에겐 비장의 무기가 있었다. 재형저축. 서울에 방 두 개짜리 기름 아파트를 전세로 얻을 정도는 될 5년짜리 혜진의 재형저축. 그러나 만기가 되려면 1년이나 더 기다려야 했다. 금리가 40프로나 되는 걸 당장 해약하면 손해 막심이다. 내년에 재형저축 만기 되면 서울에 입성하자. 지금은 정호 씨가 단칸방이라도 얻어 봐. 정호는 묵묵부답이었다. 세상에 이토록 물심양면으로 결혼 준비가 안 된 남자가 어디 있나. 마지막으로 이렇게까지 물러섰는데도 양보와 배려가 없다니. 이런 남자에게 재형저축이란 지참금까지 들고 가는 나는 도대체 뭐냐.

마침내 혜진은 폭발했다. 결단을 내리자. 정리하자. 길에서 핸드백을 바닥에 팽개치며 울었다. 다 때려치우자! 결혼이고 나발이고 다 끝이야. 정호가 팽개친 핸드백을 주워 옷소매로 닦아 어깨에 메고 처분만 기다리는 마당쇠처럼 서 있었다. 여태 연애하는 동안에 고학하는 정호 대신에 데이트 비용을 부담해왔는데, 결혼하는데도 남들 하는 거 기본도 못 해주는 무능력한 남자와 가난한 그의 집안이 혜진은 원망스러웠다.

결국 불효를 무릅쓰고 담판을 지으러 고향에 내려갔던 그가 물고 온 소식은 이랬다. 아버지가 급히 밭을 팔아주시겠대. 얼마 후 밭을 판 급전 350만 원을 들고 온 정호는 의기양양하게 말했다. 이거로 꿀리지 않게 다이아 반지와 패물, 그리고 집을 얻으라고 아버지께서 말씀하셨어. 350으로? 다? 꿀리지 않게? 장난해? 혜진은 보란 듯이 콧방귀를 크게 뀌어주고 싶었지만 참았다. 대신 콧구멍에 힘을 주고 깊은 한숨을 내쉬었다. 새 학기라 학교 일에 바쁜 혜진 대신에 집을 보러 다니던 엄마가 전세금이 최소 500은 있어야 한다고 했기 때문이다. 그것도 서울이 아니라 서울 옆 부천의 시세였다.

봄 이사 철이라 집이 나오면 바로 계약이 되니 서둘러야 한다며, 어느 날 엄마는 너무 싸고 좋은 집이어서 당신 돈으로 우선 계약금을 치렀노라 말했다. 거실에 부엌과 큰방 하나가 딸린 깨끗한 아파트였는데 그걸 보러 간 혜진과 정호는 집이 너무 좁게 느껴졌다. 정호가 모시고 올 책들이 너무 많았기 때문이다. 대신에 아파트보다 집주인이 사는 단독주택 2층의 독채 전세는 상대적으로 넓고 더 저렴했다. 마침 부천에 마땅한 2층 남향 독채가 아주 싸게 나와 있었는데, 방 2개에 마루와 부엌과 화장실이 있는 제법 큰 집이었다. 정호는 신혼 장롱이 들어갈 안방, 작은방은 자신의 책을 넣을 서재로, 햇빛 잘 드는 거실에는 작은 소파와 식탁도 다 갖추고(물론 이런 모든 세간은 혜진이 혼수로 장만해야겠지만), 정말 우아하게 살아 보자며 당장 계약하자고 서둘렀다. 엄마가 이미 계약금을 치른 부동산에서 계약금은 곧 돌려주겠다는 답을 받았다고 해서 두 사람은 바로 2층 독채를 550만 원 전세로 계약했다. 곧 세대주가 될 이정호의 명의로 계약하는 건 당시엔 당연했다. 정호는 밭 판 돈에서 좁쌀만 한 다이아 반지와 패물 등 최소한의 경비를 제하고 남은 돈 200만 원을 겨우 보탰고, 남은 잔금 350만 원과 그 외의 혼수와 신혼여행 경비와 기타 결혼 자금은 혜진의 돈으로 충당할 수밖에 없었다. (그 와중에 엄마의 계약금 50만 원은 부동산업자의 약속과 달리 후에 날아가 버리게 된다.)

그를 사랑한다고 생각했지만, 결혼 준비를 하면서 그 확신은 모래성처럼 조금씩 허물어지는 느낌이었다. 아 결혼, 장난이 아니구나. 그래서 혜진은 정호와의 미래가 더 불안해졌다. 마침내 결혼식 전야에 그 불안감이 폭발해서 이 결혼은 미친 짓이라는 생각이 들었다. 아무 준비도 안 된 무능력하고 무책임한 남자와 결혼할 미래가 장밋빛이 아니라 잿빛으로 어둡게 예감되었다. 아무리 잠을 청해보려 해도 잠이 오지 않았다. 가끔 스스로를 세뇌하던 대범한 다짐을 떠올리고 나서야 새벽 4시가 넘어서 겨우 눈을 붙였다.

대범하게 생각하면 아무것도 아니다. 결혼을 결심하기 위해 혜진은 스스로 이렇게까지 합리화했다. 정호가 현재 능력이 없어도 좋다. 65세까지 정년이 보장된 교육공무원인 나 김혜진은 정년까지 그를 먹여 살릴 수 있다. 가장인 남자 교사들은 대부분 그렇게 가족을 부양하지 않나. 가장은 내가 하지 뭐. 내가 능력이 있는데 그게 무슨 상관인가. 이 정도면 대범하지 않은가.

*

김혜진과 이정호가 결혼한 1986년의 벚꽃이 절정이던 봄날로부터 38년이 지났다. 그동안 20세기에서 21세기로 역사의 수레바퀴가 구르는 동안 부부의 예상과 달리 세상은 너무도 변화했다. 그러나 두 사람은 변함없이 결혼 생활을 유지하고 있다. 두 사람 모두 환갑을 훌쩍 넘긴 60대 노부부가 되었다. 자신들이 60대가 되었다는 게 낯설뿐더러 김광석의 〈어느 60대 노부부의 이야기〉란 노래가 전혀 실감이 나지 않았다.

원칙적이고 책임감 강한 혜진과 에너지 많은 자유로운 영혼인 정호. 두 사람은 서로 다른 매력으로 헤어 나올 수 없는 연애에 빠졌지만, 또한 바로 그런 점 때문에 결혼 생활 내내 서로 혐오하고 증오했다. 진작에 변할 수 있는 것과 없는 것을 구분이라도 할 수 있었더라면! 사람은 고쳐 쓸 수 없다. 타인은 바꿀 수 없다. 심지어 나 자신조차도. 그것을 깨닫는 데 40년 가까이 걸렸다.

혜진은 수긍한다. 그런 인생의 법칙, 세상의 법칙은 긴 세월만큼 살아 보니 알게 되더라. 왜 밀물과 썰물처럼 불안과 희망으로 젊은 날을 침식하고 존재의 풍화를 겪어 낸 후에야 깨닫게 되는가. 왜 인생을 다 허비하고 시간이 얼마 남지 않을 시점에서야 인생의 법칙을 깨닫게 되는가.

그동안 그들은 두 아이를 낳아서 기르고 독립시켰다. 두 사람도 독립적인 경제활동을 하며 중산층으로 안착했다. 그러기까지 여러 번 위기와 투쟁을 겪기도 했으나 역전의 용사처럼 살아남았다. 무질서의 질서 속에서 따로 또 같이. 둘의 극과 극의 성향은 요철로 아귀가 맞아 잘 굴러가기도 했다. 현실적인 면에서는 보완적이기도 했다. 이제는 사랑과 우정의 볼레로가 된 결혼 생활의 루틴이 적당한 거리 두기와 체념으로 무료하고도 안정된 노년 생활을 예감하게 했다.

다만 생활에서 가끔 부딪히는 문제가 있었으니…. 그것은 공간의 문제였다. 동물은 영역을 침범하면 전쟁이다. 인간에게도 영역의 문제는 권력의 문제다. 아무리 부부라 할지라도. 인간은 영역을 침범당하면 영혼마저 잠식당하게 된다. 우주에 힘과 운동의 이론인 에너지 보존의 법칙이 있듯이, 부부간에 갑을의 힘의 관계가 존재하는 한 결혼의 역학, 부부의 역학도 복잡미묘하게 작동하는 법이다. 결혼의 역학은 연애의 역학과 달라서 권력의 문제에는 공간과 자본이 밀접한 영향을 준다.

혜진 부부는 결혼 이듬해에 서울로 입성했다. 수도권의 연탄보일러 단독 2층 전세에서 중앙난방식 20평 아파트를 전세로 계약했다. 만기에 찾은 혜진의 재형저축 덕분이었다. 그 돈은 향후에 혜진이 부동산을 일구는 데 종잣돈이자 거름이 되었다.

혜진 부부가 현재 사는 아파트는 60평대 대형 아파트다. 10여 년 전, 매입 당시 대형 아파트는 경기 침체로 분양이 잘 되지 않아 미분양 상태였다. 상대적으로 저가에 동호수를 골라잡아 살 수 있는 좋은 조건이었다. 북한산 둘레길을 정원처럼 품고 있는 숲세권 아파트는 마치 리조트 같아서 건강한 노후를 보내기에도 이상적이었다. 무엇보다 정호와 함께 살려면 큰 공간이 필요했다.

남향의 판상형 구조로 실내는 크게 세 부분으로 나뉜다. 현관과 중문을 들어서면 복도 양쪽으로 4개의 방이 있다. 왼쪽에 아들과 딸의 방, 오른쪽에 문을 열고 들어가면 공간 안에 또 하나의 방이 연결되어 있다. 그 두 개의 공간이 정호가 침실과 서재로 사용하는 방이다. 중앙에 있는 넓은 거실과 부엌이 완충지대이자 만남의 광장이다. 넓은 거실을 지나면 오른쪽에 제일 큰 안방이 있다. 거실이 아주 넓어서 안방 문 앞쪽의 거실 공간의 3분의 1을 막아서 혜진이 그 공간을 서재로 쓰고 있다.

공간 구획이 잘 되어 영역의 침범 없이 가족들이 독립적으로 지낼 수 있다. 넓은 평수로 이사 오니 대화가 줄고 꼭 필요한 말은 집 안에서 카톡이나 전화로 하게 되어 물리적 거리만큼이나 심리적 거리가 좀 멀게 느껴지긴 했다. 그러나 정호와 혜진은 그 전부터 각방을 써왔으므로 별 불만이 없었다. 대신에 만남의 장소로 북한산 전망이 펼쳐지고 갤러리처럼 그림과 예술 오브제로 전시된 앤틱 풍의 거실과 식당에서 화기애애한 시간을 가질 수 있었다. 디귿 자로 베란다 3면이 숲으로 에워싸인 가장 넓은 안방이자 혜진의 방을 정호가 가장 부러워했다. 뭐 가장 좋은 방은 오너 마음이고 권리지. 혜진은 당당하게 말할 수 있었다.

아파트는 명백히 혜진의 명의다. 부부가 진지하게 합의한 적은 없지만, 어쩌다 보니 오랜 습관처럼 부부별산제로 살고 있다. 그렇다고 정호가 그 옛날의 백수는 아니다. 다만 그가 부를 축적하는 방식이나 자산의 형태가 혜진과는 다를 뿐. 혜진은 자신의 돈으로 가족을 위한 집을 늘려 왔지만, 정호의 자산이나 돈은 얼마가 되는지 알 수 없었다.

혜진은 그의 통장을 한 번도 본 적이 없다. 그의 카드를 손에 쥐고 물건을 산 적도 없다. 그에게 월급이나 생활비를 받아 본 것은 결혼 후 그가 몇 년간 미술관에 취직했을 때뿐이었다. 그는 자신을 위한 경비나 사고 싶은 물건을 사는 데 거리낌 없이 자신의 돈을 썼다. 부부별산제라고 하지만 어찌 보면 혜진이 가장처럼 가족에 대한 경제적 책임도 지고 있었다. 그는 그런 거에 무관심했다. 가끔 혜진은 억울했다. 도대체 나는 왜 유부녀 가장으로 평생 살고 있는 건가. 그것은 연애부터 결혼까지, 처음부터 세팅이 잘못되었기 때문이다. 무일푼인 그와 결혼하면서 처음부터 혜진의 월급으로 살았고 모든 세금이나 공과금, 보험료, 생활비가 혜진의 통장에서 자동이체 되었다. 아이들의 학비나 결혼자금도 결국은 혜진의 통장에서 나갔다. 고학생인 그를 만난 후 40년이 넘도록 쭉 그랬다. 첫 세팅은 그래서 무섭다.

*

물리학에서의 에너지 보존 법칙은 외계에 접촉이 없을 때 고립계에서 에너지의 총합은 일정하다는 것으로, 물리학의 바탕이 되는 법칙 중 하나다. 가끔 에너지 보존의 법칙이라고도 불린다. 이 법칙에 따르면 에너지는 그 형태를 바꾸거나 다른 곳으로 전달할 수 있을 뿐 생성되거나 사라질 수 없다.

항상 일정하게 유지된다는 것이다.

정호의 열정과 사랑은 결혼 후에는 다른 형태의 욕망으로 변했다. 정호는 꿈이 많은 사람이었다. 다른 말로 하면 잠재적으로 욕망과 욕심이 많은 남자였다.

오래전 어느 날 정호가 말했다.

코이Koi라는 물고기가 있거든. 일본산 비단잉어의 일종이라는데, 그 물고기는 자기가 놓인 공간만큼 크는 물고기야. 작은 어항에 넣어 두면 5에서 8cm밖에 자라지 않지만, 커다란 수족관이나 연못에 넣어 두면 15에서 25cm까지 자라고, 강물에 방류하면 90에서 120cm까지 성장한대. 자라는 환경에 따라 크기가 달라지는 거야. 이 물고기처럼 사람 또한 주변 환경과 의지에 따라 자신이 발휘할 수 있는 능력과 꿈의 크기가 달라진다는 이론이 있어. 바로 '코이의 법칙Koi's Law'이야. 사람도 넓은 데서 놀아야 해. 큰 꿈을 꾸면서. 그래야 성장해.

혜진은 그렇게 말하는 정호가 멋있고 좋았다. 남을 통제하지 않으며 자유로운 영혼으로 큰 꿈을 꾸는 도전적인 남자. 게다가 다감하고 세심한 남자. 정호가 혜진의 처녀혼이나 발치한 혜진의 사랑니 같은 걸 버리지 않고 따로 수집해 둔 것을 알게 되었을 땐 연인의 머리끝부터 발끝까지 사랑하는구나,라고 감동했다. 둘이 주고받았던 연애편지나 엽서, 혜진의 학창 시절의 스케치북과 초등학교 일기장, 하다못해 도서관 옆자리에서 필담을 나누던 낙서 종이까지 정호가 간직하고 있는 걸 알았을 때도 그가 아주 작고 소박한 추억에 인생의 의미를 두는 남자로 생각했다. 결혼하고 아이들이 태어나자 아이들의 탯줄, 산모 수첩, 배냇저고리, 첫 색연필 그림과 그림일기, 아이들의 성적표도 그의 물건들 속에서 발견되었다. 그런 것들이 혜진을 향한 사랑과 열정이며 가족애라 생각했다.

"피카소는 여덟 살에 그린 그림도 그의 미술관에 있어. 우리 애들이 위인이 될지도 모르잖아."

놀라운 소장벽이었다. 그러나 더 놀라운 것은, 그런 소중한 기념물이 늘어난 잡동사니 퇴적물 속에서 잊혀진 쓰레기처럼 함부로 우연히 발견된다는 거다. 그건 '간직'이란 단어도 '보관'이란 단어도 적합하지 않았다. 방치 또는 방기…?

착각이었던가. 그는 정말 나를 사랑했을까.

그는 잡아 놓은 물고기에는 절대 관심 없는 사람이었다. 안보다 바깥세상에서 영토를 넓혀 가며 새로운 사람들과 함께 자신의 존재감을 만끽하는 사람이었다. 그러므로 혜진은 외로웠다. 그럴 때마다 그녀는 몰래 일기를 썼다. 기록도 기록이지만, 날것의 진실한 감정을 육필로 휘갈기며 쓴 일기장 33권이 안방 드레스룸 비밀 금고에 보관되어 있다. 독설과

욕설, 불안과 두려움, 감정의 파도와 인생에 대한 환멸과 환희로 점철된 고백록. 그렇게 정기적으로 영혼의 분리수거를 하는 덕분에 혜진은 우울증에 걸리지 않았다. 불면증도 불안장애도 공황장애도 걸리지 않았다. 그러나 비밀을 간직하고 사는 건 고독한 인생이다.

*

정호의 죽음을 상상한 달콤한 순간이 있었다.

그가 죽은 후 유물을 처리할 걸 생각하면 그랬다. 유물 처리하는 업체의 사람을 불러 이렇게 말한다. 무조건 싹! 다 쓸어 가세요, 무조건요! 이렇게 말하는 자신을 상상하기만 해도, 슬픔과는 별개로 수십 년 묵은 체증이 뻥 뚫리는 기분이었다. 그러나 과연 그럴까. 사실 그의 유물 중에서 옥석을 가리는 일이 가장 큰 문제다. 심정적으로는 무조건이지만, 현실적으로는 무조건이 될 수 없는 조건이 너무나 골치 아플 것이기 때문이다.

결혼 전 이정호의 자취방이 떠올랐다. 그는 사방에 천장까지 빼곡하게 온갖 책들과 잡지, 전시나 공연 팸플릿을 위태롭게 쌓아 놓고 살았다. 정리벽이라곤 눈곱만큼도 없는 사람이었다. 간혹 함께 그 방에 누워 사랑을 나누다가도 저 책더미가 우르르 무너지면 책에 깔려 죽겠구나 싶었다. 실제로 격렬한 반동 탓인지 어느 날은 책들이 우르르 무너져 머리맡으로 떨어진 적도 있었다. '낙석주의'가 아니라 '낙책주의'라고 써 붙여야 하겠다며 정호는 농담했다. 거기다 컬렉션이랍시고 당시 커피숍이나 경양식집에서 주던 작은 성냥갑을 잔뜩 모은 비닐봉지를 책 사이의 빈틈에 박아 놓았다. 틈만 나면 땡처리, 희귀본, 절판본, 금서 등 헌책을 사다 모으는 것도 모자라 자기 눈에 예뻐 보이는 인형이나 완구류, 도자기도 어디에서 사 오는지 주워 오는지 모를 정도였다. 그의 물건들이 처음엔 신기하기도 하고 호기심도 있었다. 하지만 결혼하면서 버리지 않고 끌고 들어온 물건들이 마치 번식이라도 하듯 공간을 점령해 나갔다.

그러나 한편으로 그는 예술품 컬렉터이며, 소장품들은 나름대로 가치 있는 동산이라고 주장했다. 사실 정호의 그림 수집은 미학을 전공한 대학원 시절부터 젊은 무명 화가들의 평론을 써 주면서 가난한 화가로부터 글 값 대신에 그림을 받으며 시작되었다. 그리고 결혼 후 운 좋게 미술관의 책임자로 발탁되었고, 고기가 물을 만난 듯이 여러 전시 기획을 하며 유명 화가와 컬렉터들과의 관계 속에서 박차를 가했다. 그런데 수집벽이 광적으로 가속하고 확립된 곳은 프랑스에서였다. 정호는 박사학위를 취득할 목적으로 프랑스로 유학했다.

그러나 그는 곧 학업에 흥미를 잃었다. 대신에 벼룩시장에서 출발해서 파리 오페라 근처의 예술품 경매장을 드나들었다. 파리의 전시장에서 만난 미술계 인사들과 친분을 트면서 한국 화가들의 파리 전시를 기획하고 도와주었다. 학업을 포기하고 그렇게 번 돈으로 예술의 나라 프랑스에서 컬렉션의 세계로 빠져들게 되었다. 당시 프랑스는 경기가 좋지 않아 이름만 대면 알 수 있는 현대 화가들의 판화 정도는 예상외로 저렴했다.

문제는 정호의 호기심과 수집벽은 예술품에만 그치는 게 아니라 종류 불문하고 온갖 싸구려 물건도 마구 사들인다는 데 있었다. 귀국 이삿짐을 싸기 직전에 정호가 자신의 차는 물론 작은 용달 트럭에 실어 온 물건들도 한국으로 부쳐야 한다고 우겼다. 그건 그동안에 그가 몰래 수집해서 친구의 창고에 숨겨 뒀다 찾아온 책과 그림, 물건들이었다. 그걸 정리할 시간 없이 큐빅에 집어넣느라 이삿짐 비용이 예상을 훨씬 웃돌았다.

서울에 가면 그 버릇이 나아지겠지 싶었다. 하지만 서울에도 벼룩시장이 있었다. 정호는 주말만 되면 황학동에 단골로 다녔다. 그는 개인 작업실 겸 사무실을 얻어서 책들과 그림들과 물건들을 쟁여 두었는데, 거기에 나날이 물건들이 불어나서 더 큰 사무실로 옮기곤 했다. 혜진이 보기에는 사무실이 아닌 창고였다. 혜진의 눈에는 모두 쓰레기더미처럼 보였다. 저런 걸 시간을 버리며 돈 주고 사는 정호가 한심했다. 돈 주고 사는 물건뿐 아니라, 그는 분리수거장에 나온 집기나 가구, 망한 사무실에서 버리는 중고 사무용품 등 가리지 않고 자신의 사무실에 쌓아 두거나 아파트에도 끌어들였다. 고물상이 따로 없었다.

어느 날은 아파트 분리수거장에서 버려진 사진 액자들을 주워 왔는데, 그게 유명한 작고 사진가의 작품들이라고 했다. 아마도 늙은 부모가 죽고 난 후 유품을 자식들이 모르고 낡은 가구 등속과 함께 분리수거장에 폐기물로 내놓은 거 같았다. 정호는 그런 걸 발견해 내는 뛰어난 감식안을 갖고 있다. 남들에겐 쓰레기로 보여도 정호의 눈은 날카로웠다. 황학동이나 서울 풍물 시장 같은 벼룩시장에서도 마찬가지였다. 상인이 몇만 원에 파는 수백만 원짜리 그림을 그만 알아보는 경우도 꽤 있었다. 벼룩시장에 개근하는 이유로는 그 재미가 쏠쏠했던 것이다.

그러나 언제부턴가 혜진의 집은 깨진 유리창의 법칙대로 되었다. 깨진 유리창을 그대로 방치하면 나중에 도덕적 해이로 그 지역 일대가 무법천지로 변한다는 그 이론 말이다. 정호가 공간을 잠식하고 영역을 조금씩 침범하는 걸 어느 순간 막지 못했다. 그러자 한계를 넘어버렸다. 친구들은 혜진더러 당근 마트나 중고 거래로 정리해보라 조언했다. 그러나 그렇게 처리할 단계를 초월했다. 혜진의 공간인 안방과 서재, 거실과 부엌을 빼고(이 공간도 점점 점령되고 있지만. 얼마나 혜진은 평생 자신과 자식들, 요컨대 가족의 공간을 정호로부터 확보하고 사수하는 데 총력을 기울이며 살아왔던가!) 현재 그의 공간인 서재 방과 침실에는 꼭 40년 전 자취방 모습 그대로 책들과 도록들이 정리 안 된 채 천장까지 쌓여 있다. 몇 년 전에 시집간 딸이 쓰던 방과 작년에 독립해 나간 아들의 방도 어느덧 침범해서 진작에 창고가 되었다. 정호의 침실에는 침대 공간만 빼고 발 디딜 틈 없이 그림 액자와 캔버스가 쌓여 있고 커다란 15자 붙박이 옷장에도 판화들과 그림들이 옷 대신 들어가 있다. 옷들은 구제품처럼 빈틈에 쑤셔 박혀 있거나 비닐이나 진공 팩에 넣어져 완충재처럼 그림들 빈틈에 들어가 있다. 계절이 바뀌어도 옷을 찾아 꺼내기 힘드니 눈에 뜨이는 옷만 계속 입거나 정호는 또다시 옷을 새로 사들인다. 악순환이다.

어쩌다 혜진은 정호 방의 방문을 열어 볼 때마다 숨이 턱 막힌다. 침실에는 무거운 판화 뭉치를 스타일러 위에 올려 두는 것은 물론 그 안이 무슨 수납장이나 되는 듯 스타일러 안에도 넣어 놓았다. 서랍장에도 마찬가지로 옷 대신 잡동사니가 들어 있다. 그림 수납공간을 확보하기 위해 침대를 벽에서 사이를 띄어 놓고 그 사이에 그림들을 끼워 놓더니 이젠 점점 침대 위까지 점령했다. 침대 한쪽에는 판화 더미가 자리를 차지하고 있고, 정호는 그 옆에 겨우 몸 하나 누일 공간에서 새우잠을 자는 꼴이었다.

그가 허락 없이 사들이는 주방 살림살이들이 혜진의 공간까지 침범했다. 황학동 벼룩시장이나 동대문 풍물 시장에서 사 오는 생활용품이나 도자기류, 그릇들, 찻잔들, 해외 홈웨어 세트나 본차이나, 방짜 유기나 목기까지. 부엌의 그릇장이나 팬트리에까지 그릇들이 쌓이고 포개져 있다. 혜진은 제 손으로 취향껏 살림 용품을 구매하는 기쁨마저 빼앗겼다. 빈티지 명품 시계나 카퍼 액세서리들, 중고 신발과 하다못해 100개들이 떨이 양말까지 종류나 가격 불문이었다.

혜진네 거실 유리 장식장들에는 오래전부터 다양한 오브제들이 빈틈없이 빽빽하게 쌓이고 쑤셔 박혀 있다. 프랑스에서 귀국한 지 이십여 년인데 그동안 혜진은 제대로 그곳을 정색하고 보지도 않았다. 그저 요란한 벽이나 마찬가지였다. 손님들이 집에 오면 한참 동안 하나하나 자세히 보고, 어머! 집이 박물관이네요. 별게 다 있네요,라고 하면 아아, 그래요? 하고 심드렁하게 반응했다. 솔직히 그 사람들이 뭔가를 슬쩍한다 해도 정호와 혜진은 전혀 모를 것이다. 벽마다 빼곡하게 그림을 걸어 눈이 피곤한 벽들로부터 혜진은 도망가고 싶었다. 정리되지 않고 뒤섞인 물건들로 가득한 고물상 창고에서 살고 싶지 않았다. 평생 헌책방 고물상 안주인 신세로 사는 것 같았다. 저절로 미니멀리즘을 추구하게 되었다. 오죽하면 그림 한 점 걸리지 않은 흰 벽만 보이는 절간의 요사채 같은 방에서 살고 싶을까.

집이 이렇게 포화 상태가 되었다는 건 그의 창고가 진작에 또 가득 찼다는 얘기다. 정호는 언제부턴가 집과는 별개로, 늘 식구들이 사는 집보다 더 큰 자신만의 공간이나 물건들을 보관하는 창고를 따로 임대해 왔다. 혜진의 눈치를 보기 싫어 정호도 집에는 웬만하면 잡동사니를 안 두려 했지만, 이렇게 집까지 침범하는 걸 보면 또 더 큰 창고가 필요해질 때가 된 듯했다.

그의 창고에는 그림 컬렉션과 오브제들 외에도 소진되지 못한 재고 서적들이 자리를 차지하고 있을 터였다. 한때 정호는 출판사를 차려서 미술 서적과 잡지를 간행했는데, 손이 큰 그는 단가를 낮추기 위해서 초판본을 많이 찍었다. 혜진은 일부러 창고의 내부 사정을 알고 싶지도 않았다. 그 공간이 마치 정호의 내면을 떠올리게 할 것이고, 그의 세계는 알면 알수록 분노와 불안을 유발하니까. 정호도 창고나 자기의 공간을 보여주는 걸 싫어했다.

혜진은 정호에게 쓸데없는 잡동사니 속에서 그림이나 귀중품은 제발 분류만이라도 해서 컬렉션 리스트를 만들어 보라고 조언했다. 문외한인 혜진과 자식들을 위해서라도. 알겠다고 한 것이 10년이 넘었다. 그 와중에 어느 해 여름에 유난히 장마 폭우가 심한 날, 지하창고에 물이 들어온 걸 정호는 몰랐다. 이틀 뒤에 가보니 판화나 그림의 20% 정도를 못 쓰게 되었다고 했다. 혜진은 그 얘기를 듣고 안타까워서 속이 상했다. 그러나 정호는 속상한 티를 내지 않았다. 자기가 관리 못 한 잘못 때문에 면목이 없어 그런가 보다 했는데 그건 아니었다.

"물건들도 생태계처럼 살아남을 건 살아남고, 자연도태 되고 진화할 건 진화해야지. 그래야 새로 탄생하고 새 물건으로 교체되고 순환이 되지."

"아니 그래서 수해 입은 게 잘됐다는 거야?"

"그런 건 아니지만, 자연재해는 어쩔 수 없는 거지."

"이건 명백히 인재야. 당신이 정리 안 하고 관리 안 해서!"

정호는 욕심은 많아도 포기할 건 번개처럼 포기하는 사람이다. 아주 낙천적인 사람이라는 뜻. 하지만 남의 비난이나 잔소리에는 못 견디는 성격이다.

"아, 됐어! 두 번 다시 얘기하지 마!"

이쯤 되면 병이다. 저장강박증. 쓰레기 더미에서 악취를 풍기며 사는 노인들의 병. 죽어서 몸과 유품이 코로나바이러스처럼 한꺼번에 불태워져야 사라지는 병.

아니 죽어도 DNA는 피를 타고 흐를 불치병. 다행히 아이들에겐 유전의 징후가 확실하지 않다. 자식들은 아빠의 소장품에 진절머리를 내고 불이라도 한 번 나야 아빠가 정신을 차릴 거라는 저주를 남기며 집을 떠났다. 그러나 그건 단순한 쓰레기가 아니었다. 그에겐 전 재산과 시간을 투자한 세상에서 유일한 그의 아름다운 동산動産이었다. 비싼 예술품과 잡동사니가 뒤섞여 있는 거대한 쓰레기 동산.

간혹 참을 수 없는 순간, 혜진은 제발 창고에 불이 나서 그림이 홀랑 다 타버려 정호의 고통스러운 얼굴을 볼 수 있기를, 하고 아주 짧게 기도했다. 그러다 스스로 놀라서 "아멘!" 대신에 "취소!" 하고 재빨리 외치곤 했다.

*

맹목적인 수집욕. 그건 물욕일까, 허세일까. 정호는 또 무조건 큰 것을 좋아한다. 결혼 혼수로 정호가 졸라서 당시로서는 드문 대형 냉장고를 샀다. 신혼 시절에 주당 한 강좌만 맡은 시간강사 정호는 매일 동네 단골 슈퍼에 출근해서 냉장고를 채울 식품을 외상으로 사다 놓았다. 백수 새신랑이 하도 슈퍼를 들락거려 동네에서 유명했다. 혜진이 학교에서 퇴근하면 시도 때도 없이 냉장고 문을 열어 보이며 정호는 행복해했다.

TV도, 거실에 대형 TV가 있어도 자기 방에 초대형 TV를 들여놓는 사람이었다. 부엌에 김치냉장고와 대형 냉장고가 있어도 혜진이 해외 출장을 다녀온 사이에 부엌에 또 한 대의 냉장고를 들여놓았다. 가난했던 어린 시절, 먹거리에 대한 결핍감일까.

순진한 촌사람 같은가 하면 과시욕이 많은 정호. 남자들의 전형적인 스노비즘snobbism인 걸까? 혜진은 정호를 가끔 분석해본다. 정호는 제멋대로다. 자기가 하고 싶은 건 무조건 하고야 만다. 시골에서 가난한 집안의 7남매 중 막내아들로 태어나 평생 힘든 농사일에 늙은 부모는 막내에게까지 애정과 관심이 지속되지 못했다. 방목하여 키운 아이는 자유로운 영혼으로 자랐을 것이다. 중학교 때부터 소도시의 학교에 다니느라 혼자 자취를 했으니 모든 결정은 혼자 하고 혼자 거리낌 없이 실행했을 터였다. 배고픈 유아기와 청소년기를 거치며 간절한 식욕이나 물욕을 갖게 되었을 것이다. 서울에 와서 대학원에서 미학을 공부하면서 화려한 예술 감각에 눈떴다. 자신의 처지를 부끄러워하는 사람은 아니지만, 반드시 돈과 명예를 갖고 과시하며 살고 싶은 미래를 꿈꾸었을 것이다. 무조건 큰 것을 좋아하고 질적인 것보다 양적인 것을 좋아하는 시골 사람의 특성이 있고, 식생활이나 의생활, 주생활의 질은 그다지 중요하게 생각지 않는다. 아무 데나 누우면 30초 내로 잘 수 있는 사람. 아무거나 먹어도 배탈도 나지 않는 사람. 대신 남들의 눈에 어떻게 보일지 체면을 중시하고 화려한 것을 좋아하며 과시하고픈 욕망이 많은 사람. 자기 몸에 걸치는 옷과 구두는 남이 입던 것도 거리낌 없이 사용할 수 있지만, 남의 눈에 띄는 물건이나 자동차는 중고라도 명품의 로고를 사랑하는 사람.

어항에서 크면 어항에 맞게, 수족관에 살면 그에 맞는 크기로, 큰물에서 살면 어마어마하게 커진다는 코이라는 물고기. 그러나 정호는 공간이 커지면 커질수록 마음의 그릇이나 능력이 커지기보다 그의 물욕이 무한 확장한다는 걸 보여주었다. 그의 분신과 같은 책들과 물건들, 예술품 컬렉션들은 그새 어마어마하게 몸집을 불려 왔다. 혜진은 그것들을 제발 돈으로 만들어 오기를 간청했다. 결국 혜진은 제일 가치 있는 그림과 예술품만 장식용으로 몇 점만 집에 놔두라고. 더 이상은 집으로 끌고 오면 이혼하겠다고 참다못해 경고했다. 평생 가족들이 살 집은 신경도 안 썼으면서 이렇게 가족의 공간을 위협하려면 당장 내 집에서 나가!

정호는 마침 기다렸다는 듯이 말했다. 없이 결혼해서 이만큼 자산을 일군 것은 당신의 부동산 덕분이기도 하지만 자신의 동산도 무시하지 말라고 했다. 이제 때가 된 것 같다며, 이제 당신의 부동산이 내 동산을 품어줄 때가 왔다고 했다. 다시 말해 더 큰 창고를 임대할 비싼 임대료 대신에 값싼 땅을 사서 당분간 컨테이너 창고를 들이고 궁극적으로는 미술관을 만들고 싶다고 했다. 미술관 옆에는 빈티지한 물건들로 장식한 카페와 정원을 만들고 싶다고. 코이의 법칙대로 젊은 시절에 그는 큰 세상으로 나가고 싶어 해서 직장을 때려치우고 수년간 유학생으로 프랑스에서 살았다. 그것은 미술관의 꿈을 이루기 위한 큰 그림의 밑그림이었던 것이다. 문제는 명색이 컬렉터? 무늬만 재벌 3세였지, 컬렉션푸어인 그에게는 돈이 없다는 거다. 미술관을 짓기 위해서 모아 둔 미술품을 처분해야 한다? 그게 모순이자 딜레마인 거다. 정호는 혜진의 명의인 아파트를 담보로 대출을 하면 어떨까 제안했다. 아니면 아이들도 모두 독립해 나갔으니 아파트를 팔고 작은 평수로 이사를 하자고 했다. 남은 돈으로 땅을 사면 집 안의 물건들을 모두 빼내 그리로 옮기겠다고 했다. 혜진은 말문이 막혔다.

그날 밤 혜진은 오래 일기를 썼다.

*

혜진은 이별에 대해 생각했다.

28인치 대형 캐리어를 꺼냈다. 이제 물건과의 이별 혹은 정호와의 이별을 감행해야 한다고 생각한다. 정호와 이혼하면 자연히 동시에 물건과의 이별도 될 테니, 헤어질 결심만 하면 된다. 혜진은 사실 살면서 여러 번 정호와 헤어질 결심을 했었다. 그런데 그게 왜 그렇게 힘들었을까.

혜진은 살면서 왠지 늘 자기가 먼저 죽게 될 거 같은 생각이 들었다. 자기가 먼저 죽으면 더 이상 이런 상황을 안 볼 수 있고 자연스럽게 다 이별을 하게 될 거라고, 대범하고 너그럽게 자기 합리화를 했다. 하지만 자신이 어느 날 갑작스럽게 생을 마감하게 될까 봐 속으로는 두려웠다. 두려움은 곧잘 피할 수 없는 예언이 된다. 세네카가 《오이디푸스》에서 말했던가. 그들이 운명을 두려워하는 동안 운명은 그들을 찾아낸다고. 그래서일까. 두려움이 풍선처럼 부풀어져 거의 확신에 가까워졌을 때 혜진은 유방암 선고를 받았다. 2년 전이었다. 수술과 항암 치료 계획이 결정되어 병원에 입원하기 전에, 혜진은 대형 캐리어에 그동안의 일기장들을 넣고 잠시 집을 나왔다. 금고에 둔 채로 죽어버리면 그 많은 일기장들은 애물단지 유품이 될 테고, 정호에게 상처를 주긴 싫었다. 정호에 비해서 자신이 미련을 두고 정리할 물건이 그것밖에 없다는 게 홀가분하고도 씁쓸했다.

2년 전에 혜진은 캐리어를 끌고 50년 절친인 현숙의 양평 별장으로 향했다. 현숙은 부자 남편과 결혼했었는데 3년 전에 사별했다. 현숙의 남편은 7년간 사실혼 관계의 젊은 여자와 양평 집에서 살았는데, 갑자기 심장마비로 죽었다. 끝끝내 이혼을 해주지 않은 인내심 덕에 현숙은 법적으로 남편의 재산을 온전히 상속받았다.

2년 전 당시에 혜진은 밀봉한 일기장 꾸러미를 꺼내며 부탁했었다.

"현숙아, 내가 병원에 있는 동안에 이걸 좀 보관해줘. 내가 살게 되면 찾으러 오겠지만, 죽으면 그대로 태워줘. 너네 뒷마당에 소각장 있잖아."

현숙이 혀를 찼다.

"아이고, 너란 애는 참 상등신이다. 살 생각부터 해야지. 왜 죽을 생각부터 해? 그러니까 평생 을로 살지. 다른 거 없어. 부부간에는 먼저 죽는 사람이 을이야. 죽는 사람만 억울한 거야. 끝까지 살아남은 사람이 갑이야. 나 봐! 동산이고 부동산이고 돈이고. 위너 테이크스 올이야."

"그냥 내가 말한 대로만 꼭 해줘."

"너 죽으면 내가 이정호한테 저거 택배로 그대로 부쳐줄 거다. 그러니 치료 잘 받고 악착같이 살아. 너 안 죽어!"

현숙의 말대로 혜진의 치료는 성공적이었다. 아직은 3년째 재발도 전이도 되지 않은 상태다.

혜진이 양평으로 가겠다고 연락하자 현숙은 아무것도 묻지 않고 반갑게 "콜!" 하고 외쳤다. 약속 시간보다 강남의 아파트에서 미리 출발해서 혜진을 반갑게 맞아줄 것이다. 현숙이 혜진의 캐리어를 보더니 놀란 눈으로 물었다.

"너 재발한 거니?"

"아니. 그건 아니고. 나 여기서 한동안 좀 쉬고 싶어서."

현숙과 밤늦도록 와인 잔을 기울이며 옛 얘기를 했다.

"야, 아무리 80년대라 해도 너같이 절개 지키는 춘향이가 어디 있니? 춘향이는 상대가 양반가의 이 도령이니 절개를 지켰지. 신분 상승의 꿈이라도 있었지."

다음 날 현숙이 골프 약속이 있다며 떠났다. 정호에게서는 아무 연락이 없었다. 넓지만 최소한의 가구만 배치한 정갈한 현숙의 별장에서 오랜만에 거의 하루를 잠으로 보내고, 다음 날은 넷플릭스 영화를 여러 편 보았다. 33권의 일기장을 열었다가 그만 이틀에 걸려 읽었다. 쓸 때는 절절했으나 다시 읽으니 자신조차도 묘하게 기분이 좋지 않았다. 누구에게 절대 공개할 물건은 아니지만, 일기장을 통해 본 자신의 인생이 너무 애틋했다. 그 기분을 떨치기 위해 주변을 산책하고 두물머리 카페에 가서 오래 물멍을 하며 시간을 보냈다. 핸드폰을 별장에 두고 온 걸 알았지만, 오히려 홀가분했다. 내친김에 저녁까지 사 먹고 들어갔다.

현숙의 별장 부엌 식탁에 두었던 핸드폰을 열어 보니 아들과 딸의 부재중 전화가 합쳐서 11통이나 들어와 있었다. 카톡이나 문자로도 전화해달라는 메시지가 들어와 있었다. 혜진의 심장이 두근거렸다. 밤 11시가 넘은 시각이지만 혜진은 아들의 번호로 통화 버튼을 눌렀다. 아들은 바로 전화를 받았다. 아들이 놀란 목소리로 물었다.

"엄마! 별일 없으세요? 계속 전화를 안 받아서 너무 걱정했어요."

그제야 혜진은 며칠간 자신이 가출한 걸 모르는 아이들이 통화가 안 되니 걱정했다는 걸 이해했다.

"아이고, 난 또 뭐라고. 걱정은 무슨! 엄마가 애도 아니고. 양평 현숙 아줌마 집에 며칠 놀러 와 있어. 걱정 마."

아들은 그제야 숨을 길게 쉬며 말했다.

"난 또 엄마도 무슨 일이 생긴 줄 알고. 엄마, 놀라지 마요. 아빠가 지금 병원에 계세요. 오후 늦게 아빠가 파주에서 쓰러져 계시는 걸 행인들이 발견해서 구급차로 일산 병원으로 옮겼대요. 아빠 핸드폰이 잠겨 있는 바람에 연락이 늦게 돼서 나도 저녁 무렵에 알았어요."

"넌 어디야?"

여러 말이 머릿속에서 떠올랐으나 혜진의 입에서 나온 말은 이 문장이었다.

"아빠 옆에 있는데, 계속 주무시는지 깨어나질 않으세요. 응급실에서 급히 몇 가지 검사를 했는데 별 이상은 없대요.

내일 계속 이 상태면 신경과로 입원 수속해서 검사를 더 하고 경과를 지켜본대요. 지금은 밤이 늦었으니 주무세요. 내일 연락드릴게요."

혜진은 머릿속이 안개가 낀 듯 하얘졌다. 칠흑 같은 어둠 속에서 동네의 개들이 간간이 짖었다. 그는 왜 쓰러졌을까. 정호는 건강했고, 이루지 못한 꿈이라는 생의 동력 기관이 아직 왕성했으므로 에너지가 넘쳤다. 파주에서 그가 발견되었다면, 그는 창고에 갔던 것일까. 파주시 외곽의 공장이나 설비 창고가 많은 동네에 정호의 창고가 있다고 했다.

혜진은 밤이 깊을수록 신경이 더 날카로워져서 와인을 마시기 시작했다. 이런 결말, 이런 이별은 생각해보지 않았다. 정호가 혹시 깨어나지 못하고 계속 의식불명 상태가 된다면… 앞날이 얼마나 막막할까. 아니면 정호와의 영영 이별이 아주 가까운 앞날에 예정되어 있다면… 이렇게나 빨리 정호와 이별한다고? 전혀 실감 나지 않았던 〈어느 60대 노부부의 이야기〉 가사가 떠올라 혜진은 고개를 흔들었다.

이런 식의 이별도 싫다. 만약 여기까지가 끝이라면, 정호는 얼마나 외롭고 허무할까. 이것이 온 인생을 건 맥시멀리스트의 최후라고 생각하니 몸이 떨렸다. 마지막으로 정호에게 쏘아붙였던 말이 생각나자 혜진은 죄책감으로 가슴이 저려 왔다. 당신이 죽은 후 당신의 뒷모습과 흔적을 생각해봐. 당신은 분리수거조차 할 수 없는 쓰레기야. 그 말이 예언이 될까 봐 두려웠다.

아들에게서는 별다른 연락이 없다. 어쩌면 정호가 깨어났을지도 모른다. 혜진의 잠을 깨우지 않기 위해서 연락을 일부러 하지 않았을지도 모른다. 시간은 새벽 3시가 넘었다. 도무지 잠이 오지 않는다. 38년 전, 잠들지 못하던 결혼 전야가 생각났다. 뒤돌아보면 이불 킥을 하고 싶었던 결혼식 장면도 떠올랐다. 정호의 의식이 어떤지 모르는 시간에 혜진은 이정호를 만나 함께한 42년 긴 인생을 반추해 보았다. 그토록 오래 함께했지만, 혜진은 정말 정호를 잘 이해할 수 없었다. 그렇다고 그게 사랑이 아니었다고 말할 수 있을까. 어쩌면 혜진이 채워줄 수 없었던, 채워지지 않는 허기로 정호도 외로웠을 거 같았다. 갑자기 사랑보다 뜨거운 연민이 40년 세월 동안 혜진의 마음 깊이 휴화산의 마그마처럼 끓고 있었던 거 아닌가 싶었다. 설명할 수도 이해할 수도 없는 감정이었다.

혜진은 갑자기 폭발할 거 같은 심정이 되었다. 울고 싶었으나 눈물이 나지는 않았다. 나가서 정원과 마당을 천천히 한 바퀴 돌았다. 싸늘한 밤공기가 취기 오른 뜨거운 살갗을 사포로 미는 거처럼 따가웠다. 뒷마당의 소각로가 검은 입을 벌리고 있었다.

| 작가 노트 |

소설은 이렇게 시작한다.

개는 이렇게 생각한다.
인간은 나를 먹여주고 지켜주고 사랑해준다.
인간은 신이 분명하다.
반면에 고양이는 이렇게 생각한다.
인간은 나를 먹여주고 지켜주고 사랑해준다.
인간에게 나는 신이 분명하다.

나는 개도 아니고 물론 고양이도 아니다.
나는 개를 키워 본 적이 없다. 고양이를 키워 본 적도 없다.
그러니 출처 미상의 이 구절은 개의 생각도 고양이의 생각도 아닌, 어떤 인간의 생각일 것이다. 아니 인간의 추측일 테다. 사실 우리가 인간인 이상 그들의 생각은 영원히 알 수 없을 것이다. 이 소설은 어쩌면 불확실한 인간들의 불확실한 관계에 대한 이야기다.

베이비붐 세대로 태어나 정치, 경제, 사회, 문화의 변화무쌍한 시대를 '낀 세대'로 살고 쓰는 동안에 동시대인들에게 깊은 연민과 공감을 느낀다. 젊은 세대 여성의 고통을 그린 베스트셀러 《82년생 김지영》을 보면서는 수많은 김지영 엄마들을 생각했다. 모든 관계에는 권력의 역학이 존재한다. 변화하는 시간 흐름에 따라 상대적으로 관계의 역학도 변화하고 달라진다. 그러나 그 안에서도 변치 않는 인생의 법칙이 있지 않을까, 삶에서의 그런 보편성에 대해 오래 생각했다.

이번 단편 〈개와 고양이의 생각〉은 낯모르는 남녀가 태어나 만나 연애하고 결혼하고 가족을 이루고 살아가는 긴 인생에서 갑을의 권력관계나 인생의 법칙을 시간과의 함수관계로 풀어내는 장편 초고에서 연작소설의 한 편으로 개작한 것이다.

1인 출판, 2인 인생

고승철

◆
고승철

경향신문사 파리특파원, 동아일보사 출판국장으로 일했으며 나남출판 사장, 문학사상 사장을 지냈다. 2006년 제1회 디지털작가상 장편소설 공모에 당선되며 작품 활동을 시작했다. 작품으로는 장편소설 《은빛 까마귀》, 《개마고원》, 《여신》, 《소설 서재필》, 《파피루스의 비밀》, 시집 《춘추전국시대》가 있다. songcheer@naver.com

도서출판 르네상스 대표 성소미.

나의 직함이다. 나는 대학을 졸업하고 배우 또는 연출가가 되기를 꿈꾸며 대학로 연극판과 충무로 영화판을 몇 년간 들락거렸다. 그러나 그 꿈은 영원히 이루어질 수 없는 미몽迷夢임을 깨달았다. 내 몸매는 '똥자루' 같아서 배우로 나서기엔 '피지컬'이 뒷받침되지 못했다. 오죽했으면 젊은 여성으로서는 치욕적이게 '김정일'이라는 별명으로 불렸을까. 곱슬머리에 안경을 썼으니 그럴 만도 했다. 그래서 나는 무섭기는 했지만 라식 수술을 받고 안경을 벗었다. 내 성격은 결정 장애가 있을 만큼 물러 터져 연출가 자질도 모자랐다.

나는 영화 서적 전문출판사를 경영하겠다는, 터무니없는 야심을 품고 출판업에 뛰어들었다. 프랑스의 '누벨바그' 영화에 관한 짧은 평評을 영화잡지에 몇 번 기고한 경력밖에 없는 데도 말이다. '출판아카데미'라는 곳에서 3개월 단기 과정인 '1인 출판사 창업 노하우'를 수강하고 관악구청에 가서 출판사 설립 등록 신청을 했다. 며칠 후 돈 몇만 원을 내고 출판사 등록증을 수령했다. 이제 나도 순식간에 어엿한 출판사 사장 명함을 갖게 된 것이다. 사무실을 별도로 차릴 돈이 없어 출판사 주소지는 내 '하꼬방'으로 정했다. 종업원은 하나도 없고 제작 실무 작업은 외주로 진행할 작정이었다.

이런 전후 사정을 잘 모르는 아버지는 친척과 친구들에게 자랑을 '쎄게' 한 모양이다.

"소미가 출판사 사장이 됐다 카는데, 대견하잖나?"

아마 이렇게 말하고 돌아다니면서 밥과 술을 사셨으리라. 아버지의 홍보활동은 즉각 효과가 나타났다. 중학교 교장에서 갓 퇴직한 외삼촌이 내게 전화를 걸어와 출판을 의뢰한 것이다.

"축하한다! 그러잖아도 출판사를 찾던 중이다. 증조부 한문 문집을 국역해서 출판하기로 문중에서 예산을 넉넉하게 마련했다."

문집을 보니 구한말 문사의 수상록이었다.《매천야록》의 저자 황현黃玹(1855~1910) 선생과도 교유가 깊은 분이었다. '산민잡록山民雜錄'이란 제목에서 알 수 있듯이 저자는 '산민山

民'이란 아호를 쓴 겸손한 선비이면서 기개 높은 의병장이었다. 초서로 일필휘지 써 내려간 문집을 훑어보니 내용은 모르지만 저자의 웅혼한 기상을 느낄 수 있었다. 외삼촌의 증조부이니 울 엄마의 증조부이고 나의 외고조부다. 가문에 대한 자부심이 일어나 나로서도 출판 의욕이 꿈틀거렸다.

대학 기숙사 선배 가운데 고전 국역國譯 사업에 참여한 적이 있는 한문학 박사가 있었다. 여러 대학을 전전하며 '보따리 강사'를 하는 그 선배에게 타진했더니 흔쾌히 번역을 맡아주었다. 이렇게 하여 도서출판 르네상스의 1호 책이 탄생했다. 출판 비용으로 외삼촌에게서 '거액'을 받았으니 그야말로 땅 짚고 헤엄치기 장사였다.

당초엔 비매품으로 만들 예정이었는데 번역자인 정 박사가 상업 출판을 강력히 권유했다. 문중 이외의 다른 독자에게도 사 볼 기회를 주라면서 번역문 이외에 해제解題까지 작성해주었다. 책을 내고 보도자료를 만들어 여러 언론사에 배포했더니 몇몇 신문, 잡지에 소개 기사가 나오기도 했다.

아버지는 뼈대 있는 처가를 자랑할 겸 이 책을 여러 권 구입해서는 지인들에게 선물했다. 이 책 때문에 엄마의 콧대는 더욱 높아졌다. 덕분에 금세 2쇄를 찍었다. 곧 3쇄도 준비해야 할 판이다.

"소미야! 큰애비다. 니가 만든 책 잘 봤다. 나도 니한테 출판 작업을 맡길라 카는데….."

"큰아버지가 책을 쓰셨어요?"

"그기 아이고… 우리 고등학교 동문들끼리 졸업 50주년 기념문집을 만들기로 했다. 내가 동기회장이거든. 출판사를 알아보고 있는데 니 출판사 책을 받아보니 마음에 들어서…. 빨리 이리로 내려와서 얼굴 보며 의논해보자."

"조카 출판사를 회장이 마음대로 선정하면 구설에 오르지 않을까요?"

"그런 걱정은 할 것 없다. 문집 발간 예산을 내가 통째로 기부했는데 누가 토를 달겠나?"

"큰아버지는 역시 통이 크시네요."

나는 큰아버지를 뵈러 창원으로 갔다. 과거엔 마산이라 했는데 마산, 창원, 진해가 통합하면서 창원시로 단일화된 곳이다. 창원공단에 있는 기계공장을 경영하는 큰아버지는 우리 집안에서 가장 성공한 분이다. 재력도 만만찮고 공공정신이 투철해 지역 문화 활동, 소년소녀가장 돕기 등에 기부도 많이 하신다. 아마추어 서예가, 사진가로도 활동하며 동호인 전시회에도 여러 차례 참여하셨다.

큰아버지는 동기회 간부 몇 분과 함께 예약한 한정식 식당에 나타나셨다. 조카가 출판사 사장이라고 뿌듯하신 모양이다. 그분들은 내 명함을 받고 놀랍다는 듯 고개를 끄덕거린다.

"이렇게 젊은 여성 분이 사장이라니 대단하십니다!"

낯이 뜨거웠다. 달랑 책 한 권 출판한 실적밖에 없는 영세업체일 뿐인데…. 이렇게 하여 기념문집 출판을 맡았다. 졸업생 480명 가운데 100여 명이 원고를 제출했다. 문집의 주제는 '내가 살아온 길'이어서 각자가 인생 도정道程을 회고한 내용이었다. 편집위원 가운데 소설가, 수필가, 전직 신문기자 등이 있어서 원고 윤문潤文을 맡았단다. 그래서인지 대부분 원고가 깔끔하게 정리되어 출판사로서는 편집 디자인에만 치중하면 될 것 같았다.

지방 도시의 고교에서 적잖은 인재를 배출했음을 알았다. 1970년 3월에 입학해서 1973년 1월에 졸업한 그들은 산업화 시대의 주역이었다. 저마다 치열한 삶을 살았음을 원고를 읽고 확인했다. 찢어지게 가난한 집안에서 자라나 국제 무대에서 활동하는 외교관이 된 분의 성공담에 감동을 받기도 했다. 창업자, 대학교수, 장군, 대기업 CEO 등 저명인사 반열에 오른 분이 수두룩했다.

화려하지는 않지만 성실하게 살아온 황기동, 임몽룡 두 분의 삶에 나는 유난히 눈길이 갔다. 그분들의 인생엔 나름 반전反轉이 있어 드라마 같았다. 우선 황기동 님의 '촌놈 정신으로 버틴 70년'이란 제목의 원고를 소개한다.

*

  고희古稀를 눈앞에 둔 때에 고교 졸업 50주년 기념문집을 낸다 하기에 내 삶을 돌이켜보는 기회를 가져 본다.

  나는 1953년 7월 2일 거제도 성포에서 태어나 초등학교를 졸업할 때까지 바닷가 마을에서 살았다. 마산-통영을 운항하는 동일호 여객선이 성포에도 서므로 나는 어릴 때 자주 마산, 통영에 갔다. 아버지는 조그만 어선을 갖고 고기를 잡아 통영 공판장에 넘겨 가족의 생계를 꾸렸다. 농사만 짓는 여느 친구들 집에 비해 반농반어半農半漁 우리 집은 살림이 넉넉한 편이었다.

  해마다 2월 말이면 부모님과 함께 마산에 가서 대형 서점 '학문당'에 들러 《동아전과》,《동아수련장》을 사고 부림시장에서 학용품을 마련해 새 학년을 대비했다. 나는 초등학교를 졸업하고 처음엔 통영중학교에 진학했다. 세병관 부근에 있는 이모 집에서 기거했는데 급우들은 나를 '거제 촌놈'이라 놀렸다.

  입학하자마자 축구부 때문에 골치를 앓았다. 내가 축구를 좋아하기는 하지만 전문 선수로 뛰고 싶지는 않았다. 자의 반 타의 반으로 축구부에 들어갔는데 훈련이 빡센 것은 참을 수 있었으나 걸핏하면 몽둥이 찜질을 당하니 견디기 어려웠다. 훗날 안 사실인데 김영삼 대통령도 거제 출신으로 통영중학교에서 축구 선수를 했단다. 여름방학 때 축구부 합숙 훈련에서 1학년 신입생은 상급생의 노예였다. 합숙 사흘째 날에 나는 축구부를 그만둘 뿐 아니라 학교를 자퇴하기로 결심했다.

부모님께 사정을 말씀드리고 마산 소재 중학교에 다시 시험을 쳐서 들어가겠다고 각오를 밝혔다. 의외로 부모님은 흔쾌히 응낙하셨다. 9월부터 마산 Y초등학교에 청강생으로 들어가 입시를 준비했다. 거제 시골 학교에 비해 학습량이 엄청나게 많았다. 턱걸이, 공 던지기, 달리기, 멀리뛰기 등 4개 종목의 체육 시험도 중요 입시 과목이어서 공부와 체력 단련에 밤낮 매달렸다. 다행히 나는 마산 D중학교에 우수한 성적으로 합격했다.

중학 시절엔 수학에 흥미를 느껴 학교 수업 이외에 EMI학원에서 수학을 배우기도 했다. 수학만큼은 전교 1등을 하고 싶었다. 마산에서는 제비산 부근의 친척 집에서 하숙을 했다. 거제 집에 가서 마산에 돌아올 때면 쌀을 한 자루 짊어지고 와 하숙비조로 주었다.

월말고사를 마치고 중앙극장, 3·15회관 등에서 단체 관람

하는 영화가 얼마나 재미있던지! 언젠가 태양극장에 갔더니 마침 S여중도 단체로 왔다. 함안 출신의 친구 K군이 동향인 여중생과 조우하여 영화가 끝난 후 함께 제과점에 갔다. 그 여중생의 친구도 동참했기에 남녀 쌍쌍을 이룬 셈이다. 두근거리는 가슴을 안고 단팥빵과 목장우유를 맛있게 먹고 있는데 제과점 안으로 기율 담당 합동 단속 교사팀이 들이닥쳤다.

"대가리에 피도 안 마른 녀석들이 교복 차림으로 벌건 대낮에!"

남녀 중학생이 빵집에 마주 앉는 것만으로도 단죄되던 야만의 시대였다. 함안 여학생은 눈물을 펑펑 흘렸다. 학교에 명단을 통보한다 하니 이튿날에 얼마나 쫄면서 등교했는지…. 다행히 담임선생님으로부터 간단한 꾸중만 들었을 뿐이다. 중고교 시절에 단체 관람한 영화 가운데 가장 인상에 남는 것은 불치병으로 숨져 가는 젊은 여성의 애절한 삶을 다룬 〈스잔나〉였다.

고교 시절은 그리 편안하지 않았다. 젊음을 구가하기보다는 대학입시에 매몰될 수밖에 없는 분위기였다. 나는 여전히 수학에 흥미를 느껴 《수학의 정석 1》에 이어 《수학의 정석 2》를 선행학습했다. 나는 수학 시간을 늘 기다렸다.

대학 전공을 선택할 때는 공업, 기술 과목을 가르쳤던 선생님의 영향이 컸다. 교련 시간에 M1 소총 분해 결합을 하면서 기계의 작동 원리에 관심을 가지기도 했다. 1973년 1월 5일 졸업식을 마치고 부산대 기계공학과에 응시했으나 낙방했다. 2월부터 일찌감치 부산 서면 재수학원에 등록하여 재도전을 준비했다. 그런데 뜻밖에도 서울대, 부산대에 기계설계학과를 긴급 신설하여 신입생을 뽑는다는 소식을 들었다. 그렇게 나는 재수를 하지 않고 부산대 73학번으로 입학했다. 한국의 산업 성장 속도가 엄청나게 빠를 때였으니 대학 학과도 이렇게 번갯불에 콩 구워 먹듯이 급조되었다.

군 복무는 전투경찰로 마쳤다. 거제도 장승포 부근의 해안경비대에서 근무했으니 이래저래 고향과 인연이 깊은 삶이다. 대학 졸업 후에 직장을 구할 때도 이 인연은 이어졌다. 거제도 옥포에 있는 조선소에 입사한 것이다.

직장 생활은 한마디로 '치열'했다. 선진 기술을 따라가려면 '죽기 살기'로 업무에 몰두해야 했다. 스웨덴의 조선소에 기술 연수를 갔을 때 나는 서툰 영어로 끊임없이 질문했다. 나는 이런 배짱을 나름대로 '촌놈 정신'이라 정의하고 '코쟁이' 기술자들에게 주눅 들지 않고 다가갔다. 일본에 갔을 때도 기술자들과 손짓 발짓으로 의사소통을 하며 '한 수'를 배웠다.

어느 날 퇴근길에 서점에 들러 '1980년 제4회 이상문학상' 수상작품집을 들춰 볼 때였다. 공교롭게 같은 책을 집어 든 여성을 얼핏 보니 낯이 익었다. 알고 보니 부산대 국어교육과를 나온 최윤숙 씨였는데 옥포중학교 국어 교사로 근무한단다. 이를 계기로 우리 둘은 급속도로 가까워져 1984년 봄날에 백년가약을 맺었다. 맞벌이여서 어느 정도 경제적 여유가 생겨 현대자동차에서 나온 '프레스토' 승용차도 샀다.

조선소에서는 자주 노사분규가 생겨 혼란스러웠다. 선박엔진 분야의 고급 기술자를 꿈꾸는 나로서는 이런 상황이 안타까웠다. 마침 아내가 울산의 중학교로 전근하는 바람에 나도 울산에 있는 조선소로 직장을 옮겼다. 아내는 한글학자 외솔 최현배 선생의 혈족으로서의 자긍심이 컸고 울산이 외솔의 고향이어서 나도 음덕을 보았다.

울산의 조선소에서는 동아리 활동이 활발했는데 나는 조기축구회에 들어가 중고교 시절에 다졌던 킥 솜씨를 발휘했다. 언젠가 조선소 오너의 아들인 C임원이 조기축구 경기에 참여했는데 내가 패스해준 공으로 C임원이 두 골이나 넣는 쾌거를 이루었다.

호사다마好事多魔라던가. 아들딸이 잘 자라고 아내도 부산

일보 신춘문예 시詩 부문에 당선이 되고, 나 또한 과장, 차장, 부장으로 승진하여 집안에 웃음꽃이 그치지 않을 때였는데 재앙이 닥쳤다. 조기축구회 대항 축구대회에서 상대방 수비수와 크게 부딪쳐 허리에 치명상을 입었다. 6개월간 입원 치료를 받았으나 퇴원 후에도 허리 통증이 끝이지 않았다. 정상적인 직장 생활이 불가능했다. 병가가 장기간 이어졌다. 집에 오래 누워 있으니 우울증에 시달리면서 자살 충동을 느끼기도 했다.

나를 구원한 것은 음악이었다. KBS FM에서 종일 흘러나오는 클래식 음악을 들으니 마음이 안정되었다. 나는 집 안에서 라디오를 틀어 놓고 청소, 요리, 독서 등으로 소일했다. 이런 생활이 5년간 지속되니 복직할 엄두가 나지 않아 자진 사직하고 말았다. 나는 50대 초반에 남들보다 훨씬 일찍 은퇴하고 만 것이다.

몸이 불편하니 동창회, 사우회 모임에도 가기 어려웠고 주변에서는 교회, 성당에 갈 것을 권장했으나 그것도 내키지 않았다. 과거엔 클래식 음악이라면 생소했으나 CD를 사서 바흐, 베토벤, 모차르트, 슈베르트 음악을 꾸준히 들었다. 아이들에게 사준 피아노를 나도 혼자서 두드려 보았다. 딩동댕동 치는 초보 수준이지만 피아노 음률을 내 손으로 빚어내니 마음이 정화되었다.

 중고교 때는 음악 점수가 나빴다. 고1 때 음악 선생님 피아노 반주로 〈4월의 노래〉라는 곡을 실기 시험으로 불렀는데 거의 최하점이었다. 세월이 흘러 내가 피아노를 치고 베토벤 음악에 심취할 줄이야! 딸아이는 어릴 때부터 성악 재능을 보여 작은 콩쿠르에서 몇 번 입상했다. 딸아이는 대학에서 성악을 전공하여 지금은 뮤지컬 가수로 활동한다. 사위도 뮤지컬 가수인데 요즘 나의 가장 큰 낙樂은 딸과 사위가 출연하는 뮤지컬을 관람하는 일이다.

 나는 일찍 직장을 접었으나 아내는 정년퇴직까지 평교사로 봉직했다. 요즘 아내의 교원 연금이 매월 꼬박꼬박 360만 원 나오니 우리 부부의 노후생활은 크게 걱정이 없다. 여생餘生에 내가 하고 싶은 일은 아내의 시에 곡을 붙여 보는 것이다. 작곡 교육을 받은 적이 전무한 내가 이렇게 무모하게 도전하는 것은 '촌놈 정신' 때문이다. 그 노래를 딸과 사위에게 연습을 시켜 작은 음악회를 열고 싶다.

 그때 고교 동기생들을 초대해서 그동안 동창 모임에 소홀했던 점을 속죄하고 싶다. 벗님들이여, 부디 건강 잘 지키시어 그 음악회에 오시오!

　　　　　　　　＊

 이 글을 읽고 내가 놀란 것은 황기동 님의 부인 최윤숙이란 분이 내가 울산에서 중학교에 다닐 때 국어 선생님이라는 사실이었다. 최 선생님은 교과서에 실린 시詩 이외에 〈심상〉, 〈시문학〉 같은 문학잡지에 나온 따끈따끈한 신작 명시를 낭독해주곤 했다. 문학소녀인 나는 최 선생님을 흠모하며 시를 습작했다. 나는 그 학창 시절에 청천벽력 같은 트라우마를 경험했는데 사연은 이렇다.

 중3 한글날에 학교 주최 백일장이 열렸다. 교실 밖으로 나와 작은 꽃밭 옆 벤치에 앉아 머리를 쥐어짜며 시를 썼다. 거의 완성했을 무렵 내 옆에 P가 다가와 앉았다. P는 학교에서 악명 높은 '일진' 멤버였다. 키도 크고 콧날이 오뚝해 서양인 인상을 풍기는 외모였다. P는 화장도 진하게 하고 등교했다. 선생님들도 P의 일탈 행위를 눈감아 주는 분위기였다. P의 아버지가 울산의 조폭 두목이라는 소문이 돌았다.

 그런 P가 내 시를 통째로 베껴 쓰는 게 아닌가. 나는 당황해서 정성 들여 쓴 그 시 말고 다른 시를 후닥닥 써 제출했다. P가 장원을 차지했고 나는 입상하지 못했다. P는 당당하게 시상대에 올라 교장 선생님으로부터 상을 받았다. P는 나와 눈이 마주치자 야릇한 미소를 지었다. 나는 너무도 어처구니가 없어 말문이 막혔다.

졸업을 앞둔 12월 어느 날 하굣길에 우연히 최윤숙 선생님과 나란히 길을 걸었다. 그때 선생님께 백일장 건을 털어놓으려다 입이 열리지 않았다. 자칫 잘못하다간 내가 질투심 때문에 사건을 조작하는 꼴이 될 것 같다는 걱정도 생겼다. P가 내 시를 베꼈다는 사실을 입증할 수가 없었던 것이다. 나는 열패감에 사로잡혀 그 후엔 시를 쓰지 않았고 시인이 되고 싶다는 꿈도 포기했다. 세월이 흘러 그 최 선생님이 시인으로 등단하여 활동한다니 만나 뵙고 싶다.

임몽룡 님의 원고도 내 가슴을 크게 울렸다. '얼굴 주름은 치열한 인생의 훈장'이란 제목의 글을 옮겨 본다. 사람 관계라는 게 오묘해서 이 분의 아드님도 나와 개인적인 인연이 있는 듯하여 눈길이 갔다.

*

요즘 가끔 독서 동호인들과 Zoom으로 온라인 모임을 가질 때면 화면에 나타난 내 얼굴을 보고 놀란다. 머리칼이 허옇고 비쩍 마른 영감탱이가 바로 내 모습이기 때문이다. 온화하게 보이지 않고 탐욕스런 표정이어서 당혹스럽다. 소년 시절엔 '꽃미남' 계열이었으나 이제 이렇게 노추남老

醜男이 되었으니 세월이 무상하다. 거울에 비친 얼굴을 보니 선친을 닮았다. 아들 녀석을 보면 젊은 시절의 나를 보는 듯하다.

"나에게도 아직까지 청춘은 있다 / 브라보! 브라보! / 아빠의 청춘!"

아들딸이 〈아빠의 청춘〉을 노래방에서 불러 주던 환갑 잔칫날도 10년이 지났다. 그 후 외손주가 둘이나 태어났으니 우리 집안에서는 명백하게 세대교체가 이루어졌다. 노총각인 아들놈이 아직 장가를 들지 않아 친손은 없다. 후손을 위해 나의 자그마한 회고록을 남긴다.

나는 1954년 10월 19일 마산 월포동에서 태어났다. 함안군 여항면 출신인 아버지는 박봉에 시달리는 하급 경찰관이었다. 아버지는 여항산 기슭에서 자랐는데 이 산은 현지에서는 '각대미산'으로 불린다. 훗날 알고 보니 6·25전쟁 때 치열한 전투가 벌어져 미군들이 '갓 댐!'이라 외쳤기에 그런 속칭이 붙었다.

우리 집은 일본인이 살던 적산敵産 가옥으로 목조 2층 건물이었다. 우리 형제는 2남 3녀인데 내 위에 누나 하나, 밑에는 남동생 하나와 여동생 둘이 있었다. 우리 집에는 함안, 산청, 밀양 등지의 친인척들이 몰려와 더부살이를 했다. 친형제 이외에 사촌, 고종사촌, 이종사촌, 외사촌 형제들이 수

두룩했다. 시골에서 온 친척 형제들은 학생이거나 한일합섬, 한국철강 등의 공장에 다녔다. 매일 아침에 어머니는 열두세 명이 먹는 아침 밥상을 차려야 했다. 아버지는 신마산의 명소인 '외교구락부' 다방에 즐겨 출입하며 협객 출신 '샹하이 박' 사장과 친하게 지냈다.

우리 집 부근에는 화력발전소가 있어 빨래를 널어놓으면 하얀 재가 내려앉곤 했다. 석탄발전소이니 당시엔 집진集塵장치가 미비해서 그랬다. 코흘리개 때엔 해안에 나가 조개를 잡거나 헤엄을 치며 놀았다. W초등학교에 들어가서는 친구들과 함께 걸어서 가포 해수욕장에 자주 놀러 갔다. 당시엔 가포까지 가는 길이 비포장도로여서 버스가 지나가면 흙먼지가 날았다. 그 길옆 숲속에 결핵요양원이 있었는데 사내 녀석들은 "폐병 걸린 가시나는 억수로 이쁘다!"는 소문을 두 눈으로 확인하려 요양원 곁으로 접근하기도 했다.

M중학교에 들어가니 부잣집 아이들이 많은 S초등학교 출신들이 주도 세력이어서 W초등학교 졸업생만 해도 촌놈 취급을 받았다. 교복만으로도 빈부 차이가 났다. 부잣집 아이들은 양복 옷감인 '서지serge'로 만든 옷을 입었으나 평범한 아이들은 '겟도'라는 무명옷을 입었다. 겟도는 오래되면 염색이 빠져 허옇게 변하고 너덜너덜해져 싸구려 티가 팍팍 났다. 나는 겟도 족에 속했다. 그마저도 오래 입을 거라

고 너무 큰 사이즈를 사는 바람에 '호크'를 채웠는데도 목이 헐렁헐렁했다.

중학교에 입학하면서는 등교 때부터 공포감에 시달렸다. 조회 때는 근육질의 체육 교사 P선생이 무자비하게 주먹을 휘둘러 죽을 맛이었다. 교장 선생님의 훈화는 왜 그리 장황한지…. 미술은 실습 재료를 교내 매점에서 사도록 되어 있어 다른 재료로 만들면 점수가 터무니없이 낮게 나왔다. 미술 교사가 커미션을 먹는다는 사실을 중학생 정도면 눈치챘다.

중1 때 미국 평화봉사단원 선생님에게서 영어 회화를 배웠는데 원어민의 발음을 직접 들었기에 큰 도움이 되었다. 사과를 경상도식 영어로는 '애펄'이라 하는데 그 미국인 선생님은 '애쁘우'로 발음하는 게 아닌가!

M중학교 졸업생의 절반가량이 M고등학교로 진학했다. 나도 그 가운데 하나였다. 나는 전형적인 문과 적성이어서 국어, 영어, 불어, 사회는 흥미로웠으나 수학은 젬병이었다.

고1 때 영어 수업 시간.

"영어 단어 가운데 가장 긴 것은?"

"…"

선생님은 칠판에 'floccinaucinihilipilification'이라 판서하고 빙그레 웃었다. 무려 29자였다. 나는 훗날 영어 원어민을 만날 때 이를 묻곤 했는데 그들도 잘 몰랐다. 영어 참고서로는 《정통 종합영어》를 봤는데 참 어려웠다. 경기고 학생들은 이보다 더 어려운 《영문해석연습 1200제》를 본다고 했다.

고1 때 영어 선생님이 결근하는 바람에 고3 담당인 P선생님이 대리 수업을 진행하러 오셨다. 그분은 문장을 통째 암기하면 영어 실력이 크게 는다고 강조하면서 1시간 내내 한 문장을 집중적으로 외우게 했다.

"How long does it take you to go there by plane?"

훗날 세월이 흘렀는데도 이 문장은 내 입에서 바로 튀어나온다.

중고교 재학 6년 동안 봄날 개교기념일에는 단축 마라톤대회, 가을 한글날엔 백일장이 열렸다. 마른 체형인 나는 근력을 쓰는 운동은 못했으나 심폐기능은 좋은지 중3, 고2, 고3 때 마라톤대회에서 상위권에 들어 밥솥, 그릇 세트 등을 상품으로 탔다. 학교를 출발해 댓거리까지 갔다 돌아오는 달리기 대회를 요즘에는 교통 통제 때문에 엄두도 내지 못하리라. 고3 때 체력장 검사의 1,000미터 달리기에서 2분 55초를 기록했다. 당시에 만점은 3분 9초 이내였다. 백일장에서는 한 번도 입상하지 못했다.

집안 형편이 어려워 대학은 사관학교나 교육대학에 갈까

했는데 월남전에 다녀온 외사촌 형이 서울로 진학하라고 부추겼다. 그 형은 서울에서 작은 무역회사를 운영했는데 함께 자취를 하며 대학에 다니라 했고 회사 일을 조금 도와주면 등록금도 대주겠다 했다. 그래서 나는 중앙대학교 영문과에 들어갔고 수업을 마치면 외사촌 형의 사무실에 가서 잡무를 도왔다.

형은 주로 냄비, 프라이팬, 스테인리스 그릇 등 주방용품을 수출하는 사업을 했다. 자체 무역부를 두지 못하는 여러 중소기업들의 수출 업무를 대행하는 일이었다. 나는 학교에서 배우는 영문학보다 '무역 영어'를 습득하는 데 열중했다. 바이어가 방한하면 학교 수업에 빠지며 안내역을 맡았다.

외사촌 형의 사업은 날로 번창해 광명시에 있는 제조 공장을 하나 사서 제조 및 수출을 병행하게 되었다. 대학 졸업 후 연천에 있는 5사단에서 군 복무를 마치고 외사촌 형 회사로 오니 나에게 '부장' 타이틀을 달아 주었다. 대기업 공채로 입사하고 싶었으나 형의 호의를 무시할 수 없었다. D여상을 나와 경리 업무를 맡으며 단국대학교 야간부를 다니는 미스 성(성주영)에게 호감을 가지기도 했기에 나는 정식으로 입사했다.

임몽룡-성주영, 우리 커플을 주위에서는 이몽룡-성춘향

같다면서 결혼하라고 바람을 넣었다. 나도 서울 생활이 외로워 그녀와 서둘러 결혼했다. 장인, 장모는 원래 고향이 전북 부안이었는데 오래전에 상경해서 동대문시장에서 양말가게를 운영하셨다. 신혼살림은 잠실 주공아파트 전세에서 출발했다. 결혼 후엔 부부가 한 직장을 다니는 셈이 되었다.

모든 게 순조롭게 풀리는 듯했으나 외사촌 형 공장에서 불이 났고 제2차 오일쇼크가 터지는 등 악재가 겹치는 바람에 회사는 부도를 면치 못했다. 형은 교도소에서 1년간 '콩밥'을 먹었다. 그 이후로는 형이나 나나 하는 일마다 꼬여 갔다. 아내는 첫아기를 유산했다. 나는 밥벌이를 위해 사설 학원에서 '무역 영어' 강사를 하면서 틈틈이 영문 번역을 했다.

겨우 입에 풀칠을 하는 형편이었는데 그래도 아내가 어렵사리 첫딸을 순산해 집안에 웃음이 넘쳤다. 학원 원장이 나에게 중고교 영어 교사를 해보라고 권유했다. 자기 백부가 S고 이사장인데 나를 추천해주겠다는 것이다. 신촌에 있는 이 학교는 오랜 전통의 사학이어서 귀가 솔깃했다. 나는 대학생 때 따놓은 2급 정교사 자격증을 갖고 있었다.

이런 인연으로 나는 교편을 잡았다. M고에 다닐 때 배운 영어 학습 비결을 학생들에게 전수하는 데 몰두했다. 교직은 천직인 듯했다. 그러나 또 풍파가 몰아쳤다. S고는 육상부가 있어 달리기를 좋아하는 나는 육상선수들에게 불고기와 우유를 사주고 대회 때 따라가서 응원하는 등 물심양면으로 후원했다. 그러던 어느 날 육상선수들을 코치가 손찌검하는 광경을 목격하고 내가 제지했다. 웬 참견이냐는 코치와 나는 말싸움을 벌였다. 그러다 둘 다 감정이 격해져 주먹다짐으로까지 비화되고 말았다. 학교에서 교사가 주먹질을 했으니 이유 여하를 불문하고 교단에 더 설 수가 없었다. 나는 스스로 물러나 몇 달 동안 백수로 지냈다. 가족에겐 이 사실을 밝히지 못해 한동안 매일 아침에 양복 차림으로 출근하는 체했다.

외사촌 형이 사업을 다시 시작하며 나를 불렀다. 나는 또 무역업에 뛰어들어 샘플 가방을 들고 미국, 유럽에 출장을 다녔다. 중국과의 수교 이후엔 중국에도 자주 갔다. 사업이라는 게 부침이 심해서 뜻대로 되지 않았다. 연봉을 엄청 많이 받기도 했지만 불황이 심할 때엔 땡전 한 푼도 못 받았다. 주위에서 나에게 창업을 권했으나 나는 사업 리스크를 안을 만큼 담력이 크지 못했다. 결국 월급쟁이로 직장 생활을 마감했다.

아내는 딸과 아들이 장성하자 다시 직업 전선에 나서 공인중개사로 활동한다. 딸아이는 별종이어서 어릴 때부터 태권도, 복싱 등에 심취했는데 용인대학교 격기학과를 졸업하고 요즘 이종격투기 체육관의 사범으로 일한다.

아들은 무명 연극배우다. 아들이 출연하는 연극을 보러 대학로 소극장에 갔더니 아들은 단역으로 잠시 나왔을 뿐이었다. 내가 봐도 연기가 어설펐다. 그런데 연기에 대한 자세는 매우 진지하다.

나의 취미는 스포츠 경기 관람이다. 야구, 축구, 농구, 배구 등 종목을 가리지 않는다. 운동장을 자주 찾고 또 집에서는 스포츠 TV 채널을 즐겨 시청한다.

며칠 전 외손녀가 내 초상화를 그려 줬다. 주름투성이 얼굴이었다.

"이 주름살, 좀 지워주지 않으련? 너무 늙게 보이잖아?"

"할아버지! 주름이 인생 훈장이에요. 얼마나 멋진데요!"

*

임몽룡 님의 아들인 무명 배우가 혹시 내가 아는 임동수가 아닌지 궁금했다. 대학로의 어느 극단에서 나는 임동수와 함께 길거리 호객, 포스터 붙이기, 전단 뿌리기 등 허드렛일을 도맡았다. 그는 과묵한 편이어서 무슨 생각을 가진 사람인지 알기 어려웠다. 나이가 몇 살인지, 어느 학교를 다녔는지도 몰랐다. 물어보면 그는 대답 대신에 그저 빙그레 웃을 뿐이었다. 그와 함께 단역으로 무대에 몇 번 오른 적도 있었다. 혹시 임몽룡 님이 그때 내 모습을 보았을까?

임동수는 대사 전달을 힘들어했다. 목소리는 멋진 바리톤 음색이고 발음도 정확했다. 문제는 템포였다. 제때 말이 나오지 않는 경우가 더러 있었다.

어느 봄날 연극 포스터를 붙이고 임동수와 함께 낙산공원으로 산책을 갔다. 벤치에 앉으니 멀리 서울 시가지 풍경이 눈 아래에 보였다. 편의점에서 산 라테 커피를 마시며 이런저런 이야기를 나누었다. 임동수는 어린 시절에 심한 말더듬이 증세 때문에 오랫동안 언어교정 치료를 받았다고 털어놓았다. 지금도 말문을 열 때 스트레스를 받는단다.

임동수가 트라우마를 고백하기에 나도 중학교 시절에 겪은 '백일장 사건'을 털어놓았다.

"그런 일이 있었군요. 이제라도 시를 다시 써 보세요."

"…"

임동수의 목소리엔 안타까움이 그득했다. 그만큼 그는 내 심적 고통에 공감한 듯했다.

나는 M고 동창회 명부를 얻어 임몽룡 님에게 전화를 걸었다. 문집에 실을 사진을 얻을 겸 임동수가 아들인지 확인할 겸….

"임 선생님! 르네상스 출판사 성소미 대표입니다. 동창회 기념문집 원고, 감명 깊게 읽었습니다."

"아이고, 뭘 그런 것 갖고…."

"고등학교 때 사진, 또 요즘 사진을 좀 보내 주세요."

"요즘 사진이라… 가족사진도 되나요?"

"사모님, 격투기 사범 따님, 연극배우 아드님과 함께 찍은 사진이면 더욱 좋습니다. 그리고… 혹시 아드님이 임동수 씨 아니세요?"

"우리 아들 이름을 어떻게 아시오?"

"아! 맞으시군요. 극단에서 함께 일한 적이 있답니다."

"그래요? 참 묘한 인연이네요."

"아드님은 요즘도 대학로에서 활동하시는지요?"

"아니 배우보다는 가수가 더 적성에 맞는다면서 노래 연습을 하고 있어요. 뮤지컬 가수가 되겠다나…."

그러고 보니 임동수의 굵직한 목소리가 노래에 잘 어울릴 것으로 보인다. 유튜브에서 검색해보니 그는 이런저런 오디션에 몇 번 참가한 적이 있었다. 입상은 하지 못했지만 깊은 울림의 비브라토 창법으로 주목을 끌었다.

울산의 황기동 님에게 연락하여 내가 최 선생님의 제자라 밝혔다. 그리움의 대상인 선생님과 통화가 이루어졌다.

"선생님! 제자 성소미예요. 기억나시는지요?"

"기억나고말고! 공부도 잘하고, 시도 잘 썼지!"

이렇게 하여 나는 오랜만에 울산에 내려가 최 선생님을 뵈었다. 선생님은 정년퇴직을 한 분인데도 몸매를 잘 관리하셔서인지 탄탄한 근육질이 느껴졌다. 30대 초반의 나이인데도 지방질 덩어리 몸매인 나는 옛 스승을 보니 민망했다. 커피숍에서 두어 시간 마주 앉아 회포를 풀었다. 나는 망설이다 P가 백일장에서 장원을 차지한 사연을 털어놓았다.

"어쩌 그런 일이!"

선생님은 깜짝 놀라면서 P의 근황을 알려 주었다. 시인으로 왕성하게 활동한다는 것이다. 본명 대신에 필명 '유명'을 쓰는데 시집도 여러 권 냈고 굵직한 문학상도 몇 개 받았단다. 그러고 보니 나도 '유명 시인'의 시집 서평과 인터뷰 따위를 신문에서 몇 번 본 기억이 난다. P는 대오각성大惡覺醒, 절차탁마切磋琢磨하여 스스로 시를 짓는 시인이 되었을까. 아니면 지금도 이리저리 표절을 하며, AI를 시켜 만든 시를 내세워 시인 행세를 하는 걸까. 유명해지고 싶어 필명을 그렇게 지었을까.

"선생님 시에 부군께서 곡을 붙여 음악회를 가질 예정이라면서요?"

"기념문집이 나올 무렵에 공연을 갖기로 하고 추진 중이야."

"저도 공연장에 가 볼 테니 날짜, 장소가 확정되면 꼭 연락 주세요."

헤어질 때 선생님은 자작 시집《긍휼히 여기소서!》에 서명을 하여 내게 건네주었다. 상경하는 고속버스 안에서 이 시집을 찬찬히 읽었다. 선생님은 독실한 천주교 신자인 모양이다. 깊은 신앙심을 바탕으로 회개, 용서를 주제로 한 작품을 주로 실었다. 유명한 시인 수녀님의 추천사도 실렸다.

*

해가 바뀌어 기념문집 편집을 마치고 인쇄소에 인쇄 작업을 맡긴 날, 최윤숙 선생님에게서 음악회 개최 일정을 알리는 전화 연락이 왔다. 3월 15일 오후 5시 울산 H예식장이란다. 예식장에서 음악회를? 나의 이런 궁금증을 선생님이 짐작했는지 부연 설명을 하신다.

"남편의 지인이 경영하는 예식장인데 무료로 장소를 제공하신대. 음향 시설이 좋아 더러 음악회를 열기도 하는 곳이란다."

나는 홀가분한 마음으로 울산행 KTX를 타고 내려갔다. H예식장 공연장에 들어서니 큰아버지를 비롯한 M고교 동창생

여럿이 나를 반긴다.

"문집 만든다꼬 고생 많으셨지예?"

오늘 행사의 주인공인 황기동 님이 나에게 인사하며 내 손을 꼭 잡는다. 그분은 보행이 불편한지 지팡이를 짚고 있었다. 그 옆에 선 최윤숙 선생님은 주변 인사들에게 나를 과장되게 소개했다.

"성 사장은 제 '수제자'라예. 될성부른 나무는 떡잎부터 알아본다꼬 어릴 때부터 여러모로 탁월했지예. 울산에서 과외 한 번 안 받고 서울대 불문과에 턱 합격한 수재 아입니꺼?"

나는 '서울대 불문과'라는 말만 들으면 감전된 듯 깜짝 놀라는 버릇이 있는데 이번에도 마찬가지였다. 불어를 거의 구사하지 못하는 콤플렉스 때문이다. 접속법 반과거 같은 동사 변화는 잊은 지 오래다. 출판사 대표라는 명함을 내밀지만 서울 달동네 싸구려 단칸방에서 살고 있는 신세다.

음악회는 큰아버지의 축사를 필두로 시작되었다.

"아름다운 태화강변 봄밤에 여러 현인賢人들을 모시고 황기동 작곡가의 데뷔 음악회를 열게 되어 무척 뜻깊습니다. 황 작곡가는 정규 과정의 작곡 교육을 받지 않고 혼자서 음악의 이치를 깨달은 분입니다. 그런 만큼 아주 독특한 음악 세계를 펼칠 것으로 기대합니다. 오늘 발표할 한국 가곡 10곡의 가사는 모두 작곡가의 부인인 최윤숙 시인의 작품입니다. 노래를 부르는 황수미 소프라노, 길병문 바리톤은 작곡가의 따님, 사위입니다."

큰아버지는 회사를 오래 경영하면서 임직원 앞에서 스피치를 많이 해서인지 말솜씨가 능숙했다. H예식장의 피아노는 야마하 제품인데 고음에서 소리가 고르지 못했다. 조율한 지 오래된 모양이다. 그래도 황수미, 길병문 성악가의 멋진 노래 솜씨 때문에 피아노 단점은 묻혔다. 〈태화강 청둥오리〉와 〈방어진 고래의 꿈〉이란 노래는 가사와 멜로디가 찰떡궁합을 이루었다.

"황수미, 브라바! 이름만 같은 기 아이고 노래 실력도 조수미하고 맞묵네!"

누군가가 박수를 치며 이런 찬사를 말했다.

공연이 끝나자 작곡가 부부와 성악가 부부 주변에 여러 인사들이 몰려와 덕담을 건넸다.

"기동이, 자네가 왕년에 축구할 때 골인시키면 친구들이 '기똥 차네!'라고 말했지? 오늘도 그렇네!"

"사모님 시가 노래 가사로 불려지니 더 좋심더!"

"그 누구야… 아! 〈동심초〉 작곡가 김성태 선생이 축구 선수에서 작곡가로 변신했다 카더마는 기동이도 그렇네!"

"길병문 사위는 목소리가 어떻게 그리 좋으노? 요새 한참 인기 좋은 길병민하고 형제 아이가?"

다소 과장된 덕담이겠지만 듣기에 좋았다. 나도 추임새 삼아 덕담의 향연에 박수로 호응했다. 나처럼 박수를 치며 활짝 웃는 여성이 있었다. 킬힐 구두를 신어 웬만한 남자보다 키가 커 보였다. 진홍색 투피스에 풀 메이크업 얼굴…. 언젠가 본 듯한 사람인데 누구인지 기억이 잘 안 난다. 그녀가 내게 성큼 다가와 내 어깨를 툭 치며 말을 건넨다.

"소미야! 오랜만이다!"

"예?"

"이 기집애야! 친구 사이에 예가 뭐니? 나 모르겠어?"

"아! 아… 반가워…."

P였다. '쌍수'뿐 아니라 양악 수술까지 한 모양이어서 어린 시절 얼굴과 달라 얼른 알아보지 못했다. 최윤숙 선생님이 이 자리에 초청하셨나 보다.

"선생님한테 네 소식 들었다. 1인 출판사 한다며?"

P는 유난히 '1인'을 강조해 발음했다. 글쎄, 내가 자격지심自激之心에서 그렇게 들었는지…. 1인 출판사라면 종업원 하나 없는 영세 출판사이니 P는 나를 동정 또는 조롱하는 게 아니겠는가.

"출판사 시작한 지 얼마 안 됐어. 너, '유명 시인'이라며?"

"필명은 유명이지만 그리 유명하지는 않아, 호호호!"

"중앙 일간지 문화면에 인터뷰도 여러 번 났으니 유명한 시인이지."

 나는 속이 부글부글 끓었지만 그래도 평정심을 잃지 않고 친구의 활약상을 진심으로 칭송했다.

 "알아줘 고맙다. 그런데… 소미 너도 학창 시절에 시깨나 썼잖았니?"

 "내가 무슨 시를 써?"

 나는 퉁명스럽게 대답했다. P는 '백일장 사건'을 잊은 듯 마치 자기가 나의 멘토나 된 것처럼 나를 아래로 내려다보며 말했다.

 "최윤숙 선생님이 우리 둘을 양대兩大 문학 제자라고 늘 칭찬하시던데?"

 나는 여중생 때 문예반장을 지내며 최 선생님을 지도교사로 모셨으니 그런 평가를 들을 만하다. 그러나 P는 문예반 근처에도 오지 않았고 쌈박질, 쌍욕질을 일삼던 '비행非行 소녀'가 아니었던가.

 "나는 그런 칭찬을 들을 자격이 없어. 네가 유명 시인이니 진정한 수제자지."

 내 말에 은근한 비꼬임이 포함됐음을 P가 알아차렸는지 P는 내 손을 덥석 잡았다.

 "소미야. 지금도 늦지 않았으니 등단해봐. 신문사 신춘문예는 경쟁이 너무 치열해서 거기에 목을 걸면 기약 없는 세월이 흘러. 내가 편집위원으로 활동하는 문예지에 추천해줄 테니…."

P는 핸드백을 열어 명함을 꺼내 내게 건네주었다. 명함에 쓰인 자기 이메일로 원고를 보내라며…. 외견상 얼마나 아름다운 일인가. 옛 친구의 시심詩心을 불러일으켜 시인으로 데뷔시켜 주겠다는 우정!

P 앞에 초라해진 나는 그 자리에 더 머물 기력이 없었다. 큰아버지, 황기동, 최윤숙, 이런 분들에게 '급히 상경해서 처리할 일이 있다'는 핑계를 내세워 건성으로 인사하고 H예식장을 서둘러 떠났다.

서울행 심야 고속버스를 탔다. KTX 요금이 부담될 만큼 쪼들리는 호주머니 사정이 그날따라 더욱 처량했다. 차창에 기대어 바깥을 내다보는데 풍경이 눈에 들어오지 않고 자꾸 중학생 시절의 내 모습이 눈앞에 어른거린다. 나는 신파극 주인공이 되려는지 하염없이 눈물이 흐른다.

드르르륵…

스마트폰이 울리더니 문자 메시지가 들어왔다. 발신자는 임동수다.

'반갑습니다. 저희 아버지께 제 근황을 여쭤보셨다면서요? 가수 되겠다고 발버둥을 치고 있습니다. 소미 님이 응원해주

시면 힘이 백 배, 천 배 솟겠습니다!'

 사람 마음이 간사한 게 이 문자를 보니 금세 웃음이 나고 뭔가 희망 같은 게 내 몸을 감싸는 것 같다. 지레짐작이지만 나와 임동수는 운명적인 만남을 이제 새로 전개하지 않을까, 하는 기대감이 떠오른다. 나도 얼른 답신을 보냈다.

 '당연히 응원해야죠!'

 띠리리리…

 이번엔 전화가 걸려 온다. 임동수가 내 목소리를 듣고 싶나 보다. 자정이 가까운 시간에 고속버스 안에서 곤히 잠자는 옆 승객을 깨우지 않으려 모깃소리로 말했다.

 "동수 씨, 오랜만이에요."

 "소미 씨! 저희 아버지가 문집 낸다고 얼마나 자랑하시는데요."

 "자랑하실 만하죠."

 "저도 자랑 하나 하겠습니다. 채널A 뮤지컬 경연대회에서 결선에 진출합니다! 〈The Prayer〉 아시죠? 그 노래 부른답니다."

 "예? 우승하셔야죠!"

 "소미 씨가 응원하신다면!"

 "내일 응원 점심을 살게요. 시간 있으세요?"

 "무조건 달려가야죠!"

'태평양을 건너서라도… 무조건 달려갈 거야!'라는 트로트 노래가 이명耳鳴처럼 들린다. 나는 벅찬 가슴을 안고 내일 점심시간을 기다리며 눈을 감는다. 임동수의 우승 장면이 떠오른다. 관중석에 앉아 응원봉을 흔들며 감격의 눈물을 흘리는 내 얼굴이 TV 화면에 클로즈업된다.

오래전, 서로의 트라우마를 털어놓으며 잠시 마음을 나누었던 우리는 이렇게 다시 만난다. 출판뿐만 아니라 무엇이든 1인이 다 해낼 수 있는 시대가 되었지만, 이번 출판을 통해 나는 1인보다 2인이 좋고 그보다 더 많은 사람들이 모이면 더 좋아진다는 점을 깨달았다. 나의 인생 또한 그러할까? 내일 임동수를 만나면 알게 되리라.

| 작가노트 |

 지금은 지명이 사라진 마산馬山에서 소년 시절을 보냈다. 초중고교 동기생들과 요즘도 자주 만난다. 오랜 세월이 흘렀으나 그들 대부분은 어릴 때 특성을 그대로 지니고 있다. 삶의 궤적이 대체로 평탄해서 담담한 흑백 수묵화水墨畵 같다.
 인생에서 반전反轉을 보이는 사례는 흔치 않다. 〈1인 출판, 2인 인생〉은 작으나마 인생 반전을 이룬 두 인물을 등장시켰다. 굴곡이 있는 인생 여정을 걸었기에 채색화로 보인다. 스토리는 실제와는 무관한 창작이다.

 마산은 한때 한국의 7대 도시였다. 고려 시대엔 일본을 정벌하러 가는 몽고 원나라 군대의 주둔지였는데 그때 판 우물 '몽고정蒙古井'이 남아 있다. 일제강점기엔 수산업 중심 도시였고 공기가 맑아 결핵요양소가 설치되었다.

6·25전쟁 때 부산처럼 적잖은 피란민들이 몰려든 곳이기도 하다. 동화작가 마해송, 작곡가 조두남, 시인 김춘수와 김남조 등 예술인들이 머물며 지역 문화 창달에 기여했다. 마해송 선생의 아들 마종기 시인은 서울중학교에 다니다 피란지 마산에서 마산중학교에 다녔다. 훗날 세계적인 물리학자로 활약한 이휘소 박사도 그 시절에 마산중학교에서 잠시 공부했다.

1960년 3·15 부정선거를 규탄하는 대대적인 시민 시위가 일어난 '민주화 운동의 성지'이며 1979년 10월 '부마항쟁釜馬抗爭'의 발생지이기도 하다. 1970년대엔 수출자유지역을 유치한 산업화 선구 도시였다.

부산에서 태어난 나는 통영을 거쳐 마산으로 이사 와 바다를 바라보며 호연지기浩然之氣를 키웠다. 이 작품은 청소년기의 추억이 그득한 마산에 대한 나의 작은 '오마주hommage'다.

한때 새를 날려보냈던 기억

김용희

◆
김용희

2009년 단편소설 〈꽃을 던지다〉를 〈작가세계〉 가을호에 발표하며 등단했다. 작품으로는 첫 장편소설 《란제리 소녀시대》(2009 문화예술위원회 우수문학도서 선정)를 비롯해 《화요일의 키스》, 《해랑》, 《나의 마지막 첫경험》, 창작집 《향나무베개를 베고 자는 잠》(문화예술위원회 우수문학도서 선정)이 있다. 하동국제문학상 대상, 불교문학상, 소나기마을문학상 등을 받았다. 현재 평택대에서 학생들을 가르치고 있다. yhkim@ptu.ac.kr

사나운 폭우다.

빗줄기가 뜨겁게 달구어진 흙 마당에 내린다. 빗줄기는 닿자마자 흙가루와 함께 솟아올랐다. 장대비는 숨길 수 없는 열병처럼 대기를 갈랐다. 땅바닥 위에서 열꽃을 피워 냈다. 마른 흙들은 사나운 패대기질을 견디지 못했다. 힘겨운 듯 몸부림을 친다. 흙먼지가 뽀얗게 인다. 몽롱한 흙냄새가 진동했다.

대단한 비다. 이러한 폭우 속에서는 어떤 사랑도 꿈꾸지 못하리라. 참혹한 사랑, 때로 나는 내 혈관 속에 숨길 수 없는 열병이 피처럼 흐르는 것 같다고 생각한 적이 있다. 그것은 발작같이 다가온 타인 같았다. 아니 낯익은 절망 같기도 했다.

그와 헤어진 것이 꿈속 같기도 하다. 해서 되려 생생해진다. 해가 거듭될수록 생생해지는 절망을 무엇이라 불러야 하

나. 시간이 지날수록 더 진해지는 내음이나 목소리 따위 같은 거…. 감촉이나 스침 같은 거….

  빗소리와 함께 흙먼지가 이는 마당을 바라보았다. 아버지가 남긴 시골집으로 내려온 것은 며칠 전이다. 인부들과 함께 직접 검은 기와를 올리고 서까래를 얹은 한옥이다. 흑자갈과 백자갈을 깐 마당 옆에는 통나무로 만든 조그만 별채까지 있어 소담스럽기까지 한 시골집. 아버지는 세균 연구를 위한 실험실이 필요하다는 명목이었지만 자기만의 둥지가 필요했으리라. 엄마가 돌아가시고 나서 특히나. 아버지의 여자가 집으로 불현듯 쳐들어와 엄마가 장롱 안에서 목을 맨 이후에는 특히나. 엄마가 돌아가신 후 아버지는 미친 사람 같았다. 연구랍시고 통나무집 별채에서 며칠을 나오질 않았다. 별채에서는 하루 종일 몸을 헤집어 놓는, 참을 수 없는 화학약품 냄새가 진동했다. 독성을 뿜어내는, 이름을 알지 못하는 가연성 약품 속에서 고글을 쓰고 흰 가운을 입고 아버지는 대체 무얼 한 것일까. 자기 삶을 견디고자 한 것일까.

  살아가면서 가장 깊고 가장 절실한 몸부림도 있는 법이다. 어쩌면 대지는 빗줄기를 온몸으로 받으면서 관능의 순간을 견딜 수 없어 몸을 비트는지도 모른다. 거센 호흡을 들이키며 온몸을 들썩이고 있는지도. 이런 빗줄기 속에서는 아득히 정신을 잃고 만다. 빗줄기의 광기, 빗줄기의 관능. 문득 생이 비현실적으로 느껴졌다. 이쪽 세계와 저쪽 세계의 경계가 없어지는 듯한, 몸과 마음이 뒤엉키며 섞이는 듯한. 문득 어디선가 환청이 들리는 것도 같다.

그 일은 어떻게 일어난 것일까. 그때 내 나이 몇 살이었을까. 아마 열다섯이었을 것이다. 초경을 막 시작하자 나는 문득 생이 고달프게 느껴졌다. 사는 것은 진지해졌고 조심스러워졌다. 사는 것이 숙명적인 만큼 잔인하다는 생각도 했다. 어떤 복병이 숨겨져 있을지 아무도 몰랐다. 아침에 일어나면 이부자리에 피 얼룩이 묻어 있곤 했다. 하얀 옥양목 위에 붉은 얼룩을 보며 생각했다. 생은 얼마나 조심스러운 것인가. 초경을 막 시작한 여자아이가 몸속의 생리혈을 다 담아내기엔 아직 생이란 것이 생경했다. 몸과 마음 사이가 서로 어긋나 헛돌고 있다는 생각. 빨리 어른이 되고 싶었다. 아니 빨리 어른이 되기 싫었다.

어깨에서 찰랑거리는 단발머리를 오른손으로 한번 쓰윽 흔들어 본다. 젖멍울이 조그맣게 부풀어 올라 셔츠 위에 조그만 둔덕을 만들고 있었다. 어딘가 닿을 때마다 젖멍울은 성장통으로 욱신거렸다. 어린 젖가슴과 연하게 붉은 입술, 나는 열다섯의 계집애였다.

아버지와 치앙마이에 도착했을 때는 밤이었다. 아버지는 세균학자였고 의사였다. 방콕에 도착, 다시 야간 시외버스를 타고 북쪽으로 몇 시간을 달렸다. 비포장길을 덜컹대면서 나는 졸음에 겨운 눈으로 몇 번이나 머리를 유리창에 찧었다. 어둠 속에서도 열대 수풀들의 짙푸른 기운을 느꼈다. 열대 수풀 냄새와 열기가 버스 안으로 새어 들어왔다. 도로는 심하게 패어 있었고 버스는 요동을 치며 몸을 뒤뚱거렸다. 차창으로 뿌연 흙먼지가 달려들었다. 처녀림은 사람을 홀리게 하는 데가 있다.

그래, 지금 다시 생각해보니 치앙마이에는 느리게 흐르는 강이 있었던 것 같다. 우리가 도착했을 때쯤 강은 태양의 열기와 어둠 속에 지워져 보이지 않았다. 숙소에 짐을 부려 놓고 아침이 되고 나서야 열대림 너머 강이 여체처럼 나른하게 누워 있는 것이 보였다. 강은 어떤 소리도 내지 않았다. 몸속에서 흐르는 피처럼 고요했다. 그것은 오래된 시간 같기도 했고 오래된 정념 같기도 했다.

열대 목으로 만든 현관문과 의자와 책상, 나무 블라인드 사이로 보이는 강렬한 햇빛들. 숙소 너머로 사람들의 말소리와 이름 모를 새소리가 조금씩 들려왔다. 어디선가 개 짖는 소리도 들려왔다.

그러다 한낮, 한낮이 되면 태양 빛이 너무 강렬해 모든 소리들을 다 삼켜버렸다. 초가지붕과 물소, 죽은 새와 개, 물에 떠 있는 거대한 산 그림자와 수풀. 뜨거운 공기 속에 거대한 정적과 침묵이 세계를 한꺼번에 삼키고 있는 듯 보였다.

점심 식사를 하는데 도마뱀이 벽 천장에서 기어 내려왔다.

중학교 2학년 여름방학. 아버지는 여름방학이 되자마자 기다렸다는 듯이 태국에 함께 가자고 했다. 아버지는 당시 열대성 세균학에 대한 논문을 준비하고 있었다. 현장 조사차 취재 여행이었다.

치앙마이의 호텔 숙소는 더웠다. 땀과 먼지로 얼굴은 곧 얼룩덜룩해졌다. 끈적거리는 땀을 연신 닦으며 나는 아버지의 뒤를 잰걸음으로 따랐다. 현지 신부님의 집까지 가는 데는 원주민의 거리를 지나야 했다. 어린 소년들이 대나무 물통을 어깨에 걸치고 지나가는 것이 보였다. 차양 아래 그늘에서 거무튀튀한 얼굴을 한 아낙이 아이에게 젖을 물리고 있다. 검고 큰 눈을 가진 아이는 엄마의 젖을 이리저리 만지며 호기심 어린 눈빛을 보냈다. 대나무로 엮어 만든 긴 챙 모자를 쓰고 깡마른 사내가 자전거를 끌고 지나갔다.

"바로 이게 인생이야."

자전거를 탄 아버지 등 뒤에서 아버지의 막막한 허리를 꽉 잡고 있는 내게, 아버지는 그렇게 말하는 것 같았다.

이 모든 것들이 나와 아무 상관이 없다고 생각하는 것으로 인해 이 모든 것들이 나에게 가장 깊은 진실로 다가왔다. 원주민들의 얼굴은 햇빛에 그을러 검은빛으로 반짝였다. 피부는 연한 과일처럼 고왔다. 부드러운 흙냄새가 났다. 그들은 흙을 닮고 햇빛을 닮아 가고 있었다.

어디선가 이름 모를 새가 괴상하고 길게 울었다. 거대한 수풀 사이로 강물은 천연덕스럽게 나신을 드러내며 흘렀다.

잠시 텁텁하고 더운 열기를 가슴 깊이 들이마셨다. 혼자서 낯선 도시에 도착하는 공상을 수도 없이 해왔다. 어느 누구도 아는 사람이 없는 곳에서 영 모르는 사람들 사이를 걷는 상상 말이다. 세상에 대한 두려움만큼 호기심도 컸다. 생은 강렬한 비밀과 욕망과 모험을 감춘 듯해 보였다.

성당 안 신부님의 사택 마당에는 깡마른 닭들이 정신없이 마당을 헤집고 돌아다녔다. 이국의 닭들은 구구 하고 우는 소리도 이상스러웠다. 신부는 젊었다. 그는 원주민들과 비슷한 외모를 가지고 있었다. 까무잡잡한 얼굴로 내내 미소를 띠고 있었다. 친절하고 선량한 눈빛.

"오시느라 힘드셨죠? …치앙마이는 처음이죠?"

"예…."

아버지는 늘 예의 짧고 단단한 목소리로 대답했다.

"이곳 사람들은 말라리아와 이질 위험이 늘 도사리고 있어요. 기관지 폐렴에 걸리는 사람도 간혹 있죠. 폐렴에 걸리면 심장이 견디질 못합니다. 제가 이곳 사람들을 돌보기도 하지만 역부족이죠. 현지인 의사도 있긴 하지만… 오히려 이들이 믿는 것은 토신이죠. 제를 올리고, 염불을 외는 것에 더 매달리는 형편입니다."

그는 문득 자신의 의무가 생각이라도 난 듯 눈빛을 반짝이며 말했다.

"이곳까지 와주셔서 정말 감사드립니다, 박사님. 따님도 함께 오실 줄은 몰랐습니다."

젊은 신부는 의자를 당겨 앉으며 나를 쳐다보았다.

"예…."

아버지는 또 깎아지른 듯 짧고 둔중하게 말했다. 긍정도 부정도 아닌 듯한 말투. 그러고 나서 그는 회칠한 벽과 원목 집기들을 조심스럽게 살폈다.

열대지방의 수프 냄새, 구운 고기 냄새, 푸성귀와 차 냄새, 먼지와 특이한 향신료 냄새가 섞이며 방 안 가득 넘쳐 났다.

나는 밖으로 뛰어나가 깡마른 개들과 장난을 쳤다. 개들은 떠돌이 개들 같기도 했다. 모기와 날벌레가 윙윙거리며 맴돌았다. 지붕을 이은 짚들은 비에 젖어 썩는 내를 냈다. 나무 블라인드 창은 윤기가 돌았다. 방갈로 문을 활짝 열어 통풍을 해둔 탓인지 나무 벽들이 탄력 있는 열기를 뿜어냈다. 베란다에 만들어 놓은 그물 그네를 타면서 나는 다시 한번 이름 모를 이국 산을 바라보았다. 차츰 석양빛이 붉게 물들었다. 안개와 열기의 희미한 빛이 강 너머에서 새어 나오고 있었다.

"이제 그만 가자…."
아버지는 내 손을 끌었다. 아버지는 선교사에게 조사를 위한 실험실 구비에 대한 몇 가지 부탁을 한 것 같다. 사택을 빠져나온다.

노을이 지고 있다. 저녁 무렵이면 엄마는 수돗가에서 양동이에 물을 떠 와 아버지 발을 씻겼다. 조용하고 말이 없었다. 엄마가 한시라도 쉬는 것을 본 적 없다. 저녁 무렵 동네 애들과 놀다 대문을 열고 들어올라치면 엄마는 마당가에서 쌀을 씻고 계셨다. "엄마-"하고 불렀을 때 엄마의 등에 석양빛이 조금 물들기도 했던가. 그 모습을 잊지 못한다. 그리고 마지막이었다. 모든 것은 순간적이었다. 죽음은 조금도 기다려 주질 않는다. 어떤 갈망도 욕망도. 모든 것을 끝장냈다.

엄마가 돌아가시고 아버지의 시선은 초점이 없는 사람처럼 자주 허공에 맺혀 있곤 했다. 아버지는 환자를 돌보는 것 이상으로 실험과 논문 쓰는 일에 매달렸다. 아버지를 몰아갔던 어떤 힘들이 자신을 그렇게도 고립되게 만들었는지 알 수 없다. 세상에 등을 돌리고 자신의 방에 문을 스스로 닫아건 것 같았다.

　다시금 괴상하게 새가 울었다. 창문 유리창에는 유리가 없는 대신 발과 블라인드만이 내려져 있었다. 숙소로 돌아왔을 때 온전히 어둠이 내린 듯했다. 벌레 소리만이 사위가 고요해졌음을 알렸다. 하루가 끝나 가고 있다.

　어둠, 알 수 없는 비밀을 간직한 채 바람이 불었다. 바람은 어디서 와서 어디로 가는 걸까. 어둠을 안고 바람은 계속해서 불어왔고 다시 흘러갔다. 천천히 빛이 사위어지듯 시간이 흘러가는 것이 손바닥 위에서도 느낄 수가 있었다. 여러 개의 문살로 이루어진 블라인드를 치고 나는 침대 위에 누워 이불을 이마 위까지 덮었다. 예전에 이곳에 누웠던 이들의 냄새와 이야기가 내 마음을 알고 찾아오는 것 같다. 그리고 어디선가 알아들을 수 없는 이상하고 야릇한 말소리가 들리는 듯도 했다. 젖멍울이 다시금 욱신거린다. 간이문 저 너머, 아버지는 잠들었을까.

　갑작스럽게 나막신 딸그락거리는 소리가 머릿속을 심하게 때리며 울었다. 어느새 나는 졸음에 겨워 잠이 들었었나. 누군가 문을 세게 두들기며 아버지를 찾았다. 다급한 목소리였다.

　"박사님, 박사님…."

"문 좀 열어 주세요."

"…."

"일어나셨습니까? 좀 가 보셔야겠어요. 큰일이 생겼습니다, 박사님."

낮에 보았던 젊은 신부였다. 아버지가 부리나케 간이문을 열고 내 방으로 들어와 옷을 입으라고 했다. 나는 반사적으로 알 수 없는 불안감에 재빨리 침대에서 내려왔다. 아버지가 몇 가지 간단한 의료 가방을 챙기는 데 별로 시간이 걸리지 않았다.

호텔 밖은 언제부터인지 소나기가 쏟아지고 있었다. 잠결에 듣던 그 소란스러운 소리가 빗소리였구나… 지독한 장대비였다.

"스콜이에요. 박사님… 여기 택시를 부를 수도 없고… 인력거 불렀습니다…."

"…."

"사람이 죽어 가고 있어요. 빨리 가 보셔야…."

신부의 목소리가 떨리고 있었다.

칠흑 같은 어둠이었다. 비를 맞은 열대 수풀은 잠에서 깨어난 산짐승처럼 몸부림을 쳤다. 숨겨진 상처에서 마치 깨어난 듯 나는 입술을 깨물었다. 비가 오고 있다고 느껴지기보다 아주 가늘고 싸늘한 안개가 이 세계를 감싸고 있다는 생각. 온통 물의 장막으로 뒤덮은 듯 느껴졌다. 인력거는 덜컹거리며 열심히 앞으로 달려갔다. 삼각뿔 모양 챙 모자를 쓴 인력거꾼은 맨발로 빗속을 달렸다. 진흙이 척척 종아리에 감겼다. 어두웠지만 섬찟하고도 이상한 현실감이었다.

내가 이 모든 것들을 기억하고 있다니. 그날 밤 내 삶의 오목한 부분에 들어앉아 있는, 알 수 없는 열망과 정념과 운명의 비릿한 느낌들을 다시 기억해낼 수 있을까. 그 일에 대하여 나는 어떤 말로 다 이야기할 수 있을까.

그러니까 인력거는 분명, 낮에 아버지와 함께 갔던 신부 사택 쪽이 아니었다. 밤이었지만 분명히 알 수 있었다.

인력거는 치앙마이의 시내 쪽으로 향하는가 하더니 거리의 뒷골목 쪽으로 방향을 틀었다. 도시의 뒷골목, 붉고 화려한 등이 집집마다 달려 있고 시끄러운 음악 소리가 귀를 찔렀다. 어두침침하면서 환한 내부에는 날카로운 웃음소리가 사내들의 욕지거리와 함께 섞여 흘러나왔다. 짙은 화장을 한 여자가 갑자기 문을 열었고 남자들을 내쫓으며 알아들을 수 없는 말들로 날카롭게 쏘아붙였다. 술 취한 남자들은 호기롭게 껄껄대며 뒤로 물러나며 비틀거렸다. 관능이 넘치는 여자들은 세상에 많은 상처를 가진 듯 과장된 몸짓으로 움직였다. 창문 새로 흘러나오는 불빛 속에서 세상은 모두 이 뒷골목의 정념 속으로 빨려 들어오는 듯했다. 여자들은 허벅지 깊게까지 파진 치파오를 입고 있었다. 그것이 일종의 환각처럼 보였다.

"사와디캅…."

여자들이 유혹하는 목소리는 은밀하고 애교가 넘쳐흘렀다. 우리는 어디로 온 것인가. 이곳은 어디일까. 호기심과 함께 무서운 흡인력이 마치 이곳에서 벗어나지 못할 것만 같은 두려움으로 엄습했다.

아버지를 돌아보았다. 마분지같이 굳은 얼굴. 엄마의 죽음에 대해 저주를 퍼붓기도 전에 아버지는 스스로 유형지를 만든 사람처럼 보인다. 자기 자신에게 채찍을 내리치는 것으로 그 누구도 범접할 수 없게 하는 벽.

순간 인력거가 갑자기 멈춰 선다. 그 바람에 나는 앞으로 곤두박질칠 뻔했다. 앞으로 휙 쏠려 간 상체를 간신히 다시 가눈다. 사방을 두리번거린다. 소나기는 어느새 그쳐 있었.

도시의 뒷골목, 왁자지껄한 노랫소리와 욕지거리, 이상하고 묘한 향료 냄새와 토사물이 썩는 냄새가 오히려 삶의 정수처럼 느껴졌다. 현기증이 일었다. 혼란스러움.

우리가 당도한 곳은 붉은 불빛이 창살로 된 유리창 너머에서 흘러나오는 유곽의 쪽문 앞이었다. 신부는 우리를 앞서가면서 손짓으로 인도했다. 좁은 통로고 잰걸음이었다.

"이쪽으로… 빨리…."

쪽문 통로는 비밀리 파 놓은 뒷문처럼 머리를 숙이고 한참을 들어가야 했다. 내부는 어두침침했고 땅바닥은 축축하게 젖은 채 김이 올라오고 있었다. 다시 판자문이 나타난다. 신부는 문을 잽싸게 열었다.

누가, 이 유곽의 뒷방에서 앓고 있단 말인가.

여인이, 한 여인이 대나무 다다미방 침대 위에 누워 있다. 화장을 눈 아래까지 짙게 한 원주민 여인 둘이 불안한 얼굴을 하고 옆에 웅크리고 있다. 이들은 뭐라 뭐라 걱정스럽게 중얼거리고 있었다. 이국의 말들은 괴상한 새의 울음처럼 명백하고 난해했다.

"고열이에요…. 무슨 말을 하는데… 대체 무슨 말인지…."

"…."

"자꾸 뭔가를 찾는 것 같기도 한데…."

신부는 다급하게 말을 이었다.

"언제부터죠?"

아버지가 체온계를 꺼내 여인의 몸속에 찌르며 물었다.

"며칠, 아니 몇 주 된 것 같아요. 잘은 모르겠는데… 원주민이 제게 연락을 해와서… 전에 한 번 날 찾아온 적이 있는 여자예요…."

"아는 사람입니까?"

아버지가 체온계를 보면서 물었다.

"아니… 그냥… 조금…."

땀과 열기로 휩싸인 여인의 침대 시트는 이미 쉰 냄새가 진동을 하고 있었다. 여인의 옷은 거의 땀에 젖어 있었다. 바랜 벽지 아래 이런저런 얼룩이 묻어 있었다. 조잡해 보이는 커다란 거울이 걸려 있다. 옷걸이에 몇 개의 옷가지와 옹색한 나무 얼개로 만든 살림 집기가 전부다. 방은 장식이 거의 없이 공허했다.

미인이다. 지친 듯 늙어 보이는 눈자위 그늘이 드리워져 있었지만 매력적인 콧날과 입술이 얼굴 전체에 매력을 주었다. 뭔가 설명할 수 없는 분위기가 있는 얼굴….

여인은 고열에 들떠 신음하는 듯 울부짖는 듯했다. 다시 뭔가 허공을 잡으려는 듯 소리를 질렀다. 누군가를 부르는 것도 같았다. 숨소리가 거칠었다.

"아악… 인우… 인우야…."

여인은 놀랍게도 한국인이었다. 이국에서 한국 여인을 만나다니.

"어, 아버지, 한국인인 것 같애요."

신부는 고개를 끄덕였다.

"머, 머리가 깨지는 거 같애…."

여인은 고통스러워했다. 여인은 뭔가에 반항하려 했고 거부하려 했고 인정하려 하지 않는 듯도 했다. 허공 속을 휘젓는 손길은 그것이 허공임을 증명하려는 듯 아무것도 여인에게 건네주질 않았다.

"얼음을 가져와요…. 찜질을 해얄 거 같아서…."

여인이 다시 두통인지 고열인지로 자신의 머리를 움켜쥐고 죽을 듯이 몸부림을 쳤다. 여자는 매우 지쳐 있었다. 아버지는 여인의 상체를 잡으라고 신부에게 말했다. 주사기 침 끝으로 주사약 몇 방울을 튕겨 본다. 순간 아버지는 불안한 얼굴로 나를 돌아봤다.

"진희야, 넌 좀…."

아버지가 고갯짓을 했다.

"아니, 저… 여기 있어도 되는데…."

"안 돼…. 빨리."

분위기가 너무 무거웠기 때문일까. 아버지의 말을 더 이상 거역할 수가 없었다. 나는 할 수 없이 샌들을 끌며 문을 나왔다.

좁은 복도 안은 음산했다. 복도 끝 화려한 불빛이 번쩍이는 곳에는 여전히 시끄러운 음악 소리와 이국 여인들의 웃음소리가 간간이 들려왔다.

나는 솟아오르는 호기심을 감출 수가 없어 이리저리 여자의 방문 앞을 서성거렸다. 여인은 고통이 온몸을 뚫고 솟아나는지 몸의 기관이 파열하듯 크게 울부짖었다. 여인은 울고 있었다. 신음 소리가 구토처럼 쏟아진다.

복도 천장에는 커다란 환기창이 윙윙거리며 돌아간다. 여인은 모든 것을 끝장낼 듯 육신의 힘을 울부짖음에 매달리는 것 같았다. 오직 울음만이 생의 마지막 열정이라도 되는 듯.

열기로 팽팽한 좁고 어두운 복도를 서성이는데 지독한 무력감이 폐부를 찔렀다. 손이 덜덜 떨리며 현기증이 일었다. 여자의 고통을 감당하기에 내가 당시 너무 어렸을까…. 마른 입술을 질끈 깨물었다. 쪽문 밖에서 다시 음악 소리… 여자들 소리… 가끔씩 두꺼비 같은 이상한 파충류의 울음소리…. 그때를 다시 떠올리려 하다니…. 몸속에 뭔가 뜨거운 것이 흐르는 듯하다.

얼마가 지났을까…. 방 안이 고요해지면서 몇 마디 목소리들이 웅성거리는 것이 들렸다. 아버지의 메마른 목소리가 들려왔다. 복도 문 이쪽 편에서는 무슨 말인지 알아들을 수는 없었다. 진찰 가방을 챙기는 소리, 신발 끄는 소리, 몇 마디의 말들이 섞이는 소리…. 그리고 아버지가 문을 열고 나왔다. 창백하고 지친 표정이다. 놀란 듯 나는 말을 더듬었다.

"어, 어, 어떻게… 됐어요?"

"…."

"아버지!"

"너무 늦었어…."

갑자기 날벌레들이 머릿속에서 윙윙거리는 것 같다. 그 순간에도 아버지는 가방에서 진료카드를 꺼내 뭔가 기록을 하는 듯했다. 갑자기 복도 안이 거대한 강물에 휩쓸리는 듯 나는 물살에 실려 어딘가로 흘러가는 아득함을 느꼈다.

신부의 사택을 다시 찾았을 때 혼자였다. 며칠이 지난 대낮이었다. 내가 어떻게 혼자서 그곳까지 가게 되었는지, 지금의 나로서는 기억나지 않는다. 다만 그 남루한 유곽의 쪽문으로 연결된 한적한 방. 그곳에서 울부짖던 여인의 모습이 오랫동안 나를 괴롭혔달까. 어수선한 마음이었다. 뭐 그런 것만으로는 충분한 이유가 되지 않았지만…. 치앙마이의 습하고 더운 기운, 이국종의 개들, 물소 떼와 여귀같이 우거진 수풀…. 모호한 이 열기의 비밀을 알고 싶었는지 모른다.

"전염병인지… 말라리아인지… 다른 풍토병인지… 잘 모르겠어…. 말라리아 같기도 하고…. 박사님도 혈액 검사할 장비가 없어서…."

"아니, 제가 알고 싶은 것은 신부님, 왜 그 여자가 이곳까지 오게 되었나 하는 거예요…. 그 여자를 안다고 하셨잖아요…."

신부는 한참 말을 아끼더니, 어렵게 입을 뗐다.

"그 여자가 날 찾아온 건 지난해 여름, 그러니까… 일 년 전이었다…. 많이 지쳐 뵈더라. 피로 때문인지 실제보다 더 나이가 들어 보이기도 하구…. 나중에 나이를 물어보고 내 짐작이 맞다는 것도 알게 됐고….”

신부는 조심스럽게 옷소매를 만지작거렸다. 신부는 말을 올리지도 낮추지도 않는 애매한 말투로 이야기를 이어 갔다.

"어디서 왔는데요?”

“글쎄…. 방콕에서 왔다고… 아니 그전에 이미 홍콩에 살았다고 하는 것도 같고….”

"어떻게 여기까지 오게 됐대요? …여자 혼자 몸으로….”

신부는 눈을 깜빡거리며 생각을 더듬는 듯했다. 그리고 고개를 옆으로 기웃거렸다. 안경을 다시 곧추세운다. 누군가의 삶의 속내를 들여다보는 것은 결국 그 삶의 비밀에 공모하는 것이라는 것을, 어린 마음에도 알고 있었던 것 같다. 그에게 계속해서 말하라고 부탁한다.

"결혼한 몸이었어…. 한국을 떠날 때…. 굉장한 부잣집이었나 보더라. 여자는 명랑한 성격이었고… 무엇이든 서슴지 않고 말을 하는 화통한 여자였다…. 한 남자를 무척 사랑하게 됐대…. 서로를 보자마자 함께 있어야만 된다고 확신하게 됐다더군. 마치 공기처럼… 같이 함께 있는 것이 당연한 운명처럼…. 근데 집안 반대가 만만치 않았나 봐…. 그 남자는 가난한 집안 출신이고… 실제 그렇게 내세울 것도 없었고…. 그래서 결심을 하게 되었나 봐…."

젊은 신부의 말은 느리고 잔잔했다.

"외국으로 사랑 도피를 한 거군요…."

"그런 셈이지요…. 처음 정착지는 홍콩이었다지 아마…. 그들이 가장 행복했던 때였다더군…."

선교사는 먼 곳을 항해하는 어부처럼 고요하게 어느 수평선 위에 시선을 던졌다. 허공은 그의 시선을 거두어 생생한 그들의 이야기로 다시 옮아가게 했다. 그에게 계속해서 이야기해달라고 말한다.

"홍콩에서는 홍콩해 근처에서 살았다나 봐. 개인 주택들이 몰려 있는 시내 근처 동네였다고…. 중국 식당을 돌아다니며 밥을 사 먹고 이것저것 아르바이트도 하고…. 남자는 목수 일을 잘해서 이것저것 목공예를 만들기도 하고 의자나 테이블 따위를 만들어 팔기도 하고 했나 봐. 순하고 착한 사람이었지만 자존심도 강한 사람이었대…. 여자가 가지고 온 돈으로 한동안 그들은 풍요롭게 지낼 수 있었다 하더군…."

그들은 밤마다 그들의 작은 아파트 침대에서 사랑을 나누었다고 한다. 모국과 모국에 가족들을 두고 왔다는 사실이 더욱 격렬하게 서로를 갈구하게 했다고 한다. 아마도 그들은 행복하게 사랑을 나누고 다시 서로의 사랑 때문에 버리고 온 것에 더욱 매달리고자 했는지 모른다. 남자는 여자의 온몸에 입맞춤을 퍼부었을 것이다. 그 입맞춤은 서로를 위로하기 위한 것이기도 하고 슬픔을 연민으로 바꾸고자 하는 몸부림 같은 것이기도 했을 것이다. 그리고 다시 여자는 남자를 베고 누워 울고, 다시 서로를 힘껏 껴안으며 애무했으리라. 오직 이 세상에 유일하게 둘만이 남겨진 듯이. 그들은 그렇게 행복과 슬픔, 그리고 연민과 간절함으로 서로를 갈망했으리라. 갈망하는 것만이 그들을 살아가게 하는 유일한 힘인 양.

내가 어떻게 그 여자와 남자에 대하여 이렇게도 생각을 해내게 된 것일까. 그 여자의 슬프게 부르짖던 목소리, 가냘픈 목선 아래 떨고 있던 어깻죽지를 보면서 이 몽롱한 사랑의 광경들을 그려 낸 것일까.

"그러다 그들에게 문제가 생긴 거군요…."

내가 생각을 수습하며 다시 눈을 반짝였다.

"그랬어요. 가지고 있던 돈이 거의 바닥이 나자 여자는 몹시 불안해졌나 봐. 더욱이 여자는 아껴 쓰는 습관도 없던 터라… 남자와 자주 충돌이 있었대. 그 여자는 장식 구두 사기를 좋아했고 실크 원피스, 리본 달린 모자까지…. 가끔씩 섬으로 여행 가자고 조르기도 했나 봐…. 처음에 남자는 여자의 요구를 들어주려 부둣가에서 짐도 날랐다 하대…. 여행 가이드 보조, 식당 서빙, 패스트푸드점 점원, 뭐 여러 가지 닥치는 대로 일을 했지만 여자의 요구가 충족되기는 힘들었대…."

"일종의 유혹에 빠진 거군요."

"그래…. 서로에게 빈틈이 보이기 시작한 거지. 남자는 처음에는 여자를 타이르고 으르고 설득하려고 애썼대. 그러나 여자는 남자에게 상처 주는 갖은 말들을 퍼붓기만 했대. 그렇게 하는 것으로 자신의 처지를 위로받으려 했던 거지. 일부러 남자의 자존심을 상하게 하는 말들만 골라서 하면서…."

위태로운 사랑, 그것은 사나운 소나기처럼 대지 위에 자신의 몸을 패대기치는 사랑이다. 상처 주고 다시 안기길 원하는 그런 사랑. 미친 물살처럼 서로의 가슴에 구멍을 내길 원하는 사랑.

"그래서 남자는 몹시 화가 났겠군요."

"아니, 그렇지 않았어…. 남자는 의외로 인내심이 많고 참을성이 강한, 그러면서도 순한 사람이었나 봐. 남자는 그럴수록 여자를 더욱 가까이 안으려 했다더군. 남자의 손길을 뿌리치던 여자도 못내 남자의 품에 안겨 다시금 울며 사랑을 나누었대…. 여자도 남자를 깊이 사랑했던 거지."

기묘한 열정, 그들은 알 수 없는 기묘한 열정에 사로잡혀 있었던 것이다.

후유…. 나는 어찌해서 이렇게 자세하게 그 일들을 기억하고 있는 것일까. 남자는 자신의 가슴에 안겨 있는 여자의 검고 윤기 나는 머리카락을 쓰다듬으며 노래를 불러 주기도 했다. 그것은 저 이방 너머로 날아가려는 새를 휘파람을 불며 고요히 달래고자 하는 쓸쓸한 입술의 노래였는지 모른다. 그러면 여자는 눈을 감고 곧 낯선 꿈속으로 들어가곤 했다. 꿈속에서나마 그녀는 가능한 모든 것들을 다 할 수 있었기 때문에. 여자는 노란 들꽃처럼 충분히 아름다웠고 어린애처럼 충분히 변덕이 심했다.

신부는 잠시 티를 한 모금 마셨다.

"그들은 형편이 차츰 쪼들리자 집을 정리하고 여비를 만들어 마카오로 갔다고 하더군. 마카오는 포르투갈령이었던 곳이고 바닷가 근처였어…. 그들은 좀 더 자유롭게 살고자 했던 것 같애…. 여자는 식당에 취직을 했어. 식당은 발코니를 통해 시내로 활짝 열려 있었대. 여자는 언제나 바다를 볼 수가 있었다고 하더군. 남자는 부두 선원들과 부둣가 짐을 나르고 남는 시간에 목수 일을 거들면서 생활을 꾸려 나갔고…. 주민들도 대체로 소박했고 어울려 살기를 좋아했다고 해…. 시골 촌락 출신인 남자는 그곳 생활을 매우 만족해했다고 하대. 아내를 위해 소파와 침대를 만들어 주기도 하고 그네를 만들어 주기도 했대. …근데 여자는 그곳에서도 이내 일상을 지겨워했다더군. 그 여자는 좀 더 화려하고 극단적인 삶을 원했다고 해. 극단적인… 뭔가 모험적인… 삶을…. 그 극단적인 변덕이 여자를 힘들게도 했고 여자를 행복하게도 했지. 삶에 대한 알 수 없는 열망이 그 여자를 어딘가로 자꾸 이끌었지. 그것은 그녀도 알 수 없었어. 아무도 알 수 없는 것이었으니까. 여자는 때로 선원들과 어울려 집에 오지 않는 날도 있었다고 하더군. 남자가 여자를 찾았을 때 여자는 오히려 무자비한 말로 남자를 상처 냈다고 해. 남자는 여자가 원하는 것들을 다 해줄 수가 없었던 거지. 여자는 남자가 상처받기를 원했고… 남자가 죽을 듯이 괴로워하는 것을 보고 싶었다고 했대."

"너무 심했군요…."

"그래, 그랬던 것 같애. 여자는 남자가 부드러운 말로 달래고 안아 주려고 하면 할수록 남자에게 증오 어린 말을 쏟아붙였다고 해. 자존심에 상처를 입히고 더욱더 말은 강도가 세지고…. 그 남자의 인내심을 극한까지 실험해보고자 하는 묘한 마음까지 들더라는 거야…."

여자는 또다시 집을 나갔다. 그녀는 식당 지배인과 어울리기도 했고 부둣가 선원들과 어울리기도 했다.

"그러나 악의로 그렇게 한 것은 아니라 하더군. 여자는 내게 고백성사를 하면서 울고 있었어."

사랑은 때로 저주와 욕망 속에서 꿈틀거리는 용암과 같다. 뜨거운 산에 갇힌 용암은 마침내 흘러 산을 적신다. 사랑은 자신마저 불태우고 마침내 모든 것을 화석으로 만들어버린다. 모든 것이 소진하고 불태워진 후 비로소 사랑은 완성되는 것일까. 불멸처럼….

"…하지만 너무 늦었지."

"무슨 일이…. 또 크게 다투었나요?"

"여자는 그날 술을 마시고…. 거의 제정신이 아니었다고 하더라구."

보드카를 잔뜩 마신 여자는 집으로 돌아온 남자에게 소리쳤다.

"기껏… 날… 이렇게… 만들려… 여기까지 끌고 온 거야? 네가 날 위해 할 줄 아는 게 뭐가 있어…. 네가 날 정말 사랑한다면 여기서 죽어 봐. 죽어서 사랑을 증명해!"

여자는 제정신이 아니었다. 남자의 안색이 흙빛으로 변했다. 남자는 그 길로 집을 나갔다. 남자의 등 뒤로 벼락같은 여자의 웃음소리가 들렸다. 여자는 미친 듯이 깔깔거렸다. 남자는 그리고 다시 돌아오지 않았다.

사이공에서 날아온 전보에는 아주 짧은 소식만이 적혀 있었다. 남자가 사망했다고. 그것이 영어로 적혀 있었는지 한국말로 적혀 있었는지 알 수는 없었다. 너무나 명백한 사실이 여자의 머릿속을 스쳐 갔다. 남자는 사이공 뒷골목 도박장 쓰레기장에서 시신으로 발견되었다고 한다. 남자는 전신에 피멍이 들어 있었고 남자의 겉저고리에 돈은 한 푼도 남아 있는 것이 없었다고 한다. 전보를 보낸 것이 도박장 주인이었을까. 죽은 그 남자 자신이었을까. 알 수가 없다. 여자는 처음으로 마음의 밑바닥까지 고통을 느꼈다. 세상에 그 누구도 가르쳐 준 적이 없는 고통…. 자신이 살아 있다는 것이 믿어지지 않았다. 숨 쉬고 있다는 것이 고통이었다. 하지만 여자는 남아 있었고 남자는 죽었다. 남자가 여자에게 마지막으로 주고자 한 것은 자신의 죽음이었을까, 아니면 도박에서 딴 돈이었을까. 새로운 고통이 여자를 지배했다. 그리고 며칠 동안 여자는 무언가에 홀린 듯 거리를 돌아다녔다.

"여자는 마카오 부둣가에 나가 선원들에게 자신을 어디로든 데려다 달라고 했다더군. 여자는 제 가슴을 쥐어뜯고 있었대. 울며 매달렸다고 해. 매일매일. 여자는 미친 여자처럼 울며 매달렸다고 해. …자신을 어떻게 해서든 어떤 방식으로든 버리고 싶었나 봐. 자신을… 자신을… 아무렇게나 하고 싶었나 봐. 자신을 함부로 대하고 싶었나 봐…."

여자는 사막의 죽은 모래처럼 자신의 육신을 허공 속에 무의미하게 뿌리고 싶었는지 모른다. 유랑하듯 어딘가로 흘러가 강물처럼 사라져 가길 바랐는지 모른다. 여자는 그렇게 해서 태국으로 건너왔고 방콕에서 다시 치앙마이로 흘러왔다고 했다.

치앙마이에 왔을 때 그녀는 이미 많이 여위었다. 유곽에서는 별로 인기도 없는 여자에 속했다. 사는 것에 피곤한 구석이 역력했고 싸구려 화장품과 향수로 이미 피부는 거칠거칠해져 있었다. 유곽의 손님들은 이국 여자에 대한 호기심으로 그녀를 장난감처럼 대했다. 쪽문 근처 좁은 방에서 그녀는 태국 말도 거의 하지 못한 채 반벙어리처럼 지냈다. 세상으로부터 입을 다물어버리는 것으로 그녀는 온전히 자신의 과거에 머물렀다.

나는 아직도 어떤 광기가 그녀를 열병으로 이끌었는지, 어떤 회한이 그녀를 파멸로 이끌었는지 알 수가 없다. 그녀의 병은 말라리아였는지, 어떤 풍토병이었는지 알 수가 없다. 다만 그녀는 바람처럼 날아 차츰차츰 가늘어져서 온전히 세계 밖에서 희미해져 가기를 원했던 것 같다. 그렇게, 이름 없는 바다의 동굴 속에서, 유곽의 심해 속에서 스스로를 눈먼 물고기로 만들었다. 자신을 고요의 바닥에 앉히고 싶었겠지…. 점점 아무도 모르게 말라 가서 온전히 무無로 돌아가고 싶었겠지…. 극점의 발화지점에서 온전히 기화하여 마지막 열병을 열꽃처럼 뿜어내고 용암처럼 굳어 가기를 원했는지도 모를 일이다.

그러나 이 모든 것들도 사랑의 빚을 갚지 못한 채, 갚을 기회마저도 놓쳐버린 이의 서글픈 아픔 같은 것이다. 아픔의 빛은 희미하게 남아 남은 이들을 쓸쓸하게 비춘다.

  바람이 불어왔다. 더운 기운이 훅하고 끼쳤다. 무모한 사랑은 그 깊이를 알 수 없는 신비로 열대 수풀 안에서 출렁거렸다. 수풀은 쏴아쏴아 소리를 냈다.

  다리를 옮기기가 힘들다. 갑자기 오한이 오는 듯도 하다. 감기인가…. 고개를 흔들어 본다. 두통이 왔고 온몸에 열이 느껴졌다.

  여자의 눈빛이 떠오른다. 어깨를 들썩이고 몸부림치며 부르던 이름, 이 세상에 없는 그 이름과 울음소리도 떠오른다.

  이 이야기들을 어떻게 내가 다 기억하고 있는 것일까.

  어떻게 해서 신부님의 사택을 나와 그곳으로 다시 가게 되었는지 모를 일이다. 나는 어느새 스콜이 있던 날 밤 그 여자의 집으로 걸어가고 있었다.

  어둠이 조금씩 내린다. 거리는 사람들로 북적거린다. 관광객으로 보이는 백인 남자와 여자가 지나가고, 길거리 노점상들이 원색의 긴 천을 목에 걸치고 호객행위를 하고 있다. 전신주들이 조금씩 켜진다. 거리는 온전히 어둠을 받아들이는 것 같았다.

  나는 번잡한 거리를 벗어나 뒷골목 쪽으로 찾아 들어갔다. 이쪽이었던 것 같은데….

뒷골목은 벌써 화려하고 조잡한 조명을 달고, 카페의 음악 소리를 흘리고 있었다. 골목으로 들어서자 퀴퀴한 냄새가 났다. 여기저기 시큼한 토사물 자국이 남아 있다.

어디였지….

정신이 몹시 혼란스러웠다. 길을 잃었다.

괴이한 이국종의 새 울음소리가 다시 들려왔다.

그 여자는 자신의 손안으로 들어온 새를 너무 세게 움켜쥐기 싫었던 거야. 새가 죽을까 봐… 새를 놓아주고 싶었던 거야. 허공 중으로…. 그런데 새가 날아가자 견딜 수 없었던 거지. 손안에 채워진 허무를. 허공을.

죽지 않을 만큼만, 날아가지 않을 만큼만… 손가락의 적절한 긴장을 버텨야 하는 것인데…. 정념은, 인생은, 늘 균형의 긴장을 비웃듯 극단을 향하기만 한다.

다시 괴이한 새 울음소리가 어디선가 들려왔다. 그 여자의 신음 소리를 닮은 듯도 했다.

다시,

정념의 세계로 돌아온 것인가. 나는.

그때 그 여자가 있던 술집의 쪽문을 찾았던가. 찾지 못했던가. 기억나지 않는다. 약간의 혼란과 현기증이 인다.

마당가에 빗줄기가 잦아들고 있다. 아버지가 돌아가시고

나서 버려두다시피 한 이곳에 왜 돌아온 것일까. 기와 처마 끝에서 빗물이 조금씩 떨어진다. 흙바닥에 줄지어 구멍이 생겨난다. 내 가슴에도 하나씩 구멍이 생겨난다. 다시 그에게 돌아가야 할까.

  참, 이상한 생이라 생각했다.

| 작가 노트 |

 한때 나는 문학이 '애도의 한 형식'이어야 한다고 일갈한 적 있다. 아리스토텔레스가 시학에서 비극을 희극보다 더 높이 산 것은 슬픔이 기쁨보다 인간의 감정을 더 고양시키기 때문이었으리라. 살아가면서 가장 지양해야 할 것 중 하나가 '자기연민'이기도 하겠지만, 한편 삶을 지탱시키는 본질적인 것 또한 자기연민이 아닐까.
 한국소설은 오랫동안 현실과 재현의 문제에 침잠해왔다. 그러나 나의 시선은 언제나 삶의 좀 더 본원적 지점에 머물곤 했다. 큰 서사로서 장편에서 나는 역사의 한 지점들에 머물기도 했지만 내가 쓰는 단편에서 주로 주목하고 싶었던 것은 인간에게 가장 본질적인 '정념'의 문제였다. 인간이기에 욕망하고 욕동하는 모든 과정으로서의 삶의 틈새들을 호명해내고 싶었다. 해서 살아간다는 것은 모두 '애틋함'이며 해서 우

리는 우리 모두가 애틋한 것이리라. 그것이 종국엔 나르시스로서의 자기연민이라 할지라도. 그리스 비극에 나타나는 페이소스들은 결국 인간이 정념적 존재이기 때문이다. 이 소설 〈한때 새를 날려보냈던 기억〉은 그 '정념'에 대한 기억이다.

인간의 감정에서 가장 강렬한 것이 무엇일까, 하는 질문을 인사동 술집에서 문인들에게 돌아가면서 물은 적 있다. 분노, 질투 등 그래도 가장 강렬한 것은 '사랑'이라고 말하는 문인도 있었다. 사랑, 그래, 사랑이란 정념, 좋지. 너무 흔해서 너무 추상적이고 너무 거대한 추상이어서 오히려 경계를 지을 수 없는, 그런 감정…. 되려 '사랑'이란 것은 모든 감정들의 총합이란 점에서 거대한 추상으로 선험화되어 있는 게 아닌가, 하는 생각을 했다. 그러니까 모든 인간 감정은 사랑으로 수렴 가능한 것…. 해서 이 소설은 사랑이란 이 '기이한 열정'에 대한 이야기일 수 있다. 그 '기이한 열정'이 가져온 '죄의식'에 대한 이야기일 수 있다. 자신을 괴롭히는 죄의식에서 벗어나기 위해 인간은 애도하고 애도하기 위해 글을 쓰는 게 아닌가, 하는… 그것이 육체를 입어 '소설'이란 게 탄생하는 게 아닌가, 하는… 그런… 생각을 한다.

두고 가는 길

양선희

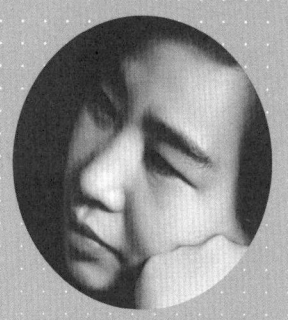

◆
양선희

언론인 출신 소설가로, 10세 무렵부터 소설을 썼고 40대 중반에 늦깎이 등단했다. 2013년 《문학사상》에 기고했던 《롱아일랜드 시티》로 한국소설가협회 '2014 신예작가'에 선정되었다. 작품으로는 《5월의 파리를 사랑해》, 《카페 만우절》, 《이대 나온 여자》, 《여류余流삼국지》, 《적우敵友: 한비자와 진시황》이 있다. 현재 서울대 언론정보학과 객원교수로 일하고 있다. york24c@naver.com

"비즈니스석은 편하네. 이렇게 다리도 쭉 뻗을 수 있고…. 내가 비즈니스석 타고 가자고 하니까 당신이 굳이 이코노미석 탔지. …윤진이 때문이지."

정 교수는 이 여사의 말에 고개를 끄덕이며 대꾸한다.

"응. 좋네. 비즈니스석이…."

"비즈니스석은 편하네. 이렇게 다리도 쭉 뻗을 수 있고…."

"응. 좋네. 비즈니스석이…."

정 교수는 뉴욕으로 가는 비행기 안에서 이 여사의 똑같은 말에 똑같은 대꾸를 백 번은 넘게 한 것 같다. 물론 비행 내내는 아니었다. 그는 요즘 틈만 나면 깜빡 잠에 빠지는 터라 깨어 있는 시간이 적었다. 그래서 눈을 뜨고 있는 동안은 아내에게 성실히 대꾸해주는 거였다. 그가 잠든 사이 이 여사가 심심했을 것을 알기에 말이다.

"선생님, 휠체어 서비스를 신청하셨죠? 기내로 들여서 서비스할까요?"

스튜어디스의 말에 이 여사는 "아! 휠체어. 내가 밀고 가면 돼요"라며 끼어든다.

정 교수는 스튜어디스에게 말한다.

"아니요. 내가 오래 걷지 못해서 그렇지, 휠체어 있는 곳까지는 걸어갈 수 있어요. 문밖에 계시면 제가 나가죠."

"나는 휠체어 잘 민다. 내가 밀고 가면 돼."

"그래. 당신은 잘하지. 다리도 튼튼하고 힘도 세고…."

"당신은 다리가 신통치 않아. 왜 많이 늙었지?"

"아흔 살이잖아. 참 사람이 90년이나 살다니…."

"당신이 '곧 환갑이에요' 했는데 멋있었어. 나 싫다고 하면 어쩌나 걱정했어."

"우리 처음 봤을 때? 나이 육십에 멋있어 봤자지. 그런데 생각하니 그때는 젊었네."

"우리가 지금 30년 넘게 살았지? 윤진이 엄마하고 당신은 26년 살았잖아. 이젠 내가 더 오래 살았네."

정 교수는 이 여사를 향해 잔잔한 미소를 지으며 말한다.

"당신, 참 기억력이 좋네."

"아, 비즈니스석이 편하네. 다리를 쭉 뻗을 수 있고…."

비행기가 착륙하고, 안전벨트 사인이 꺼지자 이 여사는 얼른 일어나 짐을 챙긴다. 여든두 살. 그래도 손길은 여전히 부지런하다. 정 교수는 지팡이와 이 여사의 부축에 의지해 조심스럽게 기내를 빠져나간다.

비행기 문밖에는 휠체어가 준비돼 있다. 덩치 큰 흑인 남성이 휠체어 손잡이를 단단히 잡고 있자 자그마한 이 여사는 그를 한참 올려다본다. 정 교수는 이 여사에게 고개를 끄덕이며 말한다.

"이 양반이 훨씬 힘차게 잘 밀 것 같으니, 당신은 편하게 걸어와."

"휠체어가 있으니 얼마나 좋아."

"응. 좋지. 내가 휠체어까지는 걸어올 수 있으니, 당신하고 뉴욕 나들이에 나선 거지."

휠체어를 미는 남자는 이 여사의 보행 속도에 맞춰 천천히 걷는다. 그런데 이 여사가 문득 그 자리에 선다. 정처 없는 눈길을 허공에 두고 멍한 표정으로 서 있다. 정 교수가 이 여사 팔을 흔들며 말한다.

"이 선생님, 무슨 일이 있나요?"

그러자 이 여사는 멍한 눈으로 정 교수를 바라본다.

"우리 어디 가지?"

"수진이 만나러 가지."

"수진이?"

"그래. 뉴저지에 사는 당신 딸 문수진."

"수진이도… 늙었을 거야."

"작년에 봤잖아."

"작년에?"

"서울에 왔었잖아."

"왔었다고? 얼굴이… 생각이 안 나."

"보면 생각날 거야."

정 교수는 이 여사 손을 꼭 잡는다. 이 여사는 멍한 표정으로 정 교수의 손에 이끌려 수동적으로 따라간다. 정 교수는 이런 일이 익숙한 듯 표정 변화 없이 아내의 손을 끌고 입국 수속장으로 들어간다.

"엄마, 아버지!"

저쪽에서 수진이 손을 흔들며 다가온다.

"어머, 수진이다. 수진이야."

이 여사는 손뼉을 치며, 부산스럽게 소리친다. 수진을 만나서 반가운 것인지, 수진의 얼굴을 알아본 자신에게 감동한 것인지는 알 수 없다. 정 교수는 빙그레 웃는다.

"오시느라 힘드셨죠?"

"그래. 학교는 방학했니?"

"5월 중순에 벌써 했죠."

수진은 정 교수 일행을 이끌고, 짐까지 수습해 주차장에 세워 둔 차로 향한다. 정 교수는 수진의 차에 타자마자 뒷좌석에 길게 누워 잠이 든다.

"아버지는 저렇게 잠만 잔다."

이 여사의 말에 수진은 뒷자리에서 잠에 빠진 정 교수를 흘깃 본다. 그 앙상한 모습에 묘한 충격이 온다. 그녀에겐 30년 전 만났던 정 교수의 첫 모습이 워낙 강하게 각인된 터라 이런 모습은 낯설다. 그녀가 미국 대학원에서 박사과정에 다니던 시절, 엄마가 재혼한다며 소개한 정 교수는 매우 점잖고, 안정된 분위기를 느끼게 하는 초로의 신사였다. 그래서 이 여사에게 말했다.

"나는 정 교수님이 너무 좋아. 아버지가 살아계셨다면 저런 분이었을 것 같아요."

그때 이 여사는 핏대를 세우며 쏘아붙이듯 말했다.

"뭐? 네 아빠? 어디에다 정 교수님하고 비교해. 겨우 세 살 난 딸이 있는데, 술 처먹고 운전하다 죽은 네 아빠가 사람이니?"

이 여사는 죽은 아빠를 용서하지 않았다. 어쩌면 지금까지도. 자기한테 작게 베푼 사람에게도 잊지 않고 보답해 칭송받는 엄마가, 실은 자신에게 조금이라도 나쁘게 한 사람에겐 반드시 응징하려는 의지가 강하다는 걸 잘 알고 있었다. 게다가 아빠가 돌아가신 후 엄마의 삶엔 참 많은 질곡이 있었다. 아빠의 음주운전으로 피해를 입었던 가족들은 엄마에게 달려들었다고 했다. 겨우 전셋집 하나와 어린 딸만 있던 젊은 새댁이 막다른 골목으로 몰렸던 모진 세월. 그 와중에 어린 딸과 살아 내야만 했던 기억은 트라우마로 남았을 것이다. 그러니 죽어서 응징할 수 없는 아빠가 얼마나 미웠을까.

이해는 했으나 어린 수진에게 엄마는 악몽 같았다. 한마디라도 잘못하면 엄마는 곧바로 말을 무기처럼 곧추세우고 날카로운 것들을 온몸에 박히도록 쏘아붙였다. 수진이 기억하는 어린 시절의 엄마는 늘 신경이 곤두서 있었고, 불안정했고, 그래서 넌더리가 났다.

수진이 미국 유학길에 오른 것은 조기 유학을 핑계로 삼았지만, 실은 그 동기가 학구적 열망보다는 엄마한테서 도망치려는 욕망에서 발로한 것이었다. 유학 시절 수진은 외롭고 억울했다. 하지만 엄마에게 돌아가는 건 더 싫었다. 그래서 버틸 수 있었다.

이 여사가 학원가 사회과 강사로 자리를 잡고, 부지런히 벌어 그녀의 학비를 댔다. 학비 걱정은 하지 말라고도 했다. 실제로 그녀는 학비 걱정을 하지 않았다. 그저 공부에만 매달렸다. 공부가 좋아서가 아니라 빨리 독립하고 싶어서였다. 자신의 학비를 벌기 위해 맹렬히 뛰는 엄마 곁에서 하루라도 빨리 떠나기 위해.

이 여사가 재혼하겠다고 했을 때, 순간 세상이 환해지는 느낌이었다. 그러면서도 딸이 엄마의 재혼에 이런 감상을 느끼는 게 정상인지에 대한 의문이 들었다. 온갖 감성이 뒤죽박죽인 채로 정 교수를 만났었다.

수진은 자신의 인생 범주 안에는 없었던 사람을 본 기분이었다. 어른. 안정감 있는 어른. 게다가 정 교수가 변화시킨 엄마의 모습은 놀라웠다. 천진했고, 심지어 사랑스럽기까지 했다. 수진은 사람을 변화시킨 정 교수가 슈퍼맨처럼 느껴졌었다. 처음 가져 보는 아버지는 그녀가 꿈꿨던 바로 그런 아버지였다. 그렇게 단단하고 든든했던 그 아버지가, 가랑잎처럼 말라 가고 있다.

허드슨강을 건너 뉴저지로 들어온 후에도 한 시간은 더 달려 새로 장만한 집에 도착했을 때에야 정 교수는 잠에서 깨어났다. 이 여사는 냉큼 내려 뒷문을 열고, 정 교수가 내리는 걸 도와준다.

"나는 네 아버지 지팡이야. 내가 없으면 밖에도 못 나가. 내가 지팡이야."

이 여사의 까랑까랑한 말소리에 정 교수는 미소를 지으며, 천천히 내려 이 여사의 팔목을 잡고 집으로 들어간다. 수진이 정 교수 내외의 짐을 정리해 집으로 들어가자, 이번엔 이 여사가 소파에 누워 잠들어 있다. 정 교수는 그런 이 여사를 물끄러미 바라보고 앉아 있다.

"아버지도 좀 쉬세요."

"아니, 괜찮다. 많이 잤다. 집을 보니, 네가 신경을 많이 썼구나."

실제로 수진은 이 집을 개조하느라 지난 몇 달간 골머리를 앓았다. 계단은 모두 경사면으로 바꾸고, 문턱을 없애고, 평소에는 여기저기 흩어 놓는 책장과 책들을 모두 자기 서재 안으로 모았다. 노인들의 다리에 걸리는 게 없도록 치우고 비우는 데 집중했었다. 수진은 그저 고개를 한 번 끄덕이곤, 미소만 슬쩍 지었다.

"그런데 수진인 올해 몇 살이더라."

"쉰일곱이요."

"아, 쉰일곱. 참 좋은 나이다. 축하한다. 살아 보니 50, 60대는 참 좋은 시절이더라."

순간 정 교수의 얼굴에 그늘이 드리워지며, 긴 한숨이 이어진다.

"아버지, 어디 불편하세요?"

"요즘은 자꾸 옛날 생각이 나는구나. 우리 윤진이 엄마는 50대를 살아 보지도 못했지. 참 가엾지. 가난한 교수 만나서 힘들게 살다가 겨우 집 사느라 얻은 대출 갚고 나니 병을 얻지 않았니. 딱한 사람 같으니라고."

정 교수의 목소리가 잠겨 있다. 수진은 그런 정 교수를 물끄러미 바라보다 말한다.

"아버지는 참 좋은 사람이에요. 윤진 언니 어머니도 행복하셨을 거예요. 아버지 같은 남편이 있었으니."

"남이 무슨 상관이라니. 자기 삶이 중요한 거지. 에휴, 고생스럽게만 살았어."

"아버지는 50대가 행복하셨나 봐요."

"설마 그렇겠니. 윤진이 엄마가 병들고, 죽고, 아이들은 집에서 떠나고, 그 모든 게 내 50대의 일이었지. 경제적으론 조금 편안해졌는데 참 마음이 힘들었다."

"그래서 엄마랑 결혼하신 거예요?"

"그랬을 수도 있지."

정 교수는 한참 말이 없다. 그러고 나서 무겁게 입을 연다.

"너는 괜찮겠니?"

수진은 길게 한숨을 내쉰다. 지난해 한국에 간 것도 이 여사의 상태 때문이었다. 진단 결과는 치매였고, 초기라 약을 잘 먹으면 진행을 늦출 수 있다고 했지만, 위태위태했다. 그때만 해도 정 교수는 사는 데 별 지장이 없다고 했다. 실버 아파트에 사는 노부부는 식사도 해결되고, 아파트에 노인 케어 시스템도 잘되어 있으니 어떻게든 살아질 거라고도 했다.

그러다 몇 달 전 정 교수는 수진에게 전화를 걸어 이 여사 문제를 상의했다. 이 여사가 경찰관 도움으로 겨우 집을 찾아 들어온 직후였다. 그전에도 가스 불을 켜놓고 잊어버려 집을 홀랑 태울 뻔했다든지 하는 식의 사고가 있긴 했다. 그때마다 정 교수는 가스레인지를 떼어 내 집 안에 인화물질을 없애는 식으로 문제를 해결해 나갔다. 그러나 이 여사가 길을 잃어버리는 지경에 이르고서야 그는 더 이상 돌볼 수 없다는 걸 인정했다.

"나도 이제 아흔 살이고, 언제 죽어도 이상하지 않지. 그럼, 여기서 네 엄마를 누가 돌보겠니. 기억은 온전치 않지만, 그래도 명랑함을 잃지 않아서 같이 생활해도 괜찮을 거다."

이 말을 처음 들었을 때의 막막함. 실은 지난해 한국에서 엄마를 처음 봤을 때부터 왠지 이런 일이 일어날 것 같은 예감이 들긴 했었다. 하지만 예상했다고 그것이 현실로 다가왔을 때, 막막함과 당황스러움이 줄어드는 건 아니다. 궁리하고, 궁리하고, 또 궁리해 보았다. 그러나 답이 없었다. 자신만이 세상천지 이 여사의 유일한 피붙이이므로.

"아버지도 함께 오세요. 제가 노인들 살기에 편한 곳으로 집을 옮길게요."

"그래. 준비되면 알려 줘. 내가 데리고 갈게."

"이 집을 발견한 건 행운이었어요. 바로 옆이 커뮤니티 센터인데 노인들도 많이 다니고, 운동하고 사우나도 할 수 있어요. 카페테리아도 좋고. 어쨌든 두 분이 거기서 즐기시면 돼요."

정 교수는 고개를 끄덕인다.

'아버지는 잘 도착했는지 궁금해서….'
수진이 카톡을 보니 윤진의 문자가 와 있었다.
'낮에 잘 도착하셨어요. 지금은 모두 주무세요.'
'그래. 문 교수가 고생이 많겠다.'
'언니 건강은 어떠세요?'
'늘 같아. 하루걸러 한 번씩 투석만 잘하면 그냥저냥 살 만해.'
'고생이 많으세요.'
'고생? 사는 게 원래 고생스러운 거지.'
'투석이 힘들다는 얘긴 들었어요.'
'그래. 그래도 울 아빠보다 늦게 죽으려고 애는 쓰고 있어.

나까지 먼저 죽으면 너무한 거니까. 마누라에 아들도 먼저 보내고, 딸까지. 생각만 해도 가위눌린다.'

 수진은 이 대목에서 더는 카톡 대화를 이어가지 못한다. 핸드폰 자판 위에서 손가락은 꼼지락꼼지락했지만, 뭐라고 더 쓰기는 어려웠다. 한참 뒤에야 윤진이 '그럼 고생해'라는 마지막 문자를 남겼고, 수진은 '웃는 얼굴 이모티콘'을 보낸 뒤 카톡 창을 닫는다.
 언젠가 윤진이 말했었다. 윤수가 죽고 난 직후였다.
 "엄마는 갓 쉰 살 되던 해 돌아가셨어. 그런데 내 동생이 마흔 살도 안 돼서 죽다니…. 나하고 윤수 사이에 여동생이 하나 더 있었는데, 그 아인 아주 어려서 죽었어. 왜 우리 식구는 이렇게 모두 일찍 죽는 걸까."
 수진은 윤수가 살아 있는 동안 두 번밖에 보지 못했다. 정교수와 이 여사가 재혼하기 직전, 가족끼리 상견례를 하던 날이 처음이었다. 명문대 의대생이었던 그는 앳된 얼굴이었지만, 그 나이 청년답지 않은 초연한 분위기를 가지고 있어서 왠지 다가가기 어려웠다. 또 전문의가 되고 갓 결혼한 직후 한 번 더 보았다. 그리고 그가 위독하다는 말에 서둘러 한국행 비행기를 탔지만, 결국 그의 장례 미사에서 영정 속 사진으로만 보았다.

그래서 수진에게 윤수는 실재했던 인물로 느껴지지 않는다. 아버지의 가장 큰 자랑거리였던 그는 처음부터 그녀에겐 '신비한 영역'에 머물러 있었다. 이 여사가 수진에게 "윤수는 나한테 엄마라고 부르지도 않고, 무관심하다"며 화를 냈을 때에도, 수진은 "엄마, 그렇게 큰 건 바라면 안 돼요"라고 말했었다.

정 교수는 윤수가 병마에 쓰러진 후 매일 십자가 고상 앞에 앉아 있었다고 했다. 그리고 그를 장사 지내고 온 직후엔 침대에 누워 천장만 쳐다보고 있었다. '상심한 아버지'가 얼마나 비참했는지 기억한다. 그때 수진은 정 교수가 변할지도 모른다고 생각했었다. 웃음도 잃고, 절망하고, 냉정하게.

그러나 그런 일은 일어나지 않았다. 이듬해 서울에 방문했을 때, 정 교수는 그 이전과 다름없이 편안하고 명랑했다. 윤수의 어린 딸 서연이를 무릎에 앉히고, 끝없이 이야기를 나누며 깔깔거리기도 했다. 세상 그 무엇도 정 교수의 낙천성과 회복력을 침해하지 못했다.

작년 정 교수가 수진에게 "네 엄마가 치매란다"라고 말했던 그 순간도 마치 엄마가 감기에 걸렸다는 말을 하듯이 평온하고 일상적이었다.

'치매'. 수진이 정 교수에게서 그 단어를 처음 들었던 순간은 그의 평온함이 전이된 때문인지 그렇게 충격적이지 않았다. 그런데 시간이 또각또각 흘러가면서 충격은 묵직하게 밀려들었고, 공포심마저 증폭되어 갔다.

"치매요? 그럼 어떻게 해요."

"치매로 살아가야지."

"말도 안 돼요. 어떻게 치매에 걸릴 수 있지?"

"말이야 되지. 80년, 90년. 내 아들보다 두 배도 넘게 살고 있는데, 무슨 일이 일어난다고 이상하겠니."

"아니, 엄마가. 아버지는 90에도 기억력 하나 흐트러지지 않는데. 엄마는 이제 80이잖아요."

"사람은 다 다르니까. 내 육체가 무너져 가듯 네 엄만 기억이 무너져 가는 거지."

"말도 안 돼요."

수진은 현실을 부정하고 싶었다. 치매라는 말은 너무 끔찍했다.

"내가 돌볼 수 있다. 걱정하지 마라."

"아버지가 어떻게요. 오래 걸어 다니지도 못하시면서…."

"약도 열심히 먹고 있으니 좀 괜찮은 것도 같고, 어떻게든 살아지겠지."

수진은 아무 방법도 떠오르지 않아 그냥 정 교수를 믿기로 했다. 도망치듯 미국으로 돌아왔다. 그러나 1년도 안 돼 알게 되었다. 현실에선 결코 도망쳐지지 않는다는 것을. 슈퍼맨일

줄 알았던 아버지도 나이가 드니 할 수 없는 일이 많아진다는 걸 말이다.

"비즈니스석은 편했어. 너희 아버진 그렇게 이코노미석만 타고. 윤진이 때문이지."
"비즈니스석은 편했어. 너희 아버진 그렇게 이코노미석만 타고. 윤진이 때문이지."
수진은 거의 폭발할 것 같은 기분이다. 같은 말을 몇십 번이나 반복하는 엄마에게 처음엔 잘 대꾸해주다가 점차 참을 수 없어 면박을 주었지만, 이 여사를 멈출 순 없었다. 특히 그 내용이 너무 싫었다. 왜 그렇게 병든 윤진이 탓을 하는지. 아버지가 이 말을 들으면 얼마나 언짢을지. 엄마는 어째서 이렇게 끝없이 이기적인지. 화가 머리끝까지 치밀어 오른다. 결국 이 여사에게 소리를 꽥 지른다.
"뭐가 윤진이 때문이야. 아버지가 검소하니까 그렇지. 그래도 이번에 비즈니스석 태워 줬다며…."
이 여사는 깜짝 놀란다. 잠시 입을 다문다. 그러나 몇 분도 안 돼 또 말한다.
"비즈니스석은 편했어. 너희 아버진 그렇게 이코노미석만 타고. 윤진이 때문이지."
소파에서 잠들어 있는 줄 알았던 정 교수가 껄껄껄 소리를 내며 웃는다. 이 여사는 정 교수 소리에 기민하게 반응한다.

"여보, 일어났네. 어디 나가고 싶어요?"

"그래. 잠시 산책 좀 할까? 수진이도 바깥바람 좀 쐬는 게 어떻겠니?"

"휠체어 어딨니?"

이 여사는 휠체어를 찾아 두리번거린다. 수진은 휠체어를 끌고 들어온다.

"여보, 얼른 여기로 앉아요."

정 교수는 부축하는 수진에게 "이제 엄마 말은 내용에 신경 쓰지 마라. 그래도 너희 엄만 귀여운 치매 아니냐"고 말한다. 초여름, 뉴저지의 공원은 푸르고 따뜻하고 아름답다.

정 교수는 휠체어에 앉아 또 깜빡 잠이 든다. 이 여사는 공원 안에 있는 인공 수경 시설에서 나뭇가지로 물을 튕기고 있다. 눈을 뜬 정 교수는 그 모습을 보며 또 빙그레 웃는다.

"아버지, 깨셨어요?"

정 교수가 돌아본다. 바로 옆 벤치에 앉아 있는 수진을 발견하곤, 이 여사가 있는 쪽으로 고개를 돌리며 말한다.

"참 평화롭지 않니?"

"평화롭다고요? 뭐가요? 치매 걸린 엄마는 듣기 싫은 말을 백 번도 넘게 하고, 아버지는 계속 잠만 주무시는데요."

"그래. 평화가 그런 거지. 순간적인 거. 그러니 평화로운 순간엔 평화를 즐겨야…."

'아아악~'

이 여사의 비명 소리가 들리며, 찰나의 평화는 순식간에 깨진다.

이 여사가 달려오는 개를 피해 허우적거리다 수경 시설 안으로 빠진다. 정 교수가 소리를 꽥 지르며, 휠체어에 벌떡 일어나다 그대로 앞으로 고꾸라진다. 수진은 "아버지, 엄마"를 동시에 외친다. 정 교수는 수진에게 다급한 손짓을 하며 소리친다.

"엄마한테 가 봐. 빨리."

수진은 우왕좌왕하다 이 여사에게로 간다. 수경 시설은 깊지 않았다. 달려온 개 주인과 주변 사람들의 도움으로 수진이 도착했을 때, 이 여사는 이미 물 밖으로 나와 있었다. 얕은 시설이어서 큰 화는 당하지 않았지만, 이 여사는 놀란 듯했다. 개 주인은 "우리 개가 당신을 위협하려고 한 게 아니다"라며 계속 변명한다. 수진은 이 여사를 감싸 안고 등을 두드리며 "괜찮아, 괜찮아"를 반복한다.

그리고 눈은 정 교수를 쫓는다. 이 여사를 데리고 정 교수 쪽으로 가면서 보니, 그가 자세를 바꿔 다리를 앞으로 쭉 펴며 앉는 게 보인다. 수진은 크게 한숨을 몰아쉰다. 뼈는 다치지 않은 모양이다. 수진은 이 여사를 벤치에 앉히고, 정 교수 무릎을 살핀다.

"아버지, 무릎 좀 봐요."

"괜찮아. 뼈는 안 상한 것 같아. 여기 잔디밭이잖아."

수진은 정 교수 무릎을 걷어 봤다. 벌건 멍 자국은 있었지만, 뼈는 다치지 않은 것 같았다. 가슴을 쓸어내리며, 그녀는 그대로 엉덩방아 찧듯 주저앉는다.

"얘, 엄마한테 가 봐라."

정 교수의 채근에 겨우 다시 벤치에 있는 엄마에게 간다.

"나, 왜 이렇게 축축하지? 어깨도 뻐근해."

이 여사는 방금 물에 빠졌던 걸 기억하지 못한다. 수진은 가슴이 덜컹 내려앉고, 머리는 멍해진다.

'치매가 심해진 거 아닐까? 어떻게 방금 일어난 일을 기억하지 못하지?'

"괜찮다. 오히려 겁나는 상황을 기억하고 움츠러드는 것보단 낫지 않니?"

정 교수는 수진을 읽은 듯이 말한다. 그러고는 이 여사를 돌아보며 말한다.

"당신 옷을 적셨네. 집에 들어가서 옷 갈아입읍시다."

이 여사는 고개를 갸웃하며, 옷에 묻은 물기를 털어 내면서 휠체어 손잡이를 잡고 밀고 간다. 수진은 혼비백산했던 사건이 이렇게 아무렇지도 않게 정리되는 상황에 얼떨떨하다.

가슴이 답답해 온다. 떨린다. 자신이 없어진다. 수진은 정 교수와 이 여사가 그녀는 알지 못하는 세계에 살고 있는 사람들처럼 느껴진다. 짧았던 산책길은 수진에게 긴 고민을 남겼다. 두 노부부는 또 잠에 빠지고, 수진은 텅 빈 듯도 꽉 찬 듯도 한 집에 덩그러니 앉아 텅 비어버린 머릿속을 "어쩌지, 어쩌지" 하는 말로 채우고 있다.

"수진아! 이젠 우리 커뮤니티 센터에 한번 가보자꾸나."

정 교수는 일주일 정도 지나니 여독이 좀 풀린 모양이다. 수진이 그동안 몇 번이나 가자고 해도 "여독 좀 풀고…" 하더니 이번엔 먼저 나선다. 수진은 두 노인을 모시고 센터로 간다. 그녀가 먼저 구상해 두었던 노인들의 운동 코스와 취미 생활 코스를 설명해 준다.

하지만 정 교수는 피트니스 센터 한쪽에 마련된 스트레칭 매트 위에서 이 여사와 함께 스트레칭만 하고, 다른 운동은 하지 않는다. 그리고 이 여사를 노인들이 모여 색칠하는 모임에 넣어 주도록 한다.

"우리는 끝날 때까지 카페테리아에 가 있자."

"아버지는 더 하고 싶은 거 없으세요?"

"나는 됐다."

정 교수와 수진은 카페테리아에 앉아 창밖을 바라본다. 깜빡 졸고 난 정 교수는 멍하니 창밖을 보는 수진에게 먼저 말을 건다.

"수진아, 젊은 사람이 심심하겠다."

"생각해보니 전 평생 심심했는데, 오히려 요즘은 심심하진 않네요."

"그럼 됐다."

"뭐가요?"

"심심하지 않으니 말이야. 심심한 게 가장 못 견딜 일이지."

"아버지! 아버지는 어떻게 이 모든 상황에서 이렇게 담담할 수 있으세요? 게다가 엄마를 어떻게 이해하세요? 엄마는 정말 자기밖에 모르죠. 치매가 걸려서도 윤진이 언니 탓만 하죠. 무슨 잘못이 아니라 그 존재 자체로 욕을 해요. 그게 어떻게 이해가 되세요?"

"네가 모르는 세월이 많다. 그런데 사람은 원래 그렇지. 결국은 다 자기만 챙기며 사는 거지. 나는 원래 사람한테 크게 기대하지 않아. 너도 너무 기대하거나 남의 인생과 말에 몰입하지 말아라. 그럼 편안해진다."

"아버지는 늘 웃잖아요. 사람에게 아무 기대도 없으면서 그게 가능해요? 저는 앞으로 웃을 수 있는 날이 있을까 걱정되거든요."

정 교수는 수진을 잠시 바라보더니 천천히 입을 뗀다.

"웃겨서 웃겠니?"

"…."

"웃지 않으면 뭐로 견디겠니? 내 가족은 차례차례 다 떠나고 이젠 병든 윤진이하고, 내 작은 서연이, 치매에 걸린 네 엄마. 더는 나도 기운이 없는데 아직 돌봐야 할 사람들만 남아 있고…. 그래도 내가 명랑하지 않으면, 우리 서연이 저렇게 밝고 예쁘게 자랄 수 있었겠니? 네 예민한 엄마가 천진한 치매 할머니가 될 수 있었을까?"

"…."

수진은 느닷없이 울음이 확 터져 나온다. 눈물보다 먼저 터진 울음으로 목에서 '꺽꺽'거리는 이상한 소리가 올라온다. 수진은 자신에게 이런 울음이 있는지 몰랐다. 외롭고 고단했던 타국살이 동안 간혹 눈물을 흘리긴 했지만, 이렇게 이상한 울음을 울어 본 적은 없었다. 주변 사람들의 시선을 느끼면서도 울음을 멈출 수 없다. 정 교수는 그녀의 울음을 말리지 않는다. 수진이 겨우 울음을 수습한다.

"그래. 울어라. 울고 나면 좀 가벼워지지."

"아버지도 우세요?"

"많이 울었지."

"아버지는 늘 낙천적으로만 산다고 생각했어요."

아무 대답 없이 창밖만 바라보던 정 교수가 불쑥 말을 꺼낸다.

"…내가 중학교 다닐 때 6·25전쟁이 났거든. 학교도 문을 닫고 해서 소년병으로 참전했다. 그런데 기억나는 건 전쟁의 참상 같은 게 아니라 너무 배가 고팠다는 것뿐이야. 한번은 길에서 주먹밥을 먹고 있는 어떤 남자를 보았는데, 내가 아마 그 밥을 계속 쳐다봤나 봐. 그 아저씨가 나한테 조금 잘라 주더라. 처음엔 사양했지. 그랬더니 그 사람이 '줄 때 먹어. 먹어야 살지' 그러더라. 그래서 내가 '아저씨도 배고프잖아요' 했거든. 그랬더니 뭐라고 한 줄 아니?"

"뭐라고 했는데요?"

"그 사람 왈, '내 평생 배 안 고팠던 때가 있었나. 그래도 여태 살았잖아. 내일은 또 내일 밥이 생기겠지. 밥이 끊이지 않았으니 여태 살았지' 이러더구나. 그 순간 독특한 깨달음이 왔어."

"깨달음?"

"명랑하고 낙천적으로 살아야 한다는 거."

"아버지는 원래 명랑하고 낙천적이죠."

정 교수는 수진에게 대꾸하지도 않고, 시계를 보더니 말한다.

"얘, 이제 엄마 모시고 와라. 시간 다 됐다."

정 교수는 가방을 한참 뒤지더니 손때가 묻은 제본된 책자 두 권을 꺼내 왔다.

"여보, 우리 책 읽읍시다."

이 여사가 달려와 식탁에 앉으며, 책을 펴든다. 수진은 이 여사 옆에 앉아 책을 들여다본다. 큰 글씨로 만든 시 모음집이었다.

"시네요."

"그래. 너도 같이 읽자꾸나."

"어떻게요?"

"나 한 편, 엄마 한 편, 너 한 편. 돌아가면서 읽으면 되지."

"이건 어디서 난 거예요?"

"우리 서연이가 만들어 줬어. 책들은 글씨가 작아서…, 보여야 읽지. 그랬더니 서연이 이렇게 나랑 함께 읽던 시들을 다 모아서 큰 글씨로 만들어 줬어."

전성남戰城南

성 남쪽에서 싸우다 북쪽에서 죽었소
들판 주검들 장사 못 지내니 까마귀밥이라

나를 위해 까마귀에게 말해 주오
황천길 객을 위해 호곡이라도 해달라고
들판 주검들 묻히지 못하니
썩은 고기가 어찌 그대에게서 도망치겠소
철철 흐르는 물소리
컴컴하게 우거진 갈대숲
날랜 기병이 싸우다 죽었으니
지친 말은 서성거리며 울고 있구려

"아버지, 이 시 너무 비참해요. 너무 비극적이잖아요. 왜 이런 시를 읽으세요?"
"그다음 시는 네가 한번 읽어 보겠니?"

북문北門

북문을 나서니 시름 깊어 마음이 울울하고
시종 누더기 신세 가난해도 아무도 내 어려움 몰라
어쩌랴, 하늘이 하시는 일인데 이를 뭐라 하겠나
부역은 나한테만 떨어지고
세금도 나한테만 늘어나는데
밖에서 집으로 돌아오면 식구들은 교대로 나를 나무라네

어쩌랴, 하늘이 하시는 일인데 이를 뭐라 하겠나

수진은 책을 내려놓으며 정 교수를 쳐다본다. 정 교수가 말한다.
"요즘 사람들은 비극을 싫어하지. 그런데 봐라. 요즘 TV엔 까르르 웃는 행복한 프로그램이 지천이고, SNS엔 온통 행복한 사진이 넘치지. 그런데 사람들은 모두 화가 나 있잖니. 일제시대 때도 전쟁 때도 사람들이 이렇게까지 화가 나 있진 않았다. 인생이란 멀리서 보면 희극이고, 가까이서 보면 비극이라고 하지. 가까이서 볼 것도 없이 살아 보면, 산다는 게 얼마나 힘들고 비극적인지 알게 되지."
수진은 크게 한숨을 쉰다.
"엄마도 힘드니까 어린 딸한테 그렇게 화도 냈다 사과도 했다 하면서 뒤죽박죽 엉망진창으로 내 어린 시절을 헤집어 놨겠죠."
정 교수는 책을 덮으며 말한다.
"여보, 오늘은 여기까지만 읽읍시다."
이 여사는 수진의 반항적인 기운에 기가 눌렸는지, 눈치를 보다 아무 말 없이 일어나 방으로 들어간다.
"수진아, 앞으로 엄마랑 함께 이 시집을 소리 내 번갈아 읽어라."

"제가요? 왜요?"

"결국 사람은 뇌의 장난으로 사는 것인데, 나이가 들면 감성과 지성을 담당하는 전두엽이 계속 줄어든다는구나. 그런데 좋은 소식은 전두엽을 키울 수 있다는 거야. 사람들과 어울려 즐겁게 대화하고, 지적인 일을 멈추지 않으면 된다네. 그런데 화를 내면 전두엽이 점점 줄어든다는구나. 그래서 화를 내는 사람은 계속해서 분노의 늪에 살게 되지."

"그런데 이런 비참한 시를 읽으라고요?"

"삶보다 더 비참하겠니? 예전에 나는 도대체 어떻게 내 삶을 견뎌 왔을까 생각한 적이 있지. 어쩌면 나를 견디게 하는 건 타인의 비극인지도 모른다는 생각을 했다. 다른 사람들도 똑같이 힘들구나. 나만 그런 게 아니야. 원래 인생이 그런 거야. 이런 생각에 마음이 가라앉지. 그러면서 힘들게 사는 타인에 대한 공감과 연민이 생기고…. 나를 인생에서 일으켜 세운 건 연민이었던 것 같아. '왜 나한테만'이 아니라 남들도 나와 똑같이 산다는 걸 알게 되면 타인을 연민하느라 자기 연민에 빠져 허우적거릴 시간이 없지."

"그러면 사는 게 가벼워지나요?"

"가벼워진단다. 규칙이 있지. 연민은 타인을 향하고, 웃음은 나를 향하도록 해야 하지. 웃음이 나를 명랑하게 해주고, 내가 명랑하면 내 주변 사람들이 편안해지고, 그런 선순환이 생기는 거야."

"엄마를 연민하고 배려하라는 말씀이시죠?"

"아니다. 내가 타인을 배려한다고 생각하면 화가 나서 명랑해지지 않아. 옛날 한비자 선생이 이런 말을 했다. 남을 위한다고 생각하면 상대를 책망하게 되지만, 자신을 위한다고 생각하면 일이 잘된다고. 그래서 부자 사이에도 서로 원망하고 꾸짖지만, 사람을 사서 농사를 지으면 맛있는 국을 끓여 낸다고. 너 자신을 위해서 명랑해져라. 남에게 기대하거나 몰입하지 마라."

두 사람은 입을 다문다. 꽤 지루한 침묵을 먼저 깬 건 정 교수다.

"흐음…. 요즘 사람들은 너무 오래 살아. 치매는 이제 '뉴노멀'이지. 엄마의 기억력에 큰 의미를 두지 마라. 엄마가 윤진이 욕을 하든 말든 너랑 무슨 상관이니? 치매 환자에게 윤리니, 도리니 이런 걸 요구하면 안 돼. 엄마는 벤자민 버튼의 시간을 산다고 생각하렴."

"아기가 돼 가고 있는 거라고요?"

"그래. 우린 아무것도 모르고, 사고만 치는 아기들에겐 관대하잖아. 그냥 그러려니 이해하고."

"저는 자신 없어요. 노인을 아기처럼 대할 수도 없고요. 그래서 치매는 가족을 파괴하는 병이라고도 하잖아요."

"사람들이 그렇게 놔두지 않을 거야."

"어떤 사람들이요?"

"내가 어렸을 때만 해도 환갑 맞는 사람도 드물었어. 그래서 누군가 환갑이 되면 동네잔치를 열었지. 그런데 지금은 봐라. 일흔 살은 청년이라고 하잖니. 장수가 일상이 된 시대. 인류가 살아 보지 못한 전대미문의 세상이지. 노인이 많아지니 치매야 당연히 많아질 수밖에 없지. 그런데 사람들은 문제가 생기면 해결책을 찾아. 치매가 일상이 되면, 뭔가 궁리들을 하겠지. 설마 모두 함께 파괴되겠니?"

수진은 기가 막혀서 웃는다.

"언제쯤요? 제가 치매에 걸리기 전까진 해결책이 나올까요?"

"치매는 기억이 손상되는 병이지. 기억. 그게 뭐 좋은 거냐. 잃어도 되지. 다만 명랑하게 사는 게 중요해. 나는 그동안 네 엄마가 행복하고, 즐거운 기분을 유지하도록 하는 게 어떨까 했지. 함께 책을 읽고, 무슨 짓을 하든 웃어 줬지. 기억은 잃어도 명랑한 기분만은 잃지 않도록. 그게 나를 위해서 좋으니까."

"그게 효과가 있어요?"

"모르겠다. 그저 궁리해 보는 거지. 그런데 지금까지 네 엄만 명랑하잖아."

"전 자신 없어요. 어쨌든 아버지가 도와주세요."

"한 달 동안 열심히 사는 법을 궁리해 보자."

"한 달… 이라뇨?"

"나는 돌아갈 거야."

"가서서 어떻게 하려고요. 윤진 언니는 자기 몸도 건사하기 힘든데…. 이제 막 대학생이 된 서연이가 아버지를 돌볼 수도 없고요."

정 교수는 말하지 않는다. 그렇게 침묵하던 정 교수는 천천히 입을 뗀다.

"난 남겨진 사람이지. 그렇게 사는 건 참 힘들었어. 이젠 내가 네 엄마와 우리 가엾은 서연이를 남겨 두고 가야 하지 않니. 네 엄마한텐 네가 있지. 지금 나한테는 서연이가 나를 기다리는 게 제일 무섭다. 그 애는 아주 오래 살아야 하니까. 그 애가 얼굴도 기억 안 나는 아빠가 자기를 남겨 두고 간 걸 납득할 수 있겠니? 그러니 나는 그 애가 납득할 수 있도록 그 애 곁에서 떠나려고 해."

수진은 또다시 준비하지 못한 울음이 터져 나온다. 도대체 속수무책인 울음을 꺽꺽 울어댄다. 이 여사는 잠들었는지 바깥의 소란스러움에도 나와 보지 않는다.

"네 엄마는 나를 곧 잊을 거다. 너를 더 오래 기억할 거야."

"아뇨. 지금도 아버지만 찾고, 아버지한테만 반응하잖아요.

아버지 이전에 엄마는 행복하지 않았어요. 나랑은 끔찍했고. 아버지가 엄마를 변화시켰어요. 그런데 엄마를 두고 가신다고요?"

"사람이 사람을 어떻게 변화시키니. 예민하고 이기적인 것도 네 엄마, 천진한 것도 네 엄마 본성이지. 나는 다만 그 천진한 본성이 발현할 수 있는 환경을 마련해준 것뿐이지. …나한테는 별로 시간이 없다. 이젠 모든 걸 두고 가야 할 때지. 나는 남겨진 사람으로 살아 봐서 알아. 그래서 떠나기 전에 남겨지는 사람에게 타격을 최대한 줄일 수 있는 방법을 찾을 수밖에 없다. 내 육체도 감당 못 하는 내가 네 엄마를 어떻게 책임지겠니. 너와 엄마 사이를 잘 알지만, 나한테도 방법이 없구나."

"엄마도 나도 다시 불행해질 거예요."

"불행해지지 말아라. 이젠 네가 애를 써봐. 치매가 네 엄마를 불행하게 하진 않을 거야. 지난 삶을 잊는 게 뭐 그리 큰일이겠니. 옛날엔 내 눈치 보느라 윤진이 욕을 시원하게 못 했을 텐데, 지금은 그럴 필요 없으니 스트레스도 적겠지. 나는 의식이 또렷하니 더 나을 것 같니? 봐라! 나는 이 또렷한 정신으로 소멸해 가는 내 육체를 바라보고, 다른 사람의 수고를 빌려 움직이고, 계속해서 치고 올라오는 옛 기억들에 괴롭고, 놔두고 가야 할 사람들 때문에 계획을 세우고 실행해야 하고, 어떤 죽음을 맞아야 할지 매일 생각해야 하지 않니."

정 교수는 한 달 동안 이 여사와 수진이 새로운 환경에서 함께 살아갈 루틴을 만들고, 함께 책을 읽는다. 이 여사 모녀가 함께 살 새로운 방식과 질서를 만들어 주려고 애쓰고 있다는 걸 누구나 알 수 있었다.

정 교수가 미국에 온 지 한 달쯤 된 어느 날, 손님이 찾아왔다. 여름방학을 맞은 서연이었다. 네 사람은 짐을 꾸려 나이아가라 폭포로 여행을 떠났다. 근심 걱정 없는 완벽하게 행복한 가족의 모습으로. 젊은 서연은 생기발랄함을 보탰고, 그들은 구경하고, 먹고, 쇼핑하고, 틈만 나면 큰 소리로 웃었다.

그들은 돌아오는 길에 워싱턴의 한 호텔에 여장을 풀었다. 그날 저녁 워싱턴의 최고급 레스토랑에서 정 교수가 밥을 샀다.

"여보, 수진이랑 뉴저지로 먼저 돌아가. 나는 서연이를 데려다줘야 하니…."

"아, 서연이! 빨리 와요."

"수진이랑 재미있게 살아."

이튿날 수진은 이 여사를 차에 태우고 워싱턴을 떠나 뉴저지로 돌아간다.

"아, 서연이, 윤진이, 애들 때문에 내 남편이 힘들어."

이 여사는 뉴저지로 가는 길에 계속 같은 말을 반복하며 투

덜댄다.

정 교수는 떠나는 차의 뒤꽁무니를 보며 눈엔 그렁그렁 눈물이 맺힌다.
"할아버지, 슬퍼요?"
"그럼, 슬프지. 두고 가는 사람도 아주 슬프구나."
"할아버지, 슬프지 마요."
서연이 정 교수의 목을 끌어안으며 잠긴 목소리로 말한다.
"아직 살아 있으니 슬픈 거지. 슬픔을 알아야 기쁨도 알고, 기쁨을 알아야 행복해진단다. 슬픔을 피하려고 애쓸 필요 없어. 서연아."
그러곤 잠시 침묵하다 조용히 혼잣말을 한다.
"그런데 이 말이 맞는지는 잘 모르겠다. 내가 90년이나 살았지만…, 사는 건 참 어렵구나."
정 교수는 수진의 차가 시야에서 사라진 후에도 오래도록 이 여사가 떠난 길을 바라본다.

| 작가 노트 |

실로 오랜만에 소설 한 편을 썼습니다. 몇 년 만인지 기억나지 않습니다.

돌이켜보니 그동안 《한비자》, 병법서 같은 중국 고전들을 다시 번역하고 현대어로 풀어쓰거나, 서양 고전 서사시와 몇몇 소설을 낭독 대본으로 각색하는 등에 나의 읽고 쓰는 일이 국한돼 있었더군요. 남의 글을 재해석하고 풀어서 쓰는 일은 내게 큰 고민과 상념을 주지 않아 에너지를 최소한으로 쓰면서도 머리를 상쾌하게 합니다. 또 머릿속에 떠돌아다니던 지식과 개념들을 굳히는 힘이 있지요. 창조적이진 않지만 건설적인 일이었습니다.

내게 소설 작업은 '기다림'입니다. 어느 날 문득 소설 주인공들이 내게 찾아오지요. 나는 그 주인공들의 사연이 궁금해 충동적으로 그들을 쫓아다니다 보면 소설이 완성되어 있곤 했습니다. 기다리는 일에도, 그들을 만나고 쫓는 일에도 에너지가 많이 들지요.

그런데 요 몇 년 동안 그들이 찾아오지 않더군요. 그들과 만나지 못해 건설적인 일에만 매달린 것인지, 건설적인 일에 몰두하느라 그들을 만나지 못한 것인지, 에너지가 드는 기다림을 나 스스로 의식적으로 회피한 것인지는 모르겠습니다.

그러다 지난해 〈문학사상〉 재창간을 준비하던 고승철 선배가 소설 기고를 부탁했습니다. 오랫동안 소설을 쓰지 않았고, 기다려도 아무도 찾아오지 않았던 터라 망설여졌습니다. 그런데 그 통화를 하던 중 치매에 걸린 아내를 돌봐야 하는 90대 노인이 갑자기 찾아왔습니다. 그의 사연이 궁금해졌죠. 기쁘게 원고 청탁을 수락하고, 바쁘게 그를 쫓았습니다.

〈문학사상〉이 무산된 후 묻혀버릴 뻔했던 이 소설이 독자들과 만날 계기를 갖게 되어 기쁩니다. 물론 묻혀버렸다 해도 이 소설은 내게 큰 의미가 있습니다. 다시 기다림을 시작하게 했으니까요. 지금은 다른 건설적인 작업들은 멈추고, 멍하니 그들이 찾아오기를 기다리고 있습니다.

날개 잃은 용들의 고향

윤순례

◆
윤순례

1996년 중편소설 〈여덟 색깔 무지개〉로 제18회 문예중앙 신인상을 받으며 등단했다. 작품으로는 장편소설 《아주 특별한 저녁 밥상》, 《낙타의 뿔》, 중단편소설집 《붉은 도마뱀》, 단편소설집 《공중 그늘 집》, 《한여름 비치파라솔 안에서의 사랑법》, 연작소설집 《여름 손님》이 있다. 2003년 한국문화예술진흥원 소설 부문 신진예술가상, 2005년 제29회 오늘의 작가상, 2012년 아르코 문학상, 2023년 제26회 동리문학상을 받았다. novel0702@hanmail.net

1. 그린 박스

-몰라요. 나 아냐.

308호 청년 앞에서 나는 단호하게 말했다.

-저 잠깐만요….

현관문을 닫으려는 내 앞으로 308호 청년이 재빠르게 다가섰다. 복도를 오르내리며 마주쳤을 때와 달리 그의 표정은 맑고 밝았다.

-나 아니라니까. 내가 왜 남의 것을….

그의 입에서 나올 말이 무엇이든 308호로 배달된 음식을 먹었다고 실토할 수 없었다. 해미가 없어진 지 열흘이 지나지 않아 냉장고가 텅 비었다. 마지막 남은 안성탕면을 먹은 날은 해미의 핸드폰 번호를 모른다는 게 절망스러웠다.

-내일 그린 박스 가지러 온다는데… 그것만 돌려주세요. 활어는 다 드셨어도 괜찮습니다.

-….

-제가 지방 출장 간 걸 모르고 저희 어머니가 앱으로 이것 저것 배달을 시킨 거라….

나는 아랫입술을 물며 양쪽으로 고개를 흔들었다. 이제 와서 말을 바꿀 수는 없었다. 잘못했다. 그린 박스만이라도 현관문 밖에 내놨어야 했다. 생물 오징어와 중새우, 꽃게를 먹어 치우는 데는 삼 일도 걸리지 않았다. 해미가 돌아올 때까지 아껴먹으려고 했지만 쉽지 않았다. 그동안 굶주린 배 속에서 먹을 것을 더 넣으라고 성화를 부렸다.

-209호 부녀회 총무님이 309호에 물어보라고 해서….

308호 청년이 턱짓으로 아래층 209호를 가리키며 하는 말이 끝나지도 않아 나는 탁 소리가 나게 현관문을 닫고 들어왔다. 209호에서 봤나? …주변을 살폈으니 그럴 리 없는데도 가슴이 벌렁거렸다. 현관 바닥에 서서 렌즈로 내다보았다. 308호 청년이 두 집의 양수기함 사이에 여전히 서 있었다. 출근하기 전에 담판을 짓겠다는 건가?

쓰고 또 쓰는 배송 박스

THE green BOX

더 그린 박스는 더 나은 배송 서비스를 위해 헬로네이처가 특별 제작한 자산입니다. 회수에 적극 동참해 주시기 바랍니다.

잠들 때 주문, 눈 뜨면 도착
헬로네이처

주방 식탁 옆에 둔 그린 박스를 들고 해미가 쓰던 안방으로 들어가 화장대와 침대 사이에 밀어 넣었을 때 초인종이 울렸다. 308호 청년일 것만 같아 숨소리도 내지 않았다.

길고 요란하게 초인종이 울렸다. 나는 발소리를 죽이며 내 방 침대 속으로 들어와 누웠다. 가슴이 쿵당거렸다. 지금이라도 줘버릴까? 미안하다고만 하기에는 너무 염치없었다. 고민하다 일어나 느릿느릿 마루로 나갔다. 내가 훔친 게 아냐. 우리 현관문을 막고 있었다니까. 며칠을 그러고 있는데 어떡해 그럼? …생물 오징어가 녹아서 계단에 비린내가 진동했다고, 과장을 섞어 말할 작정이었다. 그러나 씩씩하게 현관문을 열어젖혔을 때 복도참에 308호 청년은 없었다.

해미는 돌아오지 않을 작정인가?

낡은 사진들을 싱크대 속에서 태운 흔적을 그대로 두고 해미는 어디로 갔을까?

　-나쁜 년!

　침대 프레임에 내 손발을 묶어두고 표독스럽게 굴던 해미의 표정이 떠올랐다. 싸운 후에도 내가 배고프다고 하면 식빵을 사다 식탁 위에 두던 때와 달리 모진 결심을 한 얼굴이었다.

2. 봄꽃이 피어나다

　나는 대리석 기둥에 바싹 붙어 대문 틈으로 안을 엿보았다. 수중의 어머니가 마당가 화단에서 등허리를 굽혔다 펴며 풀을 뽑는 게 보였다. 그녀가 대문에서 점점 멀어졌을 때 주변을 두리번거렸다. 높이 솟은 대문과 담벼락이 이어진 골목에서 자잘한 돌멩이를 찾는 게 쉽지 않았다. 고개를 쳐들어 유리창을 올려다보았다. 수중을 만나면 앞집에 배달된 음식을 먹었다고 고백하고 싶었다. 작은 돌멩이를 던지며 수중이 얼굴을 내밀기를 기다렸다. 수중의 어머니가 대문을 열고 나올 때까지 애절한 눈빛을 놓지 않았다.

　-이제 오지 말라고 그렇게 일렀는데….

　양손에 잡초를 가득 쥔 수중의 어머니가 침통한 표정으로 바라보았다.

-말을 못 알아듣는구나.

나를 만나면서 수중이 더 나빠지고 있다고 말하는 수중의 어머니를 나는 먹먹히 바라보았다.

-집에도 들어오지 않고 너랑 쏘다니다 수중이 병이 도져….

수중의 어머니가 한숨을 내쉬었다.

-수중이 핸드폰으로 집 나간 치매 할머니 찾아달라는 문자가 날아와서… 병아리 모자를 쓴 할머니에게 집을 찾아줘야 한다고… 가족들이 찾고 있다고….

오카리나 배우러 달빛 사랑방에 가다가 치매 할머니를 발견하고 따라가는 수중을 붙잡으려고 내가 쫓아갔던 것이라고 설명하고 싶었지만 말이 두서없었다. 어디선가 가족들이 애타게 우는 소리가 들린다며 찻길을 마구 건너는 수중을 붙잡으러 차에 치일 뻔했던 순간이 떠올랐다.

-왜 자꾸 우리 수중이를 들쑤시니…?

수중의 어머니가 골목 이쪽저쪽을 살피며 말했다.

-너 만나지 말라고 수중이에게도 일렀다.

나는 입을 앙다물고 버티며 수중의 어머니 손에서 노란 민들레꽃이 짓이겨지는 것을 바라보았다.

-제발 수중이를 흔들지 말거라. 풀꽃보다 마음이 여린 애야….

수중의 어머니가 대문 안으로 들어가고도 나는 오래 그 자리에 서 있었다. 손에 남은 돌멩이 하나를 만지작거리며 육중한 대문들이 늘어선 골목을 내려오는데 꽃향기가 물씬했다. 담장을 넘어온 색색의 꽃들로 이층집들이 몰려 있는 산 아래 동네는 밝고 환했다.

수중이는 엄마 말을 잘 듣는 착한 아들이구나…. 딸기 맛, 체리 맛, 바닐라 맛 아이스크림을 수중과 머리를 맞대고 앉아 먹었던 베스킨 라빈스를 지나 무작정 언덕 아래로 내려왔다. 차와 사람과 오토바이가 마구 뒤섞여 다니는 대로변 한가운데에 서서 사방을 휘둘러보았다. 정오의 창창한 햇살 아래서 어디로 가야 할지 알 수 없었다.

3. 자살 생존자

수중에게 쓴 편지로 돌멩이를 감싸 이층으로 던질 묘안을 짜냈다. 볼펜과 종이를 찾으려고 집 안 곳곳을 뒤졌다. 싱크대 하부 장 맨 위 칸 서랍에서 검정 플라스틱 볼펜을 찾아 식탁 의자에 앉았을 때 초인종이 울렸다.

308호 청년인가?

가슴이 덜컹 내려앉았다. 그는 아침에 내게 들으라는 듯이 계단참에서 오래 전화 통화를 해댔다. 지방에 며칠 출장을 다

녀왔다고, 받은 적이 없는 그린 박스를 어떻게 돌려주냐고⋯. 어딘가에 항의하는 듯한 그의 말을 들으며 나는 가슴을 졸였다.

돌려주기에는 너무 늦었다. 삼 일 전에 내주지 않은 게 후회스러웠다. 이미 먹어 치운 음식까지 내놓으라고 한 것도 아닌데⋯. 나는 살금살금 현관 바닥에 내려서서 렌즈로 밖을 살폈다. 목을 덮을 만큼 내려온 머리를 노랗게 물들인 여자가 서 있었다. 나는 누구냐고 묻지도 않고 재빠르게 문을 열었다.

-여기가 해미 씨네⋯ 맞지요?

열흘에 한 번씩 만나는 모임에 해미가 나오지 않고 있다고 말하며 여자는 나를 천천히 훑어내렸다.

-⋯해미 씨 언니⋯?

여자가 나를 알고 있다는 느낌이 들었다.

-해미 씨 있어요?

여자가 열린 현관문 틈으로 안을 살피며 물었다. 해미가 내 욕을 했을까? 기분이 좋지 않았다.

-해미가 오면 전해줄게요⋯. 누구라고 해요?

나는 퉁명스럽게 물었다.

-해미 씨, 집에 없어요?

나는 입을 꾹 다물며 여자를 바라보았다.

-누구냐고?

나도 모르게 반말이 흘러나왔다. 뭔가 미심쩍어하는 표정을 거두지 않는 여자가 마음에 들지 않았다.

-자살 생존자 모임 언니들이 해미 씨 보고 싶어 한다고 전해주세요. 다들 걱정하고 있다고… 전화를 통 받질 않아서….

여자가 검정 숄더백을 오른쪽 어깨에서 내려 왼쪽으로 둘러매며 말했다. 말을 더 할 듯 말 듯한 그녀의 표정을 보며 안으로 들어오라고 할까 말까 망설였다.

-해미 년이 나를 묶어놓고 사라졌어. 내가 이빨로 그물을 한 올씩 끊어 겨우 풀었다구….

예기치 않았던 말들이 내 입에서 뭉텅 쏟아졌다. 해미가 퍼붓던 독기 서린 말들이 떠올랐다. 하늘땅 주인이신 네 아버지에게 살려달라고 해봐. 내 인내는 여기까지야. 너를 죽이고 나머지는 운명에 맡겨 보려고. 네 운명이 센지 내 운명이 센지 겨뤄 보려고 해. 이제 내게 남은 게 아무것도 없어 그런 것에라도 인생을 걸어 보려고…. 풀어달라고 애걸하는 내게 해미가 얼마나 차갑게 내질렀던가.

-내가 무슨 힘이 있어 해미 남편을 죽였겠어? 말이 되는 소리야 그게…?

멈칫대다 계단을 내려가는 여자의 뒤에 대고 나는 소리를 질렀다.

자살 생존자라니….

여자가 놀이터를 지나 언덕길을 내려가는 것을 나는 계단참 유리창으로 바라보았다.

돌아오지 않을 작정으로 떠났구나….

무남독녀 외딸로 자라다 스물다섯에 홀어머니마저 잃은 해미가 갈 곳이 어디인지 나는 알지 못했다. 산수유 노란 꽃들이 어둠에 물들 때까지 나는 뒤 베란다 유리창 밖을 내다보았다. 싸운 사람들처럼 입을 꾹 닫고 지낸다 해도 해미가 있을 때는 해지는 저녁이 쓸쓸하지 않았다.

내가 무슨 힘이 있어 네 남편을 베란다 아래로 밀었겠어? 혼자 담배 피우고 싶다고 좀 비켜달라고 해서 나도 담배를 피우려다 말고 나온 거야…. 경찰에서도 자살이라고 했다면서? 내가 네 남편을 왜 죽여…? 해미가 나를 의심하고 있다는 것을 알았다면 진즉에 말했을 것이다.

왜 해미의 속을 후벼파는 말들로 어깃장을 놓았을까?

4. 수거되는 것들

-몰라 몰라. 시시티비에 차에서 박스 내리는 것 찍혀 있을 거라고 큰소리치더라니…. 엄마는 왜 묻지도 않고….

언덕길을 올라가며 핸드폰에 목청껏 소리를 지르는 게

308호 청년이라는 것을 알고 나는 걸음을 늦췄다. 편의점에 들어가 사 온 담배를 트렌치코트 주머니에 넣고 고개를 푹 숙였다.

―아이에스비엔이 찍혀 있어, 꼭 수거를 해야 된대. 그러니까 왜… 나 혼자 얼마나 먹는다고 그 많은 걸 배달시켜?

308호 청년은 개나리 빌라 입구에서 8호와 9호 라인 공동현관문 쪽으로 가지 않고 놀이터 안으로 들어갔다. 거리를 두었지만 대각선 방향에서 그와 시선이 닿는 것을 피할 수 없었다. 나는 고개를 빳빳이 들고 공동현관문으로 이어지는 계단을 밟았다.

아이에스비엔이 뭐지…?

308호 청년이 도둑년이라며 심한 욕이라도 해댔다면 마음이 편했을 것 같았다. 그랬다면 어머니에게 전화로 하소연하는 것을 엿들으며 괴롭지 않았을 것이다.

이제 와서 어떻게 돌려줘…? 어떻게…?

나는 문간방 베란다로 나가 유리창으로 놀이터 벤치에 앉아 담배를 피우는 308호 청년을 내려다보았다. 그러다 해미의 남편과 옆구리가 닿을 듯 말 듯 붙어서서 담배를 피웠던 자리라는 것을 깨닫고 화들짝 놀랐다. 절대로 여기 나오지 말아야지 하면서도 왜 답답할 때마다 나와 유리창 밖을 보게 되는지 모르겠다.

지금이라도 실토하고 돌려줄까?

세상에서 제일 나쁜 게 거짓말과 도둑질이라고 했는데….

천사들을 모아 놓고 수시로 그런 훈육을 했던 천사의 집 원장도 거짓말을 줄줄 달고 살았다. 그것을 모르지 않으면서도 흙모래가 꽉 차 있는 듯 머릿속이 어수선했다. 안방에 들어가 그린 박스를 수없이 들었다 놓았다. 북한산 자락에 검은 어둠이 내릴 때까지 마음이 변덕을 부렸다.

수중을 다시 만난다면… 내가 먹은 생물들의 가격과 함께 그린 박스를 돌려줄 수 있을 것이다. 집에 먹을 게 똑 떨어져서 배가 고팠다고, 수중에게는 사실대로 말하고 싶었다. 수중이 나 대신 308호 청년에게 사정을 말해줄 것이다. 무엇보다 수중이 잘하는 반가운 악수도 할 것이다.

수중은 모르는 사람에게도 먼저 손을 내밀어 또박또박 인사를 했다. "이렇게 만나 뵙게 되어서 정말 반갑습니다." 병아리 모자를 쓴 치매 할머니 뒤를 쫓아가 잡았을 때도 수중은 손부터 내밀었다. 수중이 잔뜩 흥분한 상태라 그날은 내가 대신 말해주었다. 치매 할머니 손을 잡고 환하게 웃는 수중을 보며 내가 "만나 뵙게 되어 정말 반갑습니다" 했을 때 수중은 엄지척을 해주었다.

5. 들개들의 만찬

 돌멩이를 싸서 수중의 방이 있는 이층으로 던질 편지를 썼다. 집에 있으면 창문을 열고 운동화를 걸어 놓으라고 쓰고 있을 때 벨이 울렸다.
 308호 청년…?
 나는 주방 식탁에서 몸을 일으키며 안절부절못했다. 엉겁결에 화장실로 숨으려고 문을 여는 뒤에서 도어록 비밀번호 누르는 소리가 들려왔다. 해미구나… 기뻐서 몸을 돌리다가 문턱에 엄지발톱이 부딪쳐 절로 비명이 터져 나왔다. 열린 현관문 안으로 두 명의 사내가 쑥 들어섰다.
 ─아가씨! 이 집 팔린 거 알지? 5월 9일까지 집 비워야 해.
 희망 부동산 사장이 대뜸 말하며 옆에 서 있는 작고 통통한 남자를 마루로 이끌었다.
 ─봐봐. 치울 것 없어. 침대랑 식탁, 장식대… 팔리지 않을 것들은 딱지 붙여 내놓으면 되고.
 얼굴도 몸집도 다부진 사내는 만만찮은 살림살이라고 말하며 나를 바라보았다.
 ─신경 쓸 것 없어. 계약자 도장 받았어. 집주인이 법적으로 문제없다고 했다니까.
 희망 부동산 사장이 말했다.

-아가씨, 새 주인이 이 집 싹 갈아엎고 고칠 거야. 5월 9일까지 이 집에서 나가야 된다고.

희망 부동산 사장은 통통한 남자를 베란다로 데리고 나가며 말했다.

-복잡해. 아주 복잡해. 뭐가 뭔지 나도 모른다니까. 집주인이 알아보니 계약자 언니라는데. 호적이 없다나 뭐라나. 뭔 소린지 몰라 나도. 여하튼 먼지 한 톨 없이 다 치워달래.

그들이 나에 대해 쑤군거릴 때 북한산 자락 오솔길을 타고 두 마리의 들개가 내려오는 게 베란다 유리창으로 보였다.

-전에 뉴스에 나온 사건 알아…? 이 집이잖아…. 실직하고 노는 남편을 아내가 죽였네 자살이네 아주 시끄러웠어…. 이 근방 사람은 다 알아…. 동네에 이렇게 후진 빌라 있으면 집값 떨어지고 골치 아프다 아주….

-야, 이 잡동사니들 다 치워야 되는 거야…? 그 돈에…? 아가씨 이리 좀 와 봐요.

-살짝 맛이 갔다니까…. 내 말을 뭘로 들었어…? 무시하고 싹 다 버리면 된다니까.

-네 눈엔 이게 간단해 보이냐? 아가씨, 이리 좀 오라니까.

통통한 남자가 베란다에서 크게 소리를 질렀다. 나는 마루와 베란다 사이의 유리문을 거칠게 밀고 나갔다. 해미가 집을 떠나기 전 박스들을 열어 보고 팽개쳐 둔 터라 베란다 바닥

곳곳이 어수선했다.

―아가씨, 이 앨범들은 다 가져갈 거지?

베란다 창틀에 양 팔꿈치를 올리며 북한산을 바라보는 내 뒤에서 통통한 남자가 물었다. 나는 입을 꾹꾹 다물며 비탈길이 구불구불 이어진 산자락을 바라보았다. 꽃망울을 터트린 명자나무가 오솔길을 따라 줄줄이 늘어서 있었다. 구청에서 세운, 경작을 금지한다는 안내판 앞에서 뒹구는 들개 두 마리가 베란다 유리창으로 적나라하게 보였다. 덤불 속에 버려진 빈 참치 캔들 속에 코를 대고 벌름거리는 누런 털빛의 들개 꼬리에 스티로폼 조각이 달랑달랑 붙어 있었다.

―야, 나는 못 하겠다⋯. 돈 몇 푼 받자고 이 산꼭대기를 어떻게 올라와⋯? 트럭 한 대로는 어림도 없어⋯.

해묵은 낙엽과 검불을 잔뜩 묻힌 검둥이가 누런 털빛 개의 등에 올라타는 게 보였다. 누런 털빛 개의 똥구멍이, 살점이 튀어나올 듯이 쫙 벌어졌다 오므라졌다. 믿을 수 없을 정도로 붉은 살덩어리가 열렸다가 닫히는 것을 나는 숨죽이며 바라보았다. 저토록 붉은 살점을 벌려 내놓는 게 주워 먹은 음식의 찌꺼기라는 게 믿기지 않았다.

들개의 똥구멍이 저토록 붉구나⋯.

눈앞의 것이 믿기지 않을 때 늘 그렇듯 나는 연신 눈을 깜빡거렸다. 딱 붙어 헐떡거리는 그들의 몸뚱이로 눈송이처럼 분분히 떨어져 내리는 것은 산벚꽃이었다.

-햐, 개새끼들…. 지랄 발광을 하네…. 자꾸 새끼 까제끼고….

-나보다 낫네. 나는 서지도 않아 이제. 먹고 사느라 죽도록 일만 해대느라 엉뚱한 데 기운 다 빼고….

내 등 뒤에 바싹 다가선 두 사내가 묘한 웃음을 날리며 말했다.

-그러니까 자꾸 들개 새끼들이 늘어나는 거라니까. 저것들이 동네 개들을 꾀어내서 산으로 데리고 간다더라구.

-늑대가 되어 내려올까 봐 무섭다.

-혼자 저 길로 다니면 위험하지.

-삼 년 전에 멧돼지 내려온 길이잖아.

늦은 밤 포수가 총을 메고 내려오는 것을 봤다며 내 목덜미에 더운 숨을 불어대는 게 부동산 사장인지 고물상 사장인지 알 수 없었다. 시도 때도 없이 붙어 떡을 쳐대니 들개가 점점 늘어난다는 이를 바라보기 위해 나는 등을 돌리지 않았다.

6. 송편을 놓고 가는 이의 마음

-수중아! 창문을 열고 운동화를 흔들어.

나는 담벼락 위로 고개를 쳐들고 소리를 질렀다. 며칠째 해도 뜨기 전에 달려와 돌멩이를 던졌지만 아무 기척이 없었다. 수중의 어머니가 나오지 않은 지도 오래였다.

흰쌀 송편 여덟 개가 두 줄로 놓인 스티로폼 사각 접시가 힘없이 복도 계단을 오른 나를 반겼다. 309호 현관문을 열어 젖히면 주루룩 쓸릴 위치였다. 나는 등허리를 굽혀 떡을 집다가 멈칫거렸다. 지난번의 도둑질까지 밝히려는 함정인가? 그러나 팥고물 앙꼬가 통통해 절로 침이 고였다.

누굴까…? 309호 현관 앞에 바싹 붙여 놓았으니 나 주려고 둔 것이야…. 말랑말랑 쫀득거리는 송편을 입에 넣으며 고개를 갸웃거렸다.

수중의 어머니?

수중이 군대에 가서 몹쓸 병을 얻어 왔지만 근본도 모르는 나와 어울릴 사람은 아니라고 초면에 선을 그었던 그녀가?

삼사월 관리비를 합해 6만 원을 내야 한다고, 해미는 언제 오냐고, 계단참에서 버티고 서서 으름장을 놓는 209호 부녀회 총무?

밤 알갱이가 든 송편은 입에 쩍쩍 달라붙었다. 다섯 개째부터는 오래오래 씹으며 아껴 먹었다. 내가 배가 고픈 것을 아는 이 누구일까? 멀리, 아주 멀리 떨어져 있어도 수중처럼 시멘트 담벼락에 놓인 화분 속 꽃들의 말을 알아듣는 이일까?

바람이 불어서 쓰러질 것 같다고 도와달래….

수중은 치매 할머니를 쫓아가다 멈춰서서 대각선으로 보이는 콘크리트 담장을 가리켰다. 흰 사기 화분이 애타게 자신을 부른다고 했다. 수중이 발돋움을 하고 팔을 높이 뻗어도 손이 닿지 않아 나는 땅바닥에 무릎을 꿇고 엎드려 등을 대주었다. 신발을 벗고 내 등에 올라가 수중이 내린 화분 속에는 가시 달린 붉은 꽃기린 가지가 팔뚝 길이만큼 자라 있었다.

돌멩이와 함께 던진 편지를 수중이 보았을까?

자기도 모르게 정신이 나갔다 들어오는 사람들이 모이는 달빛 사랑방에 가면 수중을 만날 수 있을까?

조현병을 앓고 완치된 이가 자비로 꾸민 달빛 사랑방에서 수중은 오카리나를 배웠다. 일주일에 한 번 자원봉사를 하러 오는 이가, 수중에게는 타고난 음감이 있다는 칭찬을 해주었다. 그날 옆에서 나는 박수를 치며 수중보다 더 기뻐했다. 자원봉사자가 사 온 아이스크림을 하나씩 들고 천변을 걸어 집으로 오던 날들이 그리웠다. 수중은 그날 내게 약속했다. 진분홍색 진달래로 인왕산 봉우리가 붉게 타오르면 폭포수 아래 서서 나를 위한 노래를 불러주겠다고.

-봄이 왔잖아….

나는 안방 유리창으로 전선줄에 다닥다닥 붙어 앉아 있는 비둘기 떼를 내다보다 불끈 몸을 일으켰다. 분홍색 트렌치코트 위에 검정 백팩을 메고 언덕길을 내달렸다. 아직 해가 남아 있었다. 사방 어디든 노랗고 빨갛고 하얀 꽃들이 넘실거렸다.

7. 달빛 사랑방

교각 아래 돌계단을 올라가 좁은 폭의 골목길로 접어들었다. 인적이 없는 골목 안에서 사방을 둘러보았다. 어젯밤 늦게까지 헤매다 찾지 못한 푸른색 대문이 보였다. 대문가 양쪽으로 길게 자란 행운목이 놓여 있었다. 마당가 한쪽에 설치해 놓은 철계단을 타고 옥상으로 올라갔다.

옥상 한쪽, 달빛 사랑방 회원의 부모가 기증했다는 철봉대마다 털실로 짠 카펫이 걸려 햇볕에 말라 가고 있었다. 컴퓨터 두 대가 있는 사무실을 지나 텔레비전과 정수기가 있는 방으로 들어갔다. 정신병을 앓고 난 후 사회 복귀를 준비하는 이들이 모여 있었다. 빨갛고 노란 색색의 요기보를 하나씩 차지하고 누워 핸드폰을 들여다보는 이들 속에 수중은 없었다.

-한 달? 아니다 두 달. 아니 한 달인가?

수중에게 "오빠야! 오빠야" 하는 여자애는 오른 손가락 한 개를 폈다가 곧 두 개를 펴 보였다. 그녀를 막으며 내 앞에 선 이는 달빛 사랑방 방장이었다. 그는, 수중이 한 달 넘게 말도 없이 나오지 않고 있다고 했다.

-오늘 우리는 김밥 만들어. 5월 8일 어버이날에 직접 음식을 만들어 부모님께 대접하는 연습을 하는 거야.

　밤에도 선글라스를 벗지 않는 여자애가 자랑하듯 말했다.

　달빛 사랑방 방장이 나를 주방으로 이끌었다. 당근과 오이, 햄과 치즈가 식탁 한가운데 쌓여 있었다. 나는 수중이 오기를 바라며 자주 옥상으로 나가 대문을 내려다보았다. 수중이 없어 힘이 나지 않았다. "맞아 맞아. 나는 수미 가는 곳이면 어디든 갈 수 있어. 수미와 나는 이제 바늘과 실이야" 해주는 수중이 옆에 있어야만 나는 손뼉을 치며 웃을 수 있었다. 철계단을 내려오는 나를 알이 큰 검은 선글라스를 쓴 여자애가 붙들었다. 사회 복귀 재활 프로그램을 열심히 해서 곧 주민센터에 일하러 가게 될 회원의 부모가 오늘 저녁 교촌 치킨을 사주기로 했다고 말했다. 나는 대문을 받쳐둔 돌덩이에 걸려 넘어질 뻔하며 도망치듯 달빛 사랑방을 나왔다. 한강까지 이어지는 천변으로 나와 오래 두리번거렸다. 어둠이 내려 내부순환로 위를 지나가는 차들이 내쏘는 불빛이 점점 강렬해질 때까지 갈 곳을 찾지 못했다.

8. 승천하는 용의 꼬리

　청승맞게 울어대는 산비둘기 소리가 억지로 청하려는 낮

잠을 방해했다. 밖으로 나와 땅바닥에 발바닥이 눌어붙은 듯 느릿느릿 신발을 끌며 언덕을 내려왔다. 줄줄이 벚꽃이 피어 천변이 대낮처럼 환했다. 수초가 하늘거리는 물속에서 청둥오리가 헤엄쳐 다녔다. 서대문 구청 근방의 교각 아래를 지날 때 하얀 물줄기가 허공으로 솟구치며 부서지는 게 보였다.

너 사는 섬엔 아직 썰물이 없어~~~~~ 결국 떠내려온 것들은 모두 니 짐이야~~~~~ 이어질 땅이 보이질 않네 ~~~~~

어디선가 아름다운 선율을 타고 노랫소리가 들려왔다. 코로나19로 지친 시민들을 위해 거리의 악사들이 마련한 토요 음악회 무대 주변에 사람들이 몰려 있었다. 나는, 유모차에 아기를 태우고 나온 젊은 부부들과 손에 커피를 들고 팔짱을 낀 연인들 사이로 들어갔다. 인공폭포 아래 분수대에 설치된 둥근 무대 안에 기타를 들고 앉은 젊은 청년이 노래를 부르고 있었다.

~~~~~난 그냥 나가는 게 좋겠네~~~~~ 어차피 지나갈 거~~~~~ 새벽에 돌아오면~~~~~ 잠들어 있겠지 ~~~~~ 너 사는 섬엔 아직 썰물이 없어~~~~~ 결국 떠

내려온 것들은~~~~~ 모두 니 집이야~~~~~

　양쪽 소매를 둘둘 말아 올린 새하얀 긴팔 와이셔츠를 입은 해맑은 청년의 입에서 흘러나오는 노래가 까마득히 오랜 기억을 불러냈다.
　윤석….
　멀리로 용머리암이 내려다보이는 바다를 바라보며 그가 산마루에 서서 흘려보내던 화음에 붉은 저녁노을 같은 슬픔이 차 있었다.
　이어질 땅이 보이지 않는다고, 너 살던 섬은 이제 가라앉았고, 내가 두고 온 것들은 다 저기 저 아래에 녹만 슬다 없어지겠다는 노래를 부르던 윤석을 어젯밤 꿈속에서도 만났다. 용이 승천했다는 구멍 속으로 몸을 날려 함께 바닷속으로 들어갔던가?
　분수대에 마련한 무대 한가운데 앉아 기타를 치며 노래하는 청년을 보며 나는 눈을 깜빡거렸다. 눈앞의 광경과 달리 시퍼런 물줄기가 넘실대는 망망대해 파도 소리가 머릿속을 파고들었다. 청년이 기타를 높이 들어 올리며 청중을 향해 인사를 하자마자 앵콜을 외치는 함성이 터져 나왔다. 거리의 악사가, 검정 치마를 좋아한다며 노래를 부르는 속에서 짙푸른 물결이 넘실넘실 내 몸을 휘감았다. 그토록 맑은 얼굴로 슬픈 노래를 부르던 윤석이, 밤송이만 한 동백꽃이 뭉텅뭉텅 핀 가지들을 흔들던 녹섬의 봄바람이, 하얗게 부서지며 솟구치던 파도가 눈에 가득 차올랐다.

…바다 구멍을 빠져나와 저기 저 연꽃 바다에 앉았지…. 아직 꼬리가 바닷속에 있어 몸을 반쯤 틀어 망설이는 거야…. 그날 윤석에게 들었던 말을 중얼거리며 나는 열기 속을 빠져나왔다. 용이 뒤를 돌아볼까요…? 우리 함께 가서 물어볼래요…? 가을 햇살에 익어 가는 감빛 같은 웃음을 담은 윤석의 눈빛이 떠올랐다.

함께 가 볼래요…?

가마등 해수욕장을 나오는 나를 보자마자 슬픈 낯빛을 갈무리하며 웃음 짓던 그가 얼마나 자주 내 꿈속을 파고들었던가? 함께 가 볼래요…? 그 허심한 목소리가.

파라다이스 펜션 사장 놈이랑 뒹군 것 아니지…? 구름나팔 아저씨의 입에서 흘러나온 불량스런 말들 속에서 그의 이름이 윤석,임을 알았다. 긴 머리가 발목까지 닿는 인어가 되어 깊고 깊은 물속을 헤엄쳐 다니는 꿈을 깨는 순간마다 그의 얼굴이 겹쳐졌다.

한국에 몇 명 없다는 국제 프리다이빙 선수라고, 세계적인 출전에 나가 부상을 입어 녹섬에 들어와 다이버 센터를 운영하고 있다고, 필리핀 발리카삭섬에 모여 사는 다이버들 중에 그의 이름을 모르는 이가 없다고 말해준 건 주방에 일하러 오는 이웃 아주머니였다. 10인분의 요리 재료로 50인분이 넘는 음식을 해내는 재주가 있는 그녀는, 파라다이스 식당은 다이버들이 작살로 잡은 활어들로 식탁이 넘쳐 난다고 했다.

윤석은 수십 미터 아래로 몸을 날려 용왕굴에 들어가 봤을까?

9. 바람의 말

수중을 만날 수 없어 애가 탔지만 언덕 아래 동네에서는 숱한 소문들이 떠다녔다. 수중이 어느 집 담장을 넘어가 화분을 훔치려다 신고를 받고 출동한 경찰에게 잡혔다고 했다. 수중이, 화분이 아니라 아가씨 혼자 사는 옥탑방을 훔쳐보기 위해 들어갔다고 한 이는 건너편 동에 사는 301호 여자였다. 길거리에서 만날 때마다 해미의 소식을 물어대는 그녀는, 수중이 샤워 중인 아가씨의 알몸을 훔쳐보려다 들킨 것이라며 혀를 내둘렀다. 경찰들이 호각을 불고 메가폰으로 내려오라고 소리를 질러도 방범 창살을 붙들고 매달려 있는 수중을 구경하려는 사람들로 거리가 떠들썩했다던가.

놀이터 아래에서 그녀의 말을 듣기 무섭게 나는 천변 부근의 파출소로 달려갔다. 수중이는 화분들이 하는 말을 알아듣는 능력이 있어요. 높은 담장 위에서 화분 속 나무들이 지르는 비명이 들린대요…. 중국요릿집 배달 오토바이에 치일 뻔한 순간에도 나는 경찰관들에게 할 말을 연습했다. 수중이 담벼락 위에서 말라가는 화분 속 화초를 꺼내 천변 아래 물속에 담가줬던 일, 누군가 산속에서 뽑아와 고무통 속에 심은 나무가 갑갑하다고 울부짖는 소리를 들은 일, 자다가 일어나 나무를 산속에 들어가 심어주고 내려온 일,을 꼽자면 열 손가락이 부족했다.

오후 네 시의 파출소 안은 한산했다. 종이컵에 든 커피를 들고 서서 이야기를 나누는 두 경찰관 사이로 나는 숨을 헐떡이며 뛰어갔다. 조리 있게 말하려고 외운 말들이 떠오르지 않아 무작정 수중이 알몸의 아가씨를 범하려고 했던 게 아니라고 소리를 질렀다. 젊은 경찰관 두 명이 웃음을 참으며 수중이 누구냐고 물었다. 그제야 파출소 안을 빙 둘러보았다. 어디에도 수중은 없었다.

-아직은 마스크 꼭 쓰고 다니셔야 됩니다. 누가 보고 신고할 수도 있어요….

세탁한 하늘색 제복 세 벌을 왼쪽 팔에 늘어뜨리고 파출소로 들어오는 세탁소 남자와 부딪치며 파출소를 빠져나오는 내 뒤에서 젊은 경찰관이 말했다.

-수중이 정신이 떠돌고 있어…. 산 넘고 바다 건너 멀리에

서 누군가 수중이를 데려가려고 해….

　나는 중얼거리며 이층집들이 몰려 있는 동네로 가다가 걸음을 멈췄다. 나를 만나게 되면서 수중이 더 나빠졌다던 말이 떠올랐다.

　지하방에 갇혔을까?

　수중이, 아버지가 화를 참을 수 없으면 가두는 지하방이 있다고 했다.

　그런 방에 관해서라면 나는 자다가도 그릴 수 있을 만큼 잘 안다. 진주알 일곱 개가 박힌 목걸이가 없어졌다고, 새벽 어시장 단골집에 전복을 넘기고 받은 돈을 슬쩍 빼냈다고 지하방에 갇혔다. 늘 바쁜 원장 천사가 깜빡 잊으면 몇 날 며칠이 흘러갔는지 모르게 그 속에서 배를 곯아야 했다. 보트를 끌고 여행 온 남자들과 해변 모래밭에서 놀다 구름나팔 아저씨에게 붙잡혀 온 나를 지하방에 넣었을 때도 원장은 나를 잊었다. 해미가 나를 만나러 오겠다고 전화를 하지 않았다면 그 속에서 죽었을지도 모른다.

　천사의 집 주변을 사들인 땅을 팔고 외국에 새 천국을 짓는 일에 혈안이 되어 원장 천사가 밥을 먹을 시간도 없을 즈음이었다. 나를 가엾게 여겨 매년 후원을 해왔다는 미모의 여인이 죽으면서 이 세상에 홀로 남겨진 딸을 찾아 나와 맺어준 것 또한 그녀가 하늘땅 주인이신 아버지를 의식해 벌인 선행이었다. 어두운 곳에서만 그 자애로운 미소를 볼 수 있다는 그녀의 지론에 따라 나는 어둠의 방에 갇혀 반성을 했다. 홍합을 따러 갯바위를 타 넘다 만난 낚시꾼에게 섬 바깥의 세상에 대해 이것저것 물어댄 것을. 이웃 섬으로 건너간 흑염소를 찾아오고, 조개를 캐고, 밤새 깐 바지락을 어선을 타고 나가 어시장 단골집에 넘겨주고 오는 나날에 대해 주절주절 늘어놓은 것을. 내가 언제 섬에 들어왔는지, 어디서 태어났는지, 부모가 누구인지 모르면서 살아온 날들을 아무렇지 않게 말하며 그들이 사는 육지에 대해 호기심을 보인 것을. 무연고자인 원생들에게 먼먼 친척이라도 찾아주려는 선행을 베푸는 원장 천사의 기사가 지역 신문에 도배되고 있었다. 비탈진 밭 한쪽에 통나무집을 짓고 조부가 천사의 집을 세운 시절부터 선교를 위해 애쓴 집안의 내력과 함께였다. 그녀는 오랜 업적이 내 그릇된 행실로 도루묵이 될 뻔했다고 개탄했다. 세상에 나왔지만 부끄러워 숨겨야 하는 인간 말종들을 거두며 쌓아온 공덕이, 사명으로 알고 오직 하나님 아버지 뜻에 따라서만 살겠다고 독신을 고집해온 인생이 나로 인해 오명을 남겼다고 했다.

　원장 천사가 바다를 낀 녹섬 넓은 땅을 골프장 건립 부지로 팔아넘기면서 끌어안고 간 것들 속에는 내 태생의 비밀도 있을 것이다. 그녀는 때때로 내가 아리따운 여자의 배 속에서 나왔다고 했고, 하늘땅 주인이신 아버지의 사랑으로 바닷속에서 퐁퐁 솟아올랐다고도 했다. 세상 만물은 다 그렇게 물거품처럼 솟았다가 사라지는 것이라고, 그녀가 내게 다시마 우린 물로 전신 마사지를 시켜 가며 해대던 말들이 떠올랐다.

-다 물거품이야. 다….

내 입에서 날카로운 외침이 터져 나왔다. 천장의 야광별들이 또롱또롱 빛을 발하기 시작하면서부터 견딜 수 없이 슬퍼졌다. 퉁탕퉁탕 발소리를 울리며 수중이 와주기를 간절히 바랐다. 수중에게 사랑 고백을 받았던 천변 교각 밑의 밤이 떠올랐다. 그날 수중이 오카리나로 연주한 곡은, 사랑하니까 정말 사랑하니까 나는 잠을 자면서도 행복하다…,는 가사 말을 갖고 있다고 했다.

수중은 봄이 오면 달빛 사랑방 친구들을 초대해 연주회를 벌이겠다고 했다. 봄에는 물가에 쌓은 돌덩어리 사이사이로 강아지풀이 자라고 철쭉이 핀다고. 교각 다리 기둥 두 개를 둘러 가며 놓인 나무 의자에 엉덩이를 붙이고 수중과 나란히 앉은 속으로 화음이 울려 퍼졌다. 사랑이 아름답다고, 사랑하니까 행복하다고, 그래서 잠을 자면서도 눈물이 난다…,는 음률이 흘러가는 속으로 소복소복 눈이 내렸다.

10. 동그라미를 닮은 엄마의 마음

 누군가 또 현관문 앞에 둥글둥글 뭉쳐진 쑥버무리 세 덩어리를 두고 갔다. 나는 향긋한 쑥 냄새를 맡으며 한 덩어리씩 양손에 들고 천천히 베어먹었다. 내 배고픔을 아는 이 누구인가? 나를 위해 삶은 옥수수나 참외를 두고 가는 이의 마음은 동글동글한 모양을 가졌을 것만 같았다. 어머니의 마음…,을 닮은.

 원장 천사는 내게도 엄마가 있다고 했다. 나를 점찍어 매년 돈을 보내주었다는 이. 크리스마스나 어린이날에는 하얀 원피스나 분홍색 구두를 보내왔던 그녀가 죽으며 남긴 혈육이 해미였다.

 그간 베푼 자매님의 은덕을 갚는 일이 될 수도 있지. 사랑은 그렇게 흘러 다녀야 해…. 원장 천사는 죽은 그녀를 위해, 세상에 홀로 남겨진 그녀의 딸을 위해 나를 보내기로 마음먹었다.

 너는 순정한 마음을 갖고 나왔단다. 하늘땅 아버지가 네게 준 선물이란다. 그 덕을 나도 오래 보았으니 갚으마…. 세상의 인연이 만든 혈육에게 나를 보내며 원장 천사가 한 말들은 진심일 것이다. 소문에 의하면 그녀는 새로 짓는 중남미의 선교 센터에서 결혼식을 올릴 것이라고 했다. 새로운 인생을 함께할 신랑감을 찾아가는 길에 남은 미련이 그녀에게는 없어 보였다.

호적에 이름도 올리지 못하고 사는 천사의 집 원생들을 관리하며 모은 돈으로 넓힌 녹섬 북쪽 일대의 땅덩어리도 어느 순간 그녀를 기쁘게 하지 않은 것인가?

오늘 아침 희망 부동산 사장이 찾아와 5월 9일까지는 집을 비우라고 으름장을 놓았다. 새 주인이 리모델링을 위해 이틀 후에 집에 올 것이라고 했다. 그가, 알아들었냐고 재차 물었을 때 나는 고개를 끄덕였다. 법적으로 하자 없이 처리했으니 기한을 지키라고 하면서도 그는 개운치 않은 표정이었다. 그가 계단을 내려가며 209호 부녀회 총무에게 개나리 빌라 309호는 새 주인이 깨끗이 수리를 하기로 했다고, 마치 내게 들으라는 듯 소리를 질렀다.

달빛 사랑방에 가볼까? 문득 일주일에 한 번씩 자원봉사를 해주러 오는 동시 쓰는 아저씨가 보고 싶었다. 분명히 그도 동글동글한 마음을 가졌을 것만 같았다. 밤이 왜 까만 줄 알아? 너희처럼 마음이 아픈 사람들의 말을 깊이 들으려고 환한 색깔들을 모두 잠재우고 나왔기 때문이야…. 가끔은 그렇게 알아듣기 힘든 말도 하지만, 틀림없이 녹섬의 윤석처럼 바닷속 용이 사는 굴속에 대해 잘 알고 있을 것이다.

11. 스쳐 가는 마음들의 아우성

 장미 넝쿨이 긴 담을 타고 내려온 이층집들이 몰려 있는 산 아래 멀리로 수중네 돌집이 보였다. 주민센터 아래 게이트볼장에서 공짜로 주는 김밥을 먹고 오다 나도 모르게 그쪽으로 발길을 돌렸다.
 -수중이는 집에 없다. 그렇지만 들어오거라.
 수중의 어머니가 대문을 열고 나와 말했을 때 나는 믿기지 않아 눈을 커다랗게 떴다.
 -우리 집 양반이 할 말이 있다는구나. 수중이 아버지 말은 누구도 무시 못 해. 이 집안사람들 누구도…. 멈칫거리는 나를 바라보며 수중의 어머니가 엄한 목소리로 말했다.
 수중의 아버지는 거실 통창 옆으로 놓인 8인용 소파 한가운데 앉아 있었다. 나는 쭈빗쭈빗 걸어 그의 앞으로 다가갔다. 가사도우미가 딸기를 담은 접시 위에 세 개의 포크가 놓인 유리 접시를 긴 유리 탁자에 올려두고 주방으로 들어갔다.
 -앉아 보거라.
 뜻밖에도 수중의 아버지 목소리가 부드러웠다.
 -더는 속 끓이지 말고 오늘 단판을 지읍시다.
 수중의 어머니가 내 팔을 잡아 밀 듯이 소파에 앉히고 나서 수중의 아버지 옆으로 가서 앉았다. 나는 딸기를 찍은 포크를 입에 넣으려다 이층을 올려다보았다. 수중이 계단을 내려와 박꽃처럼 하얀 이를 드러내고 웃어주기를 바랐다.

-결혼하겠다며 우리 집에 처음 온 날, 어떻게 내 보석에 손을 대니? 어차피 너를 며느리로 들일 마음이 없어 혼자만 묻어두려고 했는데…. 우리 집 양반이 다시 생각을 해보자고 해서 짚고 넘어가야겠다. 기가 차서 말도 안 나오지만….

수중의 어머니는 단단히 각오한 듯 무서운 얼굴로 나와 수중의 아버지를 번갈아 가며 바라보았다.

-섬에서 겨우 중학교만 나온 것은 그렇다고 치자. 도둑질이 얼마나 나쁜지는 고아원에서도 배웠을 것 아니니?

수중의 어머니가 차갑게 말했다.

어디에 둔 보석이 없어졌다는 것인가?

-나 아냐.

나는 눈을 크게 뜨고 고개를 흔들었다. 당황할 때마다 나도 모르게 나오는 버릇이었다. 정옥이 죽은 이후로 도둑질은 하지 않는다고 말하려는데 고갯짓이 멈춰지지 않았다. 가사도우미를 의심할 수도 있었을 텐데. 수중의 어머니가 거짓말을 하는 것인가?

세상에는 도저히 알 수 없는 것도 있다. 내 의지와 상관없이 하게 되는 도둑질 같은 것….

천사의 집 원장 사무실에서 원장이 화장실에 들어가며 책상에 빼놓았다는 반지가 내 바지 뒷주머니에서 나왔을 때 나는 정말로 내 손모가지를 잘라 내고 싶었다. 본섬에 목욕 봉사를 나갈 세 명의 아가씨들을 세워두고 원장은 반지가 나올 때까지 굶기겠다는 엄포를 놓았다. 원장 사무실에 서서 벌을 서는 동안 서울에서 아버지의 운전기사가 다달이 다녀가는 정옥이 자신이 훔쳤다고 자백했다. 독방에 갇힐까 봐, 독사가 우글거리는 산속에 들어가 희귀버섯을 따와야 하는 벌이 무서워 내가 자수를 망설이던 순간이었다. 정옥은 아버지에게 스물세 번째 생일선물로 받은 다이아 목걸이를 훔친 반지 대신 내놓겠다고 했다. 보석을 훔치자마자 잃어버렸다고 말하는 정옥을 나는 오래 바라보았다. 나쁜 손버릇은 초반에 고쳐야 한다고, 부모님께 전화를 하겠다고 원장이 엄한 얼굴을 풀지 않은 날 밤 정옥은 면도날로 손목을 그었다. 아버지를 다시 보느니 지옥에 가는 게 낫다던 정옥의 죽음에서 나는 지금껏 자유롭지 못했다.

아버지나 어머니….

분명 내게도 있을 그들 중 누군가의 피를 물려받았는지도 모른다. 남의 것을 감쪽같이 훔치는 능력을. 그렇다면 구름무늬 같기도, 마지막으로 힘을 줘서 짜낸 똥 무더기 같기도 한 호안석에 절로 뻗어 나간 내 손의 죄를 그들에게 물어야겠지….

그렇다 해도 맹세코 수중의 어머니 보석에는 손대지 않았다.

-우리 집사람 팔찌를 가져갔니?

수중의 아버지가 물었다. 아니라고 말해주기를 바라는가? 그런 표정으로 읽혔지만 나는 꾹 다문 입을 열지 않았다.

-다른 것이 다 맘에 든다고 해도, 도둑질은 안 돼요. …모든 게 다 마음에 든다고 해도 말이에요.

수중의 어머니가 수중의 아버지를 보며 단호하게 말했다. 나는 눈만 깜박거렸다. 정말 억울해서 소리 높여 진실을 말해야 할 때 왜 입이 돌처럼 다물리는지 알 수 없었다.

12. 떠나가는 시절들

철쭉이 피면 오카리나를 불러주겠다던 수중은 어디로 갔을까?

-수중이 가는 곳이면 어디든 갈 수 있지? 있지… 사랑은 그런 거니까… 아낌없이 주는 거니까….

나는 늦잠에서 일어나 뒤 베란다로 나가 담배를 피우며 흥얼거렸다. 유리창으로 맑은 하늘이 들어왔다. 꼬이고 얽혀 어지러운 전선줄에 앉은 까마귀가 그악스럽게 울었다.

-아침부터 왜 울어? 시끄럽잖아….

나는 목을 길게 늘여 전선줄에 대고 달래듯이 말했다.

저기 저 하늘에 낮별이 떴어. 서른다섯 개가 나를 보고 웃어. 내년에 한 살 더 먹으면 서른여섯 개가 보일 거야…. 지금 저기 저 하얀 별이 나중에 만나자고 했어…. 하얗게 눈이 덮인 인왕산 봉우리 너머를 손을 뻗어 가리키며 수중이 하던 말들이 떠올랐다. 그날, 수중과 나는 손을 잡고 흔들며 눈길을 조심조심 걸었다. 하늘의 별들을 공부하고 싶었던 수중이 아버지의 반대로 대학에서 경영학을 전공했다는 말을 들려주며 수중은 추위로 바들바들 떨었다.

-열흘 남았는데… 어디 갈 곳은 정했을까?

희망 부동산 사장이 폐자재가 쌓인 언덕을 막 지나치는 내 앞을 막아섰다. 구청이 보이는 게이트볼장에 가는 길이었다. 정오 12시에 맞추려면 서둘러야 했다. 돌봄 가정에서 사는 이들을 위해 어느 교회에서 해온다는 김밥은 일찍 동이 났다.

-오늘 오후에 집 보러 가겠다는 새 주인을 내가 말렸다니까. 내 말 알아들어? 이사 나갈 준비는 잘 되어 가는 거냐고?

희망 부동산 사장이 돌아서 가다가 다시 돌아와 물었다.

나는 희망 부동산 사장을 밀치며 마을버스들이 오르내리는 언덕길을 뛰듯이 올라갔다. 두 대의 마을버스들이 속도를 늦추며 운행하는 옆을 걸어가는 수중을 놓치고 싶지 않았다. 무인 아이스크림 가게에서 나와 골목을 올라가는 수중을 잡기 위해 나는 어깨에 맨 백팩을 내렸다. 두 줄의 가방끈을 하나로 모아 오른손에 단단히 감으면서도 수중의 뒷모습에서 눈을 떼지 않았다.

-나를 죽이려고 해…. 도망가야 해.

쫓아가 잡았을 때 수중은 나를 얼른 알아보지 못했다. 뭔가에 쫓기는 듯 불안해 보였다.

-수중이 정신이 여행을 가고 있어? 그런 거야?

나는 울 듯이 물었다. 수중의 정신이 몸을 빠져 어디로 가는지 알 수 없었다. 내 손을 뿌리치며 달아나는 수중을 따라 뛰어가는데 언덕을 내려오는 마을버스에 길이 막혔다. 어느새 수중이 보이지 않았다. 마을버스 두 대가 맞부딪치지 않으려고 속도를 늦추며 올라오고 내려오는 길에서 나는 중심을 잃고 비틀거렸다.

…수중이를 구해줘야 해….

나는 마을버스 두 대가 조심조심 차체를 비틀며 움직이는 틈에서 수중을 찾아 두리번거렸다. 차들이 사방에서 클랙슨을 울려댔다.

13. 술래 없는 숨바꼭질

해미가 집을 나가 돌아오지 않고 있다는 내 말에 수중이

"맞아 맞아. 해미가 아주 나빠" 한 후에 멍한 눈빛이 되었다.

　-수중이 넋이 나가고 있어. 얼른 붙잡아. 얼른….

　나는 식탁 의자에 수중을 앉히며 두 손을 꽉 잡아주었다. 누군가 쫓아온다며 허겁지겁 언덕을 내려가는 수중을 발견하고 집으로 데려올 때부터 기력이 다 빠져 정신이 없었다.

　-수중아, 눈 꾹 감았지? 내가 열을 세면 찾아.

　-아버지가 나를 죽이려고 했어. 그래서 도망쳐 나왔어. 유리창을 깨고 담을 뛰어넘어서….

　-아버지가?

　수중이 고개를 끄덕거렸다.

　-수중이 잠을 자지 않고 또 게임을 한 거야?

　-넋이 나가고 있어. 수미가 붙잡아줘….

　-침대에 갈까? 옷을 벗고 누워 있으면 아기 돌고래가 와서 우리를 용왕이 사는 궁궐로 데려갈 거야.

　나는 수중이 천장과 벽에 붙여 놓은 아기 돌고래 스티커를 떠올렸다.

　-해미가 나빠… 해미가 정말 나빠….

　내 손에 끌려 내 방으로 가는 내내 수중이 중얼거렸다.

　-동글동글 웃는 아기 돌고래가 용왕 궁궐 가는 길을 알아.

　나는 수중을 침대에 앉히고 양쪽 볼을 세게 꼬집으며 말했다.

-해미가 숨었어. 숨바꼭질… 해미를 찾아야 해… 숨바꼭질.

수중의 눈은 돌고래도, 나도 보고 있지 않았다.

-해미가 숨바꼭질하러 간 거야?

나는 울 듯이 물었다. 수중이 고개를 끄덕였다.

-꼭꼭 숨어야 해. 머리카락 보이면 안 돼.

여전히 멍한 표정인 수중을 바라보다 나는 벌떡 몸을 일으켰다.

-우리도 숨바꼭질하자.

스르륵 일어나 현관문 쪽으로 나가는 수중을 뒤에서 끌어안으며 나는 울먹였다. 머리카락 보인다고 꼭꼭 숨으라고 중얼거리며 운동화를 신던 수중이 돌아섰다.

-수중아, 어서 숨어. 내가 너를 찾을게.

내 말에 수중이 빙그레 웃었다.

-머리카락 보이면 안 돼. 꼭꼭 숨어야 해.

수중이 말하며 자꾸 내 등을 밀어댔다.

-내가? 내가 숨는 거야?

수중이 고개를 끄덕였다.

-그럼 눈을 감아. 여기 벽에 얼굴을 묻고 돌아보지 마. 눈 꾹 감아 어서….

나는 수중의 얼굴을 문간방 문에 붙이며 눈을 감으라고 재촉했다. 수중이 넋을 따라 멀리 가버릴까 봐 불안했다. 안절부절못하며 안방으로 들어오면서도 절대 눈을 뜨면 안 된다고 외쳤다.

-열을 셀 때까지 눈 뜨지 마. 알았지?

나는 침대보를 들추고 들어가 숨었다가 다시 나왔다. 쉽게 발각되고 싶지 않았다. 곧 해가 질 것이다. 어둠이 내려 베란다 너머 산속이 캄캄해졌을 때 혼자 있고 싶지 않았다.

-하나… 두울… 세에엣… 꼭꼭 숨어라. 머리카락 보일라. …네에엣…

나는 세 면의 지퍼를 돌려 그린 박스의 뚜껑을 열며 울 듯이 소리를 질렀다. 먹을 게 없어진 들개들이 내려와 베란다 창을 향해 돌진하는 상상은 끔찍했다. 마루에서 아무 소리가 들려오지 않아 불안했지만 손을 내밀어 그린 박스 뚜껑의 지퍼를 잡았다.

-여섯… 일곱…

나는 수중이 가버릴까 봐 불안해서 숫자를 너무 빨리 세었다. 마지막 숫자를 뱉지 않은 채 숨을 몰아쉬었다. 그린 박스 안에 들어가 양반다리를 하고 앉았다. 등허리를 굽히자 서서히 발이 저렸다. 얼굴이 배꼽에 닿게 바싹 상체를 수그렸다.

-나를 꼭 찾아야 해…. 머리카락 보일라 꼭꼭 숨어라.

나는 수중이 들을 수 있게 목청껏 소리를 질렀다. 그러나

겹겹의 비닐로 맞댄 속을 뚫고 내 소리가 어디까지 닿을지 알수 없었다. 며칠을 굶었는지 모르겠다. 싱크대 상부 장 속에 처박힌 스파게티를 꺼내 끓는 물에 끓여 씻지도 않고 먹어 치운 게 언제인지 기억나지 않았다. 수중아 어서 나를 찾아···. 나는 사력을 다해 외쳤다.

14. 유리 하늘 속으로

 현관문이 여닫히는 소리가 들렸지만 머리카락 한 올이라도 보일까 봐 몸을 구부려 말고 있은 지 얼마나 지났을까? 수중이 나갔음을 알고도 나는 웅크린 채 꼼짝하지 않았다. 다리를 펴 보려다 그린 박스가 바닥으로 기울어져 방바닥을 한 바퀴 돌았다. 그렇게 누워 어둠에 익숙해지자 희미한 기억 하나가 와락 달려들었다. 쉿!쉿! 소리 내지 마. 술래가 듣잖아···. 험악한 손이 놀라 벌어진 내 입을 막고 팬티를 끌어 내리는 속에서 철썩이는 파도 소리가 거칠게 들려왔다. 구름나팔 아저씨 안 돼요, 원장 천사님이 남자 앞에서는 알몸을 보여주지 말라고··· 악마의 씨가 들어온다고··· 까슬까슬한 모래알들이 엉덩이 살을 파고들 때까지 거대한 덩치에 깔려 나는 소리를 지를 수도 없었다.

 −안 돼··· 악마의 씨가···.

나는 세차게 몸부림을 치며 버둥거렸다. 옴짝달싹도 못 하게 내 몸을 가두고 있는 게 그린 박스 안이라는 것을 깨달았을 때는 공포가 밀려왔다. 손을 어디로 뻗어야 지퍼를 찾을 수 있는지 알 수 없었다. 발이 저리고 몸에 경련이 일었다. 금방이라도 숨이 막힐 것만 같았다. 몸을 어느 방향으로 굴려야 현관문 가까이 갈 수 있는지 가늠되지 않았다.

15. 녹슬지 않는

입구만 빼고 사방에 중고 물건들이 쌓인 고물상 마당에서 차들이 지나가는 고가도로가 멀리로 보였다. 나는 시멘트 바닥에 쭉 뻗은 두 다리를 연신 흔들어 가며 쥐가 난 부위를 풀었다.

-짐 싹 다 들어내 치우는 데 백오십 준다기에 올라갔지. 1톤 트럭이면 된다기에 덜컥 하겠다고 했지…. 말도 마, 말도 마. 뭔 짐이 이렇게 많어…. 돌아가시겠다니까. 산꼭대기를 두 번이나 오르락내리락했어. 똥차 끌고…. 머리카락 한 올 남겨 놓지 말고 싹 다 치우라잖아….

고물상 사장은 핸드폰으로 통화하는 내내 나를 흘낏거렸다.

-희망 부동산에 전화해서 지금이라도 오십만 원 더 달라고

해볼까…? 야, 그러니까 빨리 와봐. …침대하고 식탁 하나는 원목이라 그럭저럭 쓸 만해. 중고용품점에 팔면 된다니까. 당근인지 오이인지 하는 곳에 네가 한번 올려 볼래?

나는 다리를 쭉쭉 펴서 주무르며 고물상 사장을 올려다보았다. 감각이 없던 몸에 서서히 피가 돌고 있는 게 느껴졌다.

-야 빨리 와봐. 내가 기똥찬 것 하나 보여줄게…. 그러니까 빨랑 튀어와…. 기똥찬 물건, 아니다 아냐. 일단 빨랑 튀어와.

고물인지 보물인지 모를 게 있다,며 전화를 끊은 고물상 주인이 내 가까이 다가왔다. 그는 그린 박스 지퍼를 열고 나를 발견했을 때 혼비백산하던 모습과는 달리 차분하게 나를 살폈다.

-아가씨!

나는 또 쥐가 나려는 종아리를 주무르며 그를 바라보았다.

-그러니까 누가 억지로 이 비닐 박스에 가둔 게 아니고 아가씨가 자진해서 들어갔다 이 말이야?

나는 고개를 끄덕였다.

-그렇지. 그렇지…. 시체면 몰라도 이렇게 멀쩡히 살아서 나왔으니까 누가 죽이려고 한 건 아닌 게 맞지….

인도에 면한 고물상 출입구 쪽을 바라보다 내게로 시선을 옮기는 그의 얼굴에 미묘한 웃음이 퍼졌다.

-언제? 그러니까 언제 이 박스에 들어간 거야?

고물상 주인은 여전히 미심쩍어하는 표정으로 물었다.

-아니지. 언제,가 아니라 왜?

-나를 찾지 못하게 꼭꼭 숨으려고…?

나는 고물상 주인을 향해 묻듯이 작게 대답했다.

수중이 나를 찾으면 집에 가버릴까 봐 숨으면서도 불안했던 게 떠올랐다. 천사의 집 지하방에 갇혀 벌을 설 때처럼 눈을 뜨지 않고 누가 꺼내줄 때까지 잠을 자며, 하늘땅 주인이신 아버지에게 기도를 하며 보낸 게 며칠이나 지났는지 알 수 없었다.

-와, 돌아버리겠네. 그러니까 지금 나한테 묻는 거야 그걸…?

고물상 주인은 고개를 절레절레 흔들었다.

-빈집이라고 들었거든…. 그럼 아가씨가 그 집 불법 침입한 거야? 열쇠 장수 불러서 현관문 열어뒀다고 연락받고 내가 일꾼 들여보낸 거야. 그 집, 사 일 동안 아무도 없었어. … 이 새끼는 왜 빨랑 안 와…? 와, 정말 귀신 곡하겠네….

컨테이너 속 사무실에 들어간 고물상 주인이 믹스커피 두 잔을 들고나와 한 잔을 내게 내밀었다.

-보물 아저씨! 저 돈 좀 주세요.

나는 막 튀어나오려는 고물 아저씨,를 보물 아저씨로 바꿔 부르며 손을 내밀었다.

-돈? 무슨 돈?

고물상 주인이 놀란 얼굴로 나를 바라보았다.

-차비…. 녹섬에 가려고요.

나는 내친김에 녹섬,을 크게 내질렀다.

-누구나 사악한 마귀에 인생이 잠시 꼬일 때가 있으니까요. 그럴 때는 하늘땅 주인이신 아버지에게 마음을 털어놓고 인간의 선한 마음에 기대어 자비를 베풀어 달라고 기도할 수밖에 없어요.

천사의 집 원장이 수시로 하는 말이 내 입에서 술술 흘러나왔다.

-이 땅의 헐벗은 자에게 행하는 마음이 곧…

나는 뒤로 한 걸음 물러나 머뭇대는 고물상 주인의 눈빛에 대고 애원하듯 말했다.

-녹섬? 거기가 어딘데?

-고향? 천사들이 모여 사는 집….

나는 그가 멈칫거리며 망설이는 순간을 놓치지 않았다.

-하…, 이것 정말… 오늘 그 집 치워주고 내 손에 떨어진 것 오십도 안 돼. 일꾼을 둘이나 샀어. 이것들 안 팔리면 또 손해난다니까.

고물상 주인이 사정하듯 나를 바라보았다.

-햐, 이 새끼들이 진짜… 뭐가 들었는지 확인도 않고 다 실

어오면 어쩌라구 나더러….

고물상 주인이 군복 바지 뒷주머니에서 검정 가죽 지갑을 꺼냈다 넣었다를 반복했다.

-얼마? 그러니까 얼마를 달라구…?

배우지 않았어도 선험적으로 알게 되는 것들이 있다. 점점 약해지는 그의 마음이 지갑을 여는 것을 나는 말없이 바라보았다.

녹섬으로 돌아갈 수 있다는 것을 왜 이제야 알았을까?

16. 사슴들의 고향

덜컹이며 강남 고속버스 터미널로 가는 내내 고물상 주인에게 받은 오만 원을 손에서 놓지 않았다. 천사의 집을 떠나올 때 해미가 P시 시외버스터미널에서 그랬던 것처럼 버스 안내판을 올려다보았다. 흑염소가 많고, 잠수 교육을 받으러 오는 이들로 5월에서 10월이면 검은 물고기들이 넘실대는 녹섬 바다가 온몸에서 출렁였다.

-살다 살다 이런 황당한 경우가 처음이야, 나도.

표를 끊어 배를 타 본 적이 없다는 나를 어이없어하는 검표원에게 나는 따지듯이 말했다. 여객선 터미널에서 신분증을 제시하고 표를 끊었어야 한다는 그의 말이 이해되지 않았다.

이 세상에 출생증명서라는 게 있다는 것을 서른세 해를 살고도 모르는 것을 그에게 해명하고 싶지도 않았다.

-선표가 뭔데? 나는 아무 때나 배 타고 다녔어….

녹섬 북쪽 끝머리 산 중턱에 있는 '천사의 집'을 모르냐고 따지려다 그가 트럭이 들어오는 쪽을 보는 사이에 이층으로 오르는 철제 계단을 밟았다. 좌석과 입석 의자들을 갖춘 방들과 새우깡을 파는 매점이 이층에 있었다.

얼마나 가야 녹섬에 가 닿는지 알 수 없었다. 나는 뱃머리에 서서 바닷바람에 맞서 시선을 길게 늘였다. 오월 초의 해풍이 햇살을 타고 살갗을 간질이는 속에서 낯익은 섬들이 얼굴을 드러냈다. 중앙 시장에 나가면 돈이 되는 나물을 따고, 독사에 물리며 희귀버섯을 채취하고, 물때를 가려 손바닥만 한 조개를 캤던 곳들이 하나둘 늘어났다. 객선이 갈고리 모양으로 연결된 섬과 섬 사이를 돌아 나갈 때 아카시아 꽃향기가 물씬 풍겨왔다. 졸다 눈을 떠 바라본, 막 퍼담은 쌀밥처럼 넘실넘실 몽우리를 흔들어대는 하얀 꽃망울에 입을 아아 벌렸다. 눈이 시렸다. 애타게 수중을 찾아 헤매며, 들개가 내려오는 험한 산길을 내다보며 두려움에 떨었던 시간들이 긴긴 꿈속의 일만 같았다.

산을 하나만 더 돌면 숨겨진 듯 밖에서는 보이지 않는 녹섬이었다.

17. 떠내려오는 것들

 일자로 길게 늘어진 건물 아래, 장미 넝쿨이 시작되는 화단 모퉁이를 돌아 바다로 나가며 나는 눈을 의심했다. 해미가 틀림없었다. 해미는 우윳빛 바바리코트 자락과 긴 머리를 바람에 날리며 바다를 보고 있었다.
 -어떻게 네가 여기…?
 해미와 동시에 내 입에서 흘러나온 말이 끝나자 침묵이 이어졌다. 반가운가? 내 마음도, 해미의 마음도 알 수 없었다.
 해미가 그리웠던가?
 나는 분홍 트렌치코트 오른쪽 주머니에서 담배를 꺼내 물며 해미를 바라보았다.
 -네가 왜 여기 있어?
 나는 해미의 얼굴에 담배 연기를 훅 내뿜으며 물었다. 애써 표독스러운 표정을 지었지만 이내 풀어졌다.
 -내게는 하늘땅 주인이신 아버지가 있다는 것을 이젠 알겠지? 간밤에 주방에 딸린 방에 들어가 잤어. 벽장에 먹을 게 꽉 차 있더라고. 원장 천사 방에 가면 미처 못 챙겨 간 보석이 널려 있을 걸 아마.
 나는 담배를 몇 모금 빠느라 뜸을 들이며 비아냥대듯이 말했다. 해미의 입에서 무슨 말이든 나와 주었으면 싶었다.

─그래서 네가 부럽다고 했잖아.

바닷바람을 등지고 내게 얼굴을 보이며 해미가 쓸쓸히 웃었다. 내 손발을 묶어두고 짓던 독기 따위는 온데간데없었다.

─배가 고프네. 살고 싶지 않은데 왜 때가 되면 이렇게 배가 고프지…?

해미가 혼잣말처럼 내지르며 갯바위에 철퍼덕 엉덩이를 깔고 앉았다. 넘실대는 바닷물이 올라와 바바리코트 자락을 적셨지만 아랑곳하지 않았다. 물이 빠지면 갯바위 밑에서 문어도 잡을 수 있다고, 좀 더 돌아가면 홍합도 딸 수 있다고, 돌무더기들 틈에 나뭇가지를 밀어 넣고 구워 먹을 수도 있다고 해미에게 말해주고 싶었다. 생물을 잡아 구울 수 있게 틈바구니에 돌판을 얹어둔 갯바위가 근방에 있었다. 담배 한 대를 피우고 나서 말해줘도 늦지 않기에 나는 해미에게서 멀찍이 떨어진 돌계단 한쪽에 앉았다. 천사의 집 뒤꼍 장독대를 넘어 탱자나무 틈으로 나가면 산딸기와 달래와 오디가 넘쳐날 터였다.

빨간 산딸기에 코를 대고 벌름거리며 검은 눈동자를 굴리던 흑염소들이 있으려나? 백여 마리가 넘는 흑염소도 골프장과 리조트를 지으려는 회사에 넘겼을까? 텃밭을 가로질러 천사의 집을 나가는 해미의 뒤를 나는 가만가만 밟았다.

─따라오지 마.

해미가 싸늘하게 말했다. 해미가 독해지려고 이를 앙다물 때 내는 목소리를 나는 기억하고 있었다. 사철 들국화가 피어 하늘거리는 언덕을 내려가다 해미가 걸음을 멈추었다.

-너 따라가는 거 아니야. 나도 그리로 가고 있었다고.

파도 소리가 잠잠해지는 틈을 노려 나는 목청껏 소리를 질렀다. 절벽을 다 내려가면 나오는 해안에 지금도 천사의 집 어선이 묶여 있는지 알 수 없었다. 구름나팔 아저씨가 키를 잡고 몰던, 물때에 맞춰 캔 조개를 싣고 오던 2.9톤 어선을 오르내렸던 날들이 떠올랐다. 달밤 아래 배를 타고 나가며 까르르 웃던 해순이와 점미는 어디로 갔을까?

-해미야!

나는 목청껏 해미를 불렀다. 배가 없으면 물이 빠질 때를 기다려 갯바위를 타 넘으며 이웃 섬으로 건너가야 한다고 알려주고 싶었다. 절벽 양옆으로 보랏빛 들국화가 하늘거리는 속을 걸어가며 해미는 뒤돌아보지 않았다. 원장 천사가 속 시원히 밝히지는 않았지만 너와 나는 한 배 속에서 나온 게 아닐 것이라고 말해주고 싶었다. 나로 인해 많은 것을 잃었다고 생각하는 해미에게 해줄 수 있는 최대의 것, 마음만 먹는다면 어렵지 않았다.

-거기 서봐. 해줄 말이 있어….

걸음을 멈추지 않는 해미의 뒤에서 또 한 차례 파도가 높이 솟구쳤다. 햇살이 불기둥처럼 빛을 발해 하얀 파도는 금빛으로 반짝반짝 빛나다 부서져 내렸다. 나는 자잘한 물방울들이 몰려 있다 순식간에 흩어지는 것을 멀거니 바라보았다. 어떤 진실을 말한다 해도 묻힐 만큼 크고 웅장한 파도 속으로 아지랑이가 비늘처럼 가느다랗게 몸을 꼬며 날아다녔다.

18. 인연의 고랑

 외로움이 뭉쳐 쌓이면 햇살에 꽃망울 터지듯 말들이 투두둑 쏟아진다.

 녹섬 산 중턱 천사의 집에서 살았다고, 서울에서 두 해를 살다 돌아왔다고, 서울의 겨울은 소금 알갱이처럼 하얀 눈이 소복소복 내린다고 말하는 나를 사내가 가만히 바라보았다.

 ─춥네요. 어막에 이불이 없어서…. 어제 용굴을 찾다가….

 나는 간밤에 어막으로 쓰는 당집에서 잤다고 몸을 떨며 말했다. 당집이 있는 가마등 해수욕장 쪽으로 시선을 돌리는 사내가 놀랍게도 윤석과 닮아 있었다. 나는 청바지 허벅지 부분에 붙어 있는 그물 부스러기를 털어 내며 눈가와 입가의 주름에서 세월이 느껴지는 사내를 바라보았다. 윤석이 나이를 먹으면 꼭 눈앞의 사내 같은 모습일 듯했다.

 ─이 근방에 용굴이 있어요.

나는 어제 찾다가 날이 저물었다고 말하며 몸을 돌려 산을 내려가는 사내의 뒤를 따라갔다. 덤불과 해묵은 가지들이 내려앉은 돌길이 미끄러웠다. 깎아지른 듯 위태로운 벼랑길에 닿았다 부서지는 파도가 내려다보였다. 몸이 어지러웠다. 만조에는 파도가 솟구쳐 산마루를 덮기도 한다고 들었다. 믿기지 않을 만큼 푸르른 눈빛을 가진 사내, 윤석은 정말 아득히 먼 저 아래로 몸을 날려 파도를 타 보았을까?

-위험해요. 발을 헛디디면….

사내가 불안한 목소리로 말했다.

-어제부터 찾아 헤맸다는 곳이 용굴이오?

사내가 날카로운 눈빛으로 물었다.

-나는 녹섬에서 파라다이스 펜션을 운영하고 있소.

-…프리다이버….

-우리 윤석일 아시오?

바로 이곳에서 윤석을 만났다고 한 이후 사내는 내게서 눈을 떼지 않았다. 깊은 그 시선이 묻고 있는 게 무엇인지 알 수 없었다. 용이 이 구멍을 타고 올라와 연꽃섬 앞바다에 길게 몸을 뻗고 앉았다고 말해준 게 윤석이라고 나는 말하지 않았다.

태풍이 오려나?

일시에 강해진 바람이 날을 세우며 달려들었다. 산자락 나무와 잡풀이 일시에 바람에 휘둘렸다. 산 아래 바다에서 동두 마을 해안 쪽으로 빠져나가는 어선이 멀리로 보였다. 창창한 오월의 햇살 아래 칼날처럼 날카로운 바닷바람이 몰아쳤다.

-어디로 갈 거요…?

바람에 밀려 중심을 잡으려고 허둥대는 내게 사내가 조심스럽게 물었다.

-갈 곳이 없으면… 우리 집으로 갑시다.

-….

-빈방이 많으니 돈은 받지 않으리다.

돈이 있어 보이지도 않는다고, 사내가 혼잣말처럼 중얼거리며 나를 바라보았다.

대답을 기다리지 않고 앞서가는 사내의 뒤를 나는 가만가만 따라갔다. 바람이 심상치 않았다. 무성한 토종 동백나무 숲으로 들어서며 사내도, 나도 약속이나 한 듯 지나온 길을 돌아보았다. 용이 등천했다는 굴이 점점 멀어지는 산 아래 바다에서 파도가 올라왔다. 그린 박스에 갇혀 정신을 잃었을 때 윤석과 함께 바닷속으로 들어간 건 꿈이었을까? 색색의 물고기들과 산호초 사이를 돌며 헤엄을 치는 환시가 간밤에도 보였다. 어막 구석의 그물 위에 새우처럼 몸을 말고 눕자마자 든 잠에서였다. 뜨거워 견딜 수 없다는 듯 몸부림을 쳐대는 게 파도인지, 강렬한 햇살인지, 수중 생물들이 뿜어내는 기포인지 알 수 없었다. 몸의 힘을 빼고 눈을 감은 채 물속을 유유히 떠다녔다. 들어갈 때는 윤석과 함께였으나 어느 순간 물결을 따라 나 홀로 돌고 돌았다.

-바다에서 나온 용이 어디로 가는지 아오?

후박나무 숲을 지나며 사내가 물었다.

-연꽃섬 앞바다….

스르륵 벌어진 내 입에서 윤석이 그랬던 것처럼 환한 빛 같은 목소리가 쏟아졌다. 사내가 걸음을 멈추고 나를 바라보았다. 의혹이 가득 찬 눈빛이었다. 용이 머리를 하늘로 쳐들고도 접은 몸을 펴지 못하는 이유를 아느냐고 사내에게 물을 기운은 없었다. 몸살이 오려는지 몸 곳곳이 쑤시고 저렸다.

산을 좀 더 내려가 바다를 양옆으로 낀 후박나무 군락지를 지나고 연꽃섬과 이어지는 다리를 건넜다. 모밀잣밤나무 숲이 끝나는 지점에서 사내가 나를 기다리는지 걸음을 멈추었다. 잡초가 우거져 길을 가린 비탈을 벗어날 무렵 거짓말처럼 바람이 잦아들었다.

파도가 지나간 자리 어디쯤에서 햇살이 노랗게 피어올랐다. 아지랑이가 몸을 꼬며 만들어 내는 나비 모양의 햇무리를 나는 꿈결인 듯 바라보았다.

| 작가노트 |

〈날개 잃은 용들의 고향〉은 연작으로 기획된 중편소설 두 번째 이야기입니다. 2021년 한국문화예술위원회 '코로나19 예술로 기록'에서 '대국민 감동 프로젝트 TOP 11'에 선정된 중편소설 〈심장 아래 유리창〉 속 '해미'와 '수미'가 미로 속 기억을 따라 '녹섬'을 찾아가는 이야기가 펼쳐집니다.

호적에도 오르지 못하고 외딴섬에 버려진 수미, 어머니가 죽을 때까지 비밀에 부친 것들을 굳이 캐내지 않으려는 해미, 아들 윤석의 죽음에 얽힌 비밀을 밝히는 것을 생의 마지막 과제로 안은 아버지가 내는 불협화음은 용머리암이 있는 녹섬에서 운명의 대결로 맞서게 됩니다.

부수고, 쌓고, 막으며 33년을 지탱해온 산 아래 꼭대기 집 개나리 빌라와 오랜 인연의 끈이 엮인 녹섬이 주인공인 연작소설의 마지막 이야기는 감춰진 것들이 한 겹 한 겹 드러나는 지금 '여기'를 비추고 있습니다. 용의 날개를 타고 연꽃섬 마지막 축제에 다다른 이들이 펼치는 불꽃 춤의 관중은 푸르고 시린 바다입니다. 세상 어디에든 있으나 세상 어디에도 자취가 없는 거대한 파도입니다.

무명가수전

윤혜령

윤혜령

2005년 〈한국소설〉 신인상을 받으며 등단했다. 작품으로는 가족공동체의 해체와 복원에 관한 이야기를 다룬 소설집 《꽃돌》(세종 우수도서 선정), 연작소설집 《가족을 빌려드립니다》(한국소설작가상 수상)가 있다. yhr1715@hanmail.net

웅얼웅얼, 웅얼거릴 뿐 도무지 알아들을 수 없는 노랫말. '74호'는 노래를 부르는 게 아니라 음률을 더듬고 있었다. 소리를 뱉어 내지 않고 입속에서 어르는 창법. 더듬더듬 주춤주춤 읊조리다 서서히 음을 끌어올려 툭 놓아버렸다. 끌어당겼다 밀어내고 삼켰다 내지르는 음률은 리듬이라기보다 일종의 일렁임 같았다. 행성의 중력을 벗어나 우주 어딘가를 헤매고 있는 듯 몸은 리듬을 따라 흐느적거리고 선율은 화성에서 벗어나 제멋대로 흘렀다. 웅얼웅얼 귀에 꽂히는 가사는 낱낱의 단어일 뿐, 마치 주문呪文처럼 들렸다. 나는 '74'호의 노래를 읽어 내기 위해 바짝 상체를 당겼다.

    …그냥… 웃긴다… 간섭마… 하지 마… 나를 찾지 마…, (독

백하듯) 믿는 걸… 따라와… 지켜봐…, (항변하듯) 알잖아… 두렵잖아… 그냥 지나가 줘…, (어르듯) 달려가… 날아가… 믿는 걸…, (몰아치듯) 웃긴다… 간섭 마… 찾지 마… 치리치리뱅뱅…

'74호'는 독백하듯 가락을 어르다 항변하듯 소리를 허공에 던졌다. 마치 자신을 던지듯 음률을 던졌다. 정적 속에서 내쉬는 호흡 소리만 푸·파·푸·파…. 근데 이상하게도 그와 내가 절실히 상호 작용하는 느낌이었다. 이끌려 가는가 싶으면 뒷걸음치고 빠져나오는가 싶으면 다시 끌려가는 느낌. 흐느적흐느적 휘청휘청, 웅얼대다 폭발하듯 터져 나온 후렴, 치리치리뱅뱅 치리치리 뱅·뱅 뱅뱅!

침묵과 소리의 양극단이 순식간에 스쳐 지나갔다.

말도 안 돼!

나는 아들의 방문 앞에 선 채, 약간의 패닉 상태에서 몰입과 격정의 심연을 마주하고 있었다. 단아하지 않은 선율, 자유롭게 변주되는 리듬과 화성. 그러니까 고분고분 따르지 않겠다, 둥글둥글 맞추지 않겠다, 두려워하지 않겠다, 난 내 식대로 간다? '74호'는 자신만의 언어로 판을 흔들어 놓았다. 음악에 대한 열정이나 진정은 차치하고, 현실의 장벽을 박차고 나와 틀에 갇히고 싶지 않다고 외치고 있는 게 아닌가. 말하자면 모두를 위한 노래가 아니다, 듣고 싶은 사람만 들어라,는 식.

저 불친절과 무신경을 몰입으로 봐야 하나? 격정으로 봐야 하나? 반항이랄 것도 시위랄 것도 없는, 절실함마저 느껴지는 저 무심한 긴장감. 이걸 새로운 스타일이라고 해야 하나?

근데 경쾌하게 빠른 곡조가 왜 이렇게 슬프지?

노래의 전반부를 들었을 뿐인데 어딘가 부딪혀 깨진 듯 욱신거렸다. 고뇌에 찬 표정과 떨리는 목소리, 여리고 강한 리듬과 멜로디의 의외성이 사운드와 맞물려 요동쳤다. 낯선 창법, 파격적인 편곡. 원곡과는 완전히 다른 새로운 장르가 아닌가.

빠르면서도 느리고 느리면서도 빠른 리듬은, 냉정함과 격렬함 사이의 균형을 잡으려는 게 분명해.

곡을 해석하는 건 감정을 해석하는 것이다. 이미 곡조는 전조되었는데 머릿속에서는 반복되는 음률의 잔향이 맴돌았다. 치리치리뱅뱅치리치리뱅뱅….

예민한 턱과 콧날, 몽환적인 눈빛, 흘러내린 장발이 얼굴을 반쯤 가렸다. 조소하듯 가늘게 뜬 눈, 물고기처럼 뻐끔거리는 커다란 입과 야윈 몸태가 모성을 자극했다. 노래가 그를 통과하는지 그가 노래를 통과하는지 모를 혼동 속에서 가사가 띄엄띄엄 귀에 들어왔다 빠져나갔다.

 무명 가수는 노래에 빠져든 게 아니라 노래 속으로 도망치고 있었다. 낯선 리듬과 불안정한 가사, 반복되는 후렴이 경적처럼 울리자 불현듯 심장이 뛰기 시작했다. 보컬의 음색이나 창법이 마음을 잡아끌었다기보다 뭐랄까, 사소한 실수를 곱씹을수록 더 큰 실수가 되고 마는, 그런 불편하고 복잡한 느낌이랄까. 갈등과 파국의 파도에 휩쓸려 가는 느낌도 없지 않았다. 다른 한편으로 뭔가 살아서 꿈틀거리는 듯한, 내 안에 잠자고 있던 고귀하고 관능적인 본성이 깨어나는 느낌 같은 것도 있었다. 리듬과 멜로디가 하모니를 이루는 노래와는 달리, 서로 부딪치고 밀어내며 불화하는 이 낯선 스타일에 집중하다니.

 '74호'가 여태 왜 무명이었나? 자유로운 창법, 곡을 해석하는 능력, 무대를 채우는 퍼포먼스, 어느 것 하나 색다르지 않은 게 없는데….

 그는 음악을 능수능란하게 다룰 줄 아는, 자신만의 문체로 노래를 쓰는 뮤지션이 아닌가.

*

 겨우 등단이라는 과정을 통과했지만, 소설을 발표할 지면도 원고 청탁을 받아 본 적도 없는 무명. 그렇다. 나는 작가라는 이름이 무색할 정도로 스스로 작가로 인식하거나 작가라 밝히지 못하는 무명 작가다. 그간의 원고를 추려서 그럭저럭 한 권의 책으로 묶어 낸다고 한들 누가 읽어 줄 것인가. 결국 혼자 숨겨 두고 읽기 위해 소설을 쓴 꼴이다. 구차한 생활을 접고 마침내 용기를 내어 작업에 몰두한다면, 졸렬하기 짝이 없는 문장이 원숙해질까? 지루한 문장이 리듬을 찾을 수 있을까? 회의적이다. 소설을 써야 한다는 생각만 집요하게 정신을 장악할 뿐, 드러난 재능도 숨겨 놓은 재능도 없는 무명 작가. 영감도 서사도 빈약하기만 한데 무명을 벗어나고픈 이 간절함은 뭔가? 과연 이 순수하지 않은 의도에 헌신할 만큼 내게 끈기나 집중력이 있는가? 성적 욕구를 억누르며 불순한 애무만 계속하는 꼴이 아닌가. 포기하지도 그렇다고 매진하지도 못한 채 소설을 붙들고 있는 이 미련함을 어떻게 설명해야 하나. 문학에 대한 순수한 구애와 열정 대신 남아 있는 이상한 집착을. 소설을 씀으로써 존재에 관한 질문이나 삶에 대한 통찰을 얻고자 한다면 불순한 애무가 아니어야 하지 않는가.

  구체적이고 분명한 단어, 군더더기를 걸러 낸 하나의 문장을 찾을 수 없으니 문장은 자꾸만 길어진다. 과도한 수식어로 치장한 글은 제멋대로 늘어져 리듬을 잃어버리고, 온통 불협화음이다. 요즘 들어서는 한 문장도 제대로 쓰지 못한 채 낱개의 단어에 집착하고 있다. 글이 써지지 않는 것에 대해서 말하면서 책을 읽지 않는 것에 대해서, 나태를 꾸짖는 것에 대해선 왜 입을 닫는가 말이다.

'74호'의 노래를 들으며 연민과 질투를 동시에 느낀다. 그 연민 속에는 결이 다른 두 가지의 연민이 함께 들어 있다.

웃긴다, 간섭하지 마, 찾지 마, 가만 좀 내버려 둬!

나는 아들의 말을 되뇐다. 아들이 빠져나간 방은 잡동사니들로 어지럽다. 국적을 알 수 없는 동전과 지폐, 해열진통제와 숙취해소제, 구겨진 외국 엽서와 칠이 벗겨진 사이클 헬멧, 짝 잃은 양말과 뒤섞여 있는 충전기와 전선들…. 마치 암호와도 같은 시간의 부스러기들이 어지러이 흩어져 있다. 어느 나랏돈인지, 어디가 아팠는지, 누구와 사귀었는지, 어디에 쓰이는 물건인지 알 수 없는 잔해들. 겹겹이 똑같은 인형이 들어 있는 러시아 인형을 바라보다가 거실 오디오 장식장 쪽으로 고개를 돌린다. 비스듬히 꽂혀 있는 LP판들. 오래전 그 사람과 함께 듣던 음반들은 앨범 재킷 테두리가 희끄무레 닳고 빛이 바랬다. 쥴리에트 그레코, 송창식, 빌리 홀리데이, 에릭 클랩튼, 돌리 파튼, 그리고 엔니오 모리꼬네…. 그중에 쳇 베이커의 앨범은 특별하다. ⟨I Get Along Without You Very

Well〉을 부를 때 어눌하고 담담한 쳇 베이커의 목소리를 그 사람은 무척이나 좋아했다.

 반란이라고 해야 하나? 소신이라고 해야 하나? 장르나 색깔, 어느 것 하나 들어 본 적 없는 스타일. 수면 위로 모습을 드러냈다가 수면 아래로 사라지는 돌고래처럼 가사는 종잡을 수 없고, 툭툭 던졌다 거두고 나아가다 멈추고 잦아들다 솟구치는 것이 목소리인가 싶으면 몸짓이고, 몸짓인가 싶으면 목소리인, 숨소리만으로도 강약을 조절하는 창법. 웅얼거림 속에 일렁이는 풍랑들.

 '74호'의 노래는 뻔하지 않은, 애써 감동을 끌어내지 않아도 눈을 돌릴 수 없게 만드는 이상한 마력이 있었다. 그것은 원곡의 표현 방식과 대립하거나 호응하면서 '낯설게 하기'. 파워풀한 성량도 유려한 음색도 아닌, 격정도 속삭임도, 가벼움도 소홀함도, 무거움도 진중함도 아닌 묘한 생경함이었다. 조금만 고개를 돌려도 소리가 침묵 속으로 사라져버릴 것 같은 낯섦이 빠른 리듬을 뭉개버렸다.

 독백? 혼돈? 미망? 홀림? 선율이 서로 부딪쳤다 다른 방향으로 달아나면서 끌어당기는 힘, 이상한 끌림이었다. 이름값을 못 하는 게 아니라 이름 자체가 없는 무명의 노래가, 그랬다. 다시 말하면 '74호'는 자신이 추구하는 음악을 구현하기 위해 스타일을 바꾸었다. 어떻게 표현할 것인가. 그것은 모든 예술의 사명이자 숙명일 테니까.

세상의 평가는 적잖게 부당하고 왜곡되었다고 대중의 선호도를 의심할 때가 있다. 저런 노래가 왜 폭발적인 사랑을 받을까? 날개 돋친 듯 음반이 팔리고, 무명 가수가 일약 스타덤에 오를까?

그런데 시간이 지나고 보면 내 쪽의 문제라는 걸 알게 된다. 개인적인 취향이 다르거나, 대중의 심리를 불신하거나 외면하거나, 혹은 세상의 변화를 알아채지 못하거나 따라가지 못하거나….

음악에 대한 개인적인 취향이 워낙 변변찮아서 전에는 정갈하고 섬세한 가사와 멜로디, 상실과 애상의 우울한 분위기를 일관되게 선호한 데 비해, 요즘 들어선 강렬한 록에 매료되기도 하고, 불규칙한 악센트와 복잡한 교차 리듬으로 화성의 변화에 자유분방한 즉흥연주에 관심을 두기도 하고, 중구난방이다. 사랑과 이별의 뻔한 가사 뻔한 선율을 습관처럼 듣다 보면 오히려 중독성 강한 비트나 리드미컬한 음악에 심장이 고동치기도 한다. 하지만 리듬이 제멋대로 튀는 강렬한 사운드는 너무 현란眩亂해서 되레 정갈하고 섬세한 선율로 돌아간다.

아무튼 여태까지는 지나치게 감각적이고 고통스러울 만큼 감미로운 음률에, 음울하고 퇴폐미가 느껴지는 리듬과 음색에 빠졌던 것도 사실이다. 감상적인 음악에 취해 감정은 물론 정신까지 혼곤해지고 나서야 그 천편일률적인 노래에서 벗어나 음악의 스펙트럼을 넓혀 가고 있달까. '74호'의 노래에 발목이 잡힌 것도 그와 무관하지 않을 것이다. 어쨌든 아무 의미 없는 개인적 취향의 변화는, 다분히 파격적이고 강렬한 문장을 쓰고 싶다는 열망에서 비롯되었을지도 모를 일이다.

나는 핸드폰의 메모장을 열어 '문체와 패턴은 분리할 수 없다'라고 적는다. 돌아서면 까맣게 잊어버리는 기억을 믿지 못한 지 오래다. 메모장의 저장 키를 누르며 생각한다.

선율과 리듬을 제멋대로 다루는 이기적인 보컬? 음악적 색깔이나 향기를 입체화시킬 줄 아는 자의적 뮤지션?

'74호'는 왜 가사를 삼켜버렸을까? 웅얼대는 가사는 중요하지 않다? 오직 전달된 가사만이 중요할 뿐? 그게 아니라면, 침묵이 더 강력한 메시지다? 차마 말할 수 없는 것도 있으니까.

정확한 음정, 정확한 박자, 정확한 가사 전달. 이것이 오디션 경연의 기본일 텐데, '74호'는 달랐다. 틀려야 좋은 노래다, 틀려서 좋은 노래다, 고정된 기준치에 끼워 맞추려 하는 건 스스로 불행에 빠지는 거다,라고 항변하는 듯했다. 마치 그림을 그리듯 그는 리듬을 입체화했다.

재즈도 록도 포크도 아닌 정체를 알 수 없는 장르. 예술적이라거나 혹은 전위적이라거나 대중적이랄 수 없는 정체성이 모호한 음악. 그러니까 억지로 맞출 필요 없다, 어느 쪽에도 속하지 않는 자유로움이 있을 뿐이다? '74호'의 모토는 형식이나 장르에 구애받지 않고 자유롭게 진화한다는 것 아닌가.

러시아 형식주의자들의 '낯설게 하기'가 '지각의 자동화를 피하여 관객의 주체성을 확보하기 위함'이라지만, '74호'의 파격적인 시도는 고정관념을 탈피하려는 자가 아닌, 원곡대로 완벽하게 재현되기를 바라는, 장르의 정통을 수호하려는 자들에겐 일종의 도발일 터. 그렇다면 장르의 침범이라고 해야 하나? 형식의 붕괴라고 해야 하나? 감성은 고정관념화되기 쉬워서 파괴만이 능사는 아닐 것이다.

믿는 걸… 따라와… 치리치리뱅뱅… 달려가… 날아가… 너도 알잖아… 지켜봐… 치리치리뱅뱅…

뗏목 하나가 물마루를 건너는가 싶으면 금세 파도에 휩쓸려 뒤집힐 듯 출렁댄다. 저 출렁거림 속에 '널, 날, 후회하게 될 거야, 어디 한번…' 이런 말들을 삼켜버렸을까? 아들과 내가 끊임없이 쏟아 냈던 말들을, 끊임없이 거부하던 말들을. 가시 돋친 말 대신 생략의 방식으로. 무심한 듯 냉소적이고 들뜨는가 하면 침잠하는 '74호'의 목소리가 삼켜버린 건 뭘까?

대중음악은 대중이 감동하거나 열광하는 지점을 건드려야 한다. 감각적으로 감성을 홀리는 건 하수다. 웅얼거리며 삼켜버린 가사에 더 강력한 메시지를 담고 있다면, 격정을 누르고 안으로 다스리는 말이라면, 그건 고통의 말일 거라고 나는 바짝 귀를 모은다. 딱히 무어라 말할 수 없는 것들이 한데 섞여 웅얼거릴 뿐 정확하게 들리지 않는다. 그가 무엇을 말하든, 어떻게 듣고 어떻게 느끼느냐는 지극히 개인적인 감성이다.

그렇지. 가사는 추상적인 것을 모사할 뿐, 뜻은 빗나가기 일쑤지. 불안과 분노를 명징하게 대변할 수 없으니까, 웅얼거릴 수밖에. 우리가 확실히 알고 있다고 생각하는 것조차 표상된 것에 불과하니까, 웅얼거릴 수밖에 없지.

*

"기가 막혀! 널 위해서라고?"

반항적인 어투, 불량한 눈빛, 아들의 냉소를 보자 나는 더 집요하게 몰아붙인다.

"니가 세상을 몰라서 그래."
"숨이 막힌다고! 가만 좀 내버려 둬!"
"너도 알잖아."
"뭘 안다는 거야? 나에 대해 알고 있는 게 있기나 해?"
아들은 거칠게 반항했다.
"믿음을 가져."

뒤이어 '노력은 배반하지 않아. 인내는 힘이 세'라는 말 따위 하지 않았어야 했다.

"그래서 어쩌라고? 뭘 더 견디라는 거야?"

충고나 설득을 매번 공격으로 받아들이는 아들을 향해 나는 그쯤에서 물러서지 않는다.

"지금 주저앉으면, 끝날 것 같아? 쉽게 얻을 수 있는 건 아무것도 없어…."

이 끈질긴 집착은 누굴 위해서인가. 자기 연민에 빠져 너는 떳떳하고 당당하게 일어서야 한다고 다그치고 있는 게 아닌가. 너만은 이 결핍에서 벗어나야 한다고.

욕망은 부재를 전제로 하기에 멈추는 법을 모른다. 그래서 집요하다. 부재를 욕망할수록 관계는 삐걱거리다 마침내 어그러질 게 분명한데, 어쩌자고 같은 말을 되풀이하는가. 함께 나누어야 할 경험과 공감을 뒤로한 채, 아이의 운명을 쥐고 주인이 되려 하는가. 저열한 공격이라고 몸서리칠 때까지 나는 연거푸 클랙슨을 눌러댔다. 치리치리뺑뺑치리치리뺑뺑…

"끔찍해. 도대체 뭘 원하는 거야? 그만해!"

"노파심이라고!"

"남들에게 내놓고 자랑할 수 없으니 부끄러운 게 아니고?"

아들의 얼굴에 조소와 멸시가 동시에 배어 나왔다.

이건 아닌데, 이게 아니야…. 희망의 그물을 던져 놓고 절망을 낚으려 들다니.

우리는 절벽 위에 아슬아슬하게 서 있었다. 사랑이라는 이름 뒤에 펄럭이는 욕망의 그림자들. 사랑이라는 이름으로 왜곡되는 것들. 설득은 협박이 되고 응원은 채찍이 되어서, 사랑하는 사이일수록 상처의 스토리를 만든다. 서로의 인생을 구별하지 못한 채, 결코 하나가 될 수 없는 사람들. 누구의 주인도 누구의 소유도 아닌 제각각의 존재라는 걸 모른다는 데서 고통은 시작된다.

번듯한 직장, 버젓한 직장인이 아니면 안 될 것 같은 불안감으로 위태위태 간당간당, 실낱같은 희망을 쥐고 놓칠까 전전긍긍, 아들은 청춘의 시간을 몽땅 취준생으로 흘려보냈다. 과연 아름다운 실패가 있는가?

나는 TV 화면에 박힌 시선을 아들 방으로 도로 돌렸다. 메모지와 필기도구들, 진통제와 반창고가 어지러이 흩어져 있는 책상 아래 숨겨 놓은 빈 술병 하나. 저것이 세상과 접속되지 않은 청춘의 고뇌를 진정시켰을까? 수없이 썼다 지웠을 결심과 낙오를 달랬을까? 먼지를 뒤집어쓴 핫팩을 비닐봉지에 집어넣으며 중얼거린다. 추웠을 테지.

촛농이 흘러내린 촛대와 향초, 옷걸이에 떨어질 듯 걸려 있는 허리띠와 삐죽이 서랍장을 물고 있는 옷가지들, 침대 위 아무렇게나 뒤엉킨 이불과 베개, 머리맡의 목각인형…. 그것들은 마치 난파선의 조각들처럼 흩어져 있다. 벽지에 묻은 핏자국은 모기를 잡은 흔적일 게 분명하다. 한 손을 뻗어 숙취해소제 빈 병을, 다른 손으로 러시아 기차역이 찍힌 엽서를 들고 무연히 들여다본다. 낯선 글자에 얼룩덜룩 번진 자국들, 구겨진 엽서를 보며 나는 오래전을 떠올린다.

*

시베리아 횡단 열차와 바이칼 아무르 횡단 열차가 만나는 역. 초록빛으로 물들어 있던 춥고 적막했던 '타이솃'역. 바람은 미친 듯 불고 나무들은 몸서리를 치며 몸을 흔들었다. 자작나무 가지가 쩍, 소리를 내며 꺾였다. 쏜살같이 달려와서 매몰차게 달아나는 기적소리를 밀어내며 바람은 관능의 줄을 당겼다 놓았다 감각을 마비시켰다. 사방을 분간할 수 없는 어둠 속에서 걷잡을 수 없이 달아오르던 격정. 사랑인지 고통인지 알 수 없는 그토록 섬세한 완전성과 그토록 아둔한 불완전성의 양가적 감정에 사로잡힐 줄이야.

어둠이 싸인 역사에 '현을 위한 아다지오'가 흘러나왔다. 고통스럽고도 감미로운 선율. 위태로운 사랑은 바람에 흩날리는 꽃잎 같아서, 귀하고 아름다운 것은 부서지기 쉬워서 몸을 떠는데 바람은 더 세차게 휘몰아쳤다. 엇갈리는 운명을 예감한 듯 어둠 속에서 부엉이가 울었다. 탄식의 비가이듯 음산한 울음소리에 섞이던 그 복잡미묘한 불협화음은 바람이 낸 소리가 아니라 숲이 우는 소리였다.

간절히 원해도 뜻대로 되지 않는 것들, 서로 반대 방향으로 달리는 기차처럼 인생은 종종 그렇게 냉정했다.

횡단 열차… 타이셋역… 겨울 숲… 기적소리…

띄엄띄엄, 주저할 뿐 나는 말을 잇지 못한다.

이건 운명이야.

그 사람이 말했을 때 내가 되물었다.

뭐가?

이렇게 돌고 돌아서 우리가 다시 만난 것은.

그럴까?

운명으로 설명할 수밖에 없지. 우리를 다시 갈라놓을 수는 없어.

왜?

생각해 봐. 소행성이 지구와 충돌할 만큼이나 확률이 없는 일이잖아. 같은 날 같은 시간 여기 이곳에서 다시 만나게 될 줄은.

그런 거야?

내 지상의 시간이 끝날 때까지…

바람이 그 사람의 말끝을 날려버렸다. '내 지상의 시간이'라고 말할 때 그는 거의 울먹이는 목소리였다. 그때 우리는 서로의 영혼을 갈아 넣어 만든 하나의 노래이길 원했다. 그러나 그의 지상의 시간은 엉뚱한 곳에서 끝이 나고 말았다.

'이건 운명이야.' 여전히 그 사람의 목소리가 들리고 그의 온기가 남아 있는데, 섬세한 감정의 뉘앙스가 생생한 리듬으로 전해지는데, 여전히 바람의 잔향이 진동을 일으키는데, 왜 단어와 단어를 연결해 문장을 잇지 못하는가.

나는 책상 위 반쯤 뚜껑이 열린 향수병을 코에 갖다 댄다. 나를 혼돈에 빠뜨렸던 그 사람의 향, 아릿하고 끈적끈적한, 채 날아가지 않은 향이 안타깝게 건너온다.

모든 것은 향이 있다고 봐. 사물도 언어도, 마음도 행동도 그림도 노래도 향이 있어. 기억은 향의 잔재일 뿐이야.

나는 다시 향수병을 코에 갖다 댄다. 기억의 파편은 이리저리 튀고 이야기는 맥락 없이 뒤죽박죽. 바람 소리는 줄이 끊긴 현악기 같았다가 조율되지 않은 건반 악기 같았다가… 격정은 사라지고 생채기만 남았다. 끝내 사랑할 수 없기에 사랑은 끝나지 않는다.

 나는 마술 도구가 담긴 봉투를 든 채 메모장을 연다. '불현듯, 뜨거워지는, 탄식, 부서지는 것들'이라고 쓰고 줄을 바꿔 '말할 수 없지만, 말한다고 모든 걸 말할 수 있는가'라고 적는다.
 메모장에 끊임없이 저장한 단어와 문장들은 방금 떠오른 생각이라기보다 무의식의 저 안쪽 혹은 의식의 밑바닥에 웅크리고 있던 말들일지도 모른다. 제각각의 단어들은 언젠가는 한 덩어리로 뭉쳐질 것이다. 그러나 그것은 기대일 뿐, 낱말과 문장은 내밀하게 연결되지 못한 채 장롱 속에 묵혀 놓은 옷가지들처럼 쌓아 놓은 잡동사니에 불과하다. 상념의 더미. 저장강박증 환자가 되어버린 무명 작가의 메모장이다.
 저장하는 동시에 잊어버리는 것을 나는 습관처럼 저장한다. 언젠가 완벽하게 조합될 것이므로. 서서히 숙성되어 주술처럼 터져 나올 것이므로. 낱낱의 단어가 문장을 만들고 단락은 문맥을 이루어 드디어 작품은 완성될 것이므로.
 하지만 컴퓨터 자판을 두들겨 본 지가 언제였던가. 백스페이스로 글을 지우던 때가. 적확하고도 시의적절한 단어를 찾아냈을 때의 생생한 긴장감을, 엔터키를 누를 때 손끝에 전해지는 경쾌함을 맛본 지가 언제였던가. 어지럽게 흩어져 있는 잡동사니처럼, 풀풀 떠도는 먼지처럼 뭉쳐지지 않는 생각의 조각들. 막 떠오른 문장은 자판에 손을 얹는 동시 감쪽같이 사라져버린다. 사라진 문장을 기억해내려 골몰할수록 머릿속은 까매지고, 그예 익숙한 말들이 외계인의 말처럼 낯설어진다. 언어의 자폐 상태. 무너진 폐가 앞에 우두망찰 서 있는 느낌. 의식의 수면 아래 둥둥 떠다니는 단어들을 어떻게 조합하고 재구성할 것인가.

*

카메라는 경연 차례를 기다리는 대기실의 참가자들을 비춘다.
이름이 없는 자들, 저장되는 동시에 매몰되는 문장들, 흩어져 나뒹구는 잡동사니들, 접속되지 않는 멀티탭과 전선들….
나는 핸드폰을 꺼내 경연 프로그램을 검색한다.

세상이 미처 알아보지 못한 재야의 실력자, 한땐 잘 나갔지만, 지금은 잊힌 비운의 가수 등 '한 번 더' 기회가 필요한 가수들이 대중 앞에 다시 설 수 있도록 돕는 신개념 리부팅 오

디선 프로그램

'한 번 더' 기회를 잡기 위해 무명들은 자신의 실력을 최대한 끌어올려 절정으로 몰아간다. 그중에 '74호'는 경연이라는 사실을 잊어버린 듯하다. 가식과 허울을 벗어던지고, 툭툭 내뱉는 창법은 차라리 방자함이랄까, 불손함이랄까.

순간 노래가 뚝, 끊어졌다. 끝났나? 아닌가? 모든 소요가 사라진 자리, 이상한 몰입상태에서 관객들은 비로소 소리를 마주하고 있다. 한쪽 손의 활은 현을 떠났지만 다른 한 손은 현 위에서 떨고 있다. 활이 긋고 간 소리를 유지하려는 떨림이다. 그때 막 교미를 끝낸 짐승처럼 '74호'가 고개를 꺾었다. 동시에 쿵, 가슴이 내려앉았다. 짙게 어둠이 드리워진 '타이쉣'의 겨울밤이 떠오르고, 오래전 이름을 지운 이의 얼굴이 떠오르고, 일순 정지 상태. 정적 속에서 '74호'의 미세한 움직임이 포착되었다. 모든 소리가 배제된 상태에서 놓아버린 짧은 카덴차. 치리치리뱅뱅!

이 느닷없는 마무리. 고통을 던져버리듯 그가 마지막 음곡을 놓았다. 씨익, 우수에 찬 얼굴. '74호'를 바라보며 나는 자조하듯 한탄을 내뱉는다.

나는 왜 저렇게 놓아버리지 못하지? 왜 저런 강렬한 문장을 쓰지 못하지? 씨익, 웃음을 머금은 우수에 찬 문장을. 생략과 침묵의 문장을.

몰입하지 못하고 겉도는 상념들, 진부하고 너절한 문장들, 꼭 맞는 단 하나의 문장을 찾을 수 없으니 내 소설의 문장은 끝없이 늘어진다. 멜랑콜리도 무거움도 아닌 어딘지 모르게 퇴폐적인 분위기를 띠면서.

'74호'는 빠른 리듬의 댄스곡을 시처럼 읊조림으로써 리듬은 더 강렬해졌다. 규칙에서 벗어날수록 역설의 메시지는 강하다. 노래가 끝난 뒤에도 진동은 좀체 멈추지 않았다.

'삶이 속수무책이거나 그 어떤 것도 위로가 되지 못하는 고통 속에 있을 때 음악의 힘으로 그 고통을 건너고 극복한다.' 헤세의 말처럼 '74호'의 노래를 듣는 동안 알 수 없는 통증이 전해지고 그 통증은 오히려 고통을 위무했다. 그는 고정관념이나 편견을 넘어 세상에 있지만, 세상에 없는 노래를 불렀다. 노래는 듣는 것이 아니라 보는 거라고, 그 낯선 몰입이 보여주었다.

경연 프로그램이라면 마땅히 참가자의 노래 실력에 객관적인 판단이 필요하다. 잘하는가, 어떻게 얼마나 더 잘하는가. 그건 맞나 틀리냐의 문제가 아니다. '74호'의 노래가 다른 참가자의 노래보다 좋았다면, 심사위원은 음악성뿐만 아니라 대중성에 이르기까지 왜 좋은지에 대해 설득해야 하고 청중의 동의를 얻어야 한다.

"섹시미와 퇴폐미가 있다. 겉멋 같기도 한 과함과 멋짐이 어우러진 괴상한 매력을 발산한다." 의외의 흥미로운 심사평이었다. "실험 정신, 인디적인 도전 정신이 엿보였다. 패기 같은 게 느껴졌다. 그 패기를 처음부터 끝까지 끌고 왔다." 응? 이렇게 들을 수도 있구나. "곡을 해체하고 자기 맘대로 조립했는데 완성도가 입이 떡 벌어진다. 완벽하게 본인 스타일로 재구성했다." 심사평은 상상외로 예리했다. "보컬의 음색이 특색이 있어서 그 장르를 열어 가는 가수들은 아주 많은데, 음악 자체의 색깔이 특색이 있어서 그 장르를 새롭게 개척하는 경우는 극히 드문 일이다."

그런가? 그런 거였나? 심사평을 들으며 나는 고개를 끄덕였다. 예측할 수 없는 긴장감이 집중도를 높였나? 그렇지. 안심할 수 없게 만드는 게 새로움이지.

이 무명 가수에게서 이름을 찾을 가능성을 본 것인가? 하지만 경연의 다음 라운드에서 다른 심사자들은, '뭔지 모르겠다, 무슨 노래를 하고 있는지. 뭘 부르는지 모르겠다. 원곡이 가지고 있는 정서가 하나도 느껴지지 않는다. 원곡의 느낌을 모조리 훼손했다. 혼돈이었다'라고 말할지도 모르고, 혹은 한물간 꼰대처럼, '무명의 무모한 치기라고, 진품이 아닌 위조품에 불과하다고' 악평을 쏟아 낼지 알 수 없는 일이다.

감상과 비평은 지극히 개인적 관점일 뿐. 전혀 색다른 편곡이라고 할지라도 원곡을 존중하며 음악적 재해석을 시도한 것일 터. 그렇다면 세상에 전혀 새로운 건 없다? 뭐야, 창작자를 우습게 보는가. 독창적인 창작이란 있을 수 없다고? 그거야말로 비겁한 변명이지. 아무튼, 어떻게 이야기를 재구성할 것인가, 그것이 문제다. 나는 메모장에 '해체, 재구성'이라고 적는다.

*

아들의 냄새가 고스란히 배어 있는 방. 방구석에 세워 놓은 줄이 끊어진 기타, 목이 꺾인 선풍기, 색색의 포스트잇이 붙어 있는 책과 문제집들, 때 묻은 모자와 가방, 아직 상표를 떼지 않은 종이 상자. 그것들은 하나하나의 사물이 아닌 무력감이나 패배감, 열등감이나 좌절감처럼 널브러져 있다. 팔목 보호대와 사이클 장갑을 집어 들며 나는 또 화를 낸다.

도대체 얘는 자기 생각이라는 게 있는 거야! 자기 방식이라는 게!

한번 올라온 딸꾹질은 좀체 멈추지 않는다. 그동안 전전긍긍, 지칠 대로 지쳤다고, 그만 내려놓고 싶다고 말하는 대신, 내가 살지 못한 삶을 끊임없이 아들의 미래에 투사했다. 지독한 콤플렉스를 감추기 위해 꼭두각시 인형의 줄을 더 세게 당겼다. 너의 미래가 곧 나의 미래라고.

그런 거야? 조종하는 대로 움직여야 하는 운명의 고리를 끊어 낸 거야? 집착에 불과한 관심의 줄을. 놓아주지 않으니 스스로 끊어버린 거야?

나는 누군가 옆에 있기라도 하듯 중얼거린다. 그런 나를 비웃듯 삐죽이 열린 서랍 속에서, 체인 줄이 실처럼 가는 은빛 하트 펜던트가 달린 목걸이가 나를 빤히 쳐다보았다. 되돌아온 건가? 전하지 못한 건가?

춥고 적막했던 밤, 그 사람이 걸어 준 목걸이는 어디로 갔나. LP판 옆에 얌전히 앉아 있는 필름 카메라. 카메라는 아직도 필름을 품고 있는데 사진을 찍던 사람은 없다. 어이없이 놓쳐버린 것이 인화하지 않은 필름 속 사진처럼 회한의 흔적으로 남았다. 물속에 일렁이는 풍경처럼 사무쳐 오는 기억들. 심장을 짓이기는 무서운 고통이 몰려오고, '어떻게 우릴 떠날 수 있는가. 마지막 인사도 없이' 눈앞이 흔들렸다. 그러나 나는 금방 마음의 행로를 바꾼다. 흘러가는 거야. 그러니 아파하지 마.

실패를 빤히 보면서 실패 쪽으로 걸어가는 것이 인간인 것을. 실패가 우리에게 주는 것은 실패하지 않는 법이 아니라 실패를 견디는 힘이라고 하지 않던가. 인간이란 실패로부터 자신을 변화시키는 존재라고.

　오디션 프로그램이야말로 승패를 가리는 프로그램이다. 경쟁에서는 누군가를 이겨야 하고 누군가는 고배를 마셔야 한다. 이름도 없이 번호로 불리는 자들. 그들 중 누군가는 이 경연이 마지막 무대가 될지도 모른다. 스포트라이트를 받기 위해, 자신의 이름을 찾기 위해, 무명들은 혼신을 다해 노래할 뿐이다.

　실험적이고 인디적인 패기가 엿보이는 보컬이라고 해도, 기존의 곡을 해체하고 다시 조립하여 완벽하게 자신의 스타일로 재구성했다고 해도, 자신만의 음악적 색깔과 향기를 입체화시킬 줄 아는 뮤지션이라고 해도, 웅얼대다 뱉어내는 호흡까지 절제된 정공법의 리듬이라고 해도, 음악성과 대중성은 별개의 문제다. 개성이 뛰어나도 대중이 사랑하지 않으면 그의 음악은 무명의 옷을 벗을 수 없다. 이름을 알리는 데 실패했다고 삶 전체가 실패한 것은 아니지만, 그것이 이름 대신 번호로 불리는 자의 슬픔이다.

　이름은 있지만 이름 대신 '취준생'으로 살아가는 자의 슬픔이 흩어져 있는 방. 그동안, 하고 싶은 게 뭔가? 무얼 좋아하는가? 왜 물어보지 못했던가. 자신만의 룰을 정하고 그것을 성실히 지켜 내지 않은 자의 시선은 편향적일 수밖에 없다. 사랑이라는 이름으로 시시콜콜 간섭하며 그걸 또 관심이라 우기며 갈등을 조장해 왔으니.

아들은 이제 세상과 접속하기 위해 이전과는 다른 방식으로 길 위를 떠돌지도 모르고, 더 이상 정규직을 원하지 않을 수도, 취업에 대한 미련을 완전히 버렸을 수도 있다. 무모한 낙관도 섣부른 기대마저도.

나는 '74호'에 눈길을 떼지 못한다. 기존의 형식을 거부하는 것이 '낯설게 하기'가 아닌 절실함이 아닌가. 아무리 발버둥 쳐도 앞이 보이지 않는다고, 정확하게 말할 수 있는 건 아무것도 없다고 항변하고 있지 않은가. 제 그림자를 밟으며 묵묵히 걸어갈 수 있겠냐고 웅얼대고 있지 않은가.

머릿속에는 이미지 혹은 표상, 관념이나 기억, 분화되기 이전의 하나의 덩어리가 둥둥 떠다니고, 나는 메모장에 '절규하듯, 무질서, 흡인력, 자유롭게 유영, 묘한 술책'이라고 적어야 한다고 생각할 뿐 메모장을 열지 않는다.

감정을 최고조로 끌어올려 모든 걸 쏟아 낸 무대도 아니고, 정확하게 가사를 전달한 것도 아닌데, 드라마틱한 한 편의 뮤지컬을 본 듯한 감동도 없는데, 표현할 것을 다 한 것 같은 느낌, 이건 뭐지? 폭발적인 가창력으로 관객을 제압하거나 묵직하고 깊은 저음의 울림이 있는 것도 아닌데, 숨이 멎을 듯한 벽참도 가슴을 쥐어뜯는 애절함도 없는데, 이 강렬한 떨림은 뭔가? 노래를 들으며 숨죽일 때, 노래를 듣고 나서 아무 말 못 할 때, 그것이 최고의 찬사라 하지 않았던가.

나는 멍하니 서서 '74호'를 바라본다. 툭툭 내던졌다가 다시 거둬들이고 슬금슬금 나아가다 뒷걸음쳤다. 몸이 바닥으로 거의 내려가서 가락의 덫에 갇혀버린 듯 거기서 동작이 멈췄다. 동작을 거두고 한 번 더 보여줄 마지막 피날레를 기다렸으나, 어리둥절한 상태에서 노래가 끝났다. 관객들도 서로 눈치를 보다가 그제야 박수를 치기 시작했다.

'74호'는 빠른 템포의 노래를 느리게 변주함으로써 관객의 시선을 잡는 마법을 부렸다. 그것이 작위적인 퍼포먼스이거나 '콘셉트'라고 해도, 끝내 가닿지 않는 것, 종잡을 수 없는 것, 그것은 어쩔 수 없는 슬픔이었다. 무명의 슬픔, 길을 찾지 못한 자의 슬픔. 자기만의 작법으로 글을 쓸 수 없는 자의 슬픔.

*

방송사마다 경쟁하듯 오디션 프로그램이 편성되었다. 내용물은 같은데 포장지만 다른 상품들처럼. 노래를 부르고 싶어도 노래 부를 곳이 없는 무명들이, 목이 터지도록 노래를 불러도 알아주는 사람 없는 무명 가수가 '취준생'만큼이나 많다는 사실이 놀라웠다. 어쩌면 메모장에 저장한 단어와 문장만큼이나 많을지도 모른다.

메모장에 끊임없이 저장한 단어와 문장들은 침묵의 시간을 거쳐 고매한 글이 될까. 내가 미처 알지 못하는 세계와 연결되어 영감이 봇물 터지듯 터져 나올까. 그럴 리 없다는 것을 알고 있다. 무수한 생각과 감정은 적확한 단어를 찾지 못하고, 문장은 단락과 연결되지 못한 채 얽히고설켜 쓰레기 산을 만들지도 모른다. 어디서부터 손을 대야 하나. 치매 환자처럼 이미지와 이름을 매치하려 해도 도무지 연결되지 않는 단어들. 플롯도 인물도 없는, 불일치하는 실재만이 부재의 형태로 남아 수많은 메모로 존재할 뿐이다. 무슨 미련인가. 버튼 하나로 '전부 삭제' 해버릴 수도 있는데, 왜 부여잡고 있는가.

나는 핸드폰을 꺼내 메모장에 옮겨 적는다. '부적절한 어순, 모호한 구문, 비논리적인 문장…' 머릿속에 구의 형태로 어지럽게 굴러다니는 언어들. '병렬문—생략, 호응×, 중언부언×, 난해한×…' 이미지나 뉘앙스로 머무르는 대책 없는 단어들, 연결되지 않고 낱낱으로만 존재하는 단어들을 적는다. '불평등, 부조리, 모순, 단절, 허무…' 이어서 '자유, 해방'이라고 쓴다. '적대와 분노, 결핍과 상처, 미망과 혼돈'이라고 썼다가 '심오한, 냉소적인…'으로 고쳐 쓴다. 그리고 다시 지운다. 대신 '근원, 심연, 지혜, 영성…'이라고 적어 넣는다. 의식과 무의식을 지배하는 욕망의 언어 대신 맥락 없이 떠도는 강력한 단어들. 이 단어들과 구문 역시 문장과 단락으로 연결될 수 없다는 것을, 그럴 수 없다는 것을 안다. 이것들을 탑처럼 쌓아 올린다고 해도 이음매가 뜨거나 풀려 금방 무너질 게 뻔하다는 것을.

난 당신의 생각뿐만 아니라 침묵의 행간까지 읽어 내.
그 사람에 대해 모든 걸 알고 있다고 생각했는데, 정작 이별의 순간 아무것도 아는 게 없었다. 그때처럼 수첩을 온통 뒤져도 아들의 친구 연락처 하나 없다. 지금껏 나는 아들에 대해 무얼 알고 있었던가. 실체가 없는 허상을 붙들고 섣부른 충고나 질책으로 갈 길을 막았던 게 아닌가. 지구의 자전축처럼 한쪽으로 기울어 돌고 있었던 게 분명해.
나는 또다시 앞뒤 맥락 없는 문장을 메모장에 적는다. '이긴다고 공언하는 것은 지고 있기 때문이고, 진다고 공언하는 것은 져주는 것이다.' 출처가 불명확한 문장, 곧바로 지워버린다. 이미 메모장에는 그런 말들이 수없이 들어앉아 있을 테니까. 오래된 사진처럼 누렇게 뜬 채. 한때 모든 것이었고 또 아무것도 아닌 사념들, 나를 떠난 문장들이.

친숙한 음악을 너무도 생경하게 만들어버린 '74호'의 노래는, 경연을 거듭하는 동안 호평만큼이나 혹평을 받을지도 모르고, 논란의 대상이 될지도 모른다. 기존의 편견을 딛고 그는 그만의 색깔로 노래하게 될까? 그래서 무명을 탈출할 수 있을까? 세상의 소리에 고분고분, 둥글둥글 맞추지 못하고 다시 튕겨 나와 무명으로 묻혀버리는 건 아닐까?

TV는 저 혼자 윙윙거린다. 아들의 방은 말쑥하게 정리되었다. 방문 뒤편에 붙어 있는 사진 한 장에 눈길이 가닿았다. 앤디 워홀이 뭉크의 〈절규〉를 스크린 프린트 기법으로 복제한 후 제작한 판화 연작 중 하나를 찍은 사진이다. 원작보다 밝은 색상이 무거운 이미지를 다소 덜어 내긴 해도 불안과 공포는 그대로다. 귀를 막고 절규하는 남자. 어쩌면 고통을 저토록 생생히 드러냈을까. 두려움에 떨고 있는 남자의 등 뒤로 비현실적으로 뒤틀린 하늘이 핏빛으로 물들었다. 남자는 자연의 비명에 귀를 막고 경악하는 게 아니라 제 안의 어둠에 놀라 비명을 지르고 있는 게 아닌가. 나는 또 그 사람을 떠올린다.

그 사람이 탄 기차가 탈선하지 않았더라면….

참을 수 없는 고통 앞에서는 고개를 돌리고 딴청을 부리는 편이 낫다. 내 존재가 온통 출렁거렸던 시절, '버드나무 말고는 아무도 눈물짓지 않던 그 날들을' 기억한다. 기억 속에는 〈Try to Remember〉가 흐르는데 입에서는 '쿵쿵따리 쿵쿵따…' 세상을 다 알아버린 자의 서글픔 같은 〈유행가〉 가락이 태엽처럼 풀려나온다.

'무명가수전'은 막바지로 향하고 있다. 무명들의 가창력은 신경을 긁는 불협화음 하나 없고, '74호'는 불협화음을 절묘하게 화음으로 바꾸는데, 경연은 회를 거듭할수록 긴장의 줄이 팽팽하다. 같은 목소리이면서 다른 목소리들. 누가 뽑히든 누가 떨어지든 그건 실력 차가 아니다. 무명으로 살아가느냐 아니냐의 차이일 뿐.

동료를 경쟁자로 혹은 적으로 인식해야 하는 싸움에서는 승자만이 살아남을 수 있다. 경쟁에서 탈락한 패자가 겪어야 하는 끔찍한 트라우마를 모른 척할 수 있는가. 그걸 지켜볼수록 고통스러워질 게 뻔하다. 결승전이 시작되기 전 나는 TV를 꺼버렸다.

이름을 되찾지 못한 자들, 그들은 질서라고 믿었던 강박 대신 혼돈을 택할 수도 있고, 그 단단한 절망의 벽을 부수고 진정 자유를 택할 수도 있을 것이다. 진정한 자유는 바깥에서 오는 것이 아니라고 해도 그토록 매달렸던 기대는 멀어지고, 욕망과 현실의 불일치가 매치되지 않는 이미지와 단어처럼 제각각 겉돌지도 모른다.

이름 대신 번호로 불리는 자들의 슬픔이 밀려온다. '74호'는 제 이름을 찾게 될까? 아들은 돌아올까? 나를 떠난 단어와 문장은 메모장에서 숙성되어 완전한 문장으로 완성될까? 이름이나 역할이 아닌 존재 그 자체로 자유로워질 수는 없는가?

나는 다시 핸드폰을 켠다. 아들에게 보낸 카톡 메시지에 숫자 1은 사라지지 않았다. 아들은 아직 메시지를 읽지 않았다. 검지가 갈 곳을 잃고 헤매다 메모 앱을 누른다. 메모장은 열리지 않고 대신 알림창이 떴다. '저장 공간이 부족합니다.' 이미 저장된 걸 지우지 않으면 더는 기록할 수 없다는 신호다. 액정 화면에 저장 공간을 확보하라는 에러가 깜빡거리는데, 나는 저장된 단어와 문장들을 삭제하지 않은 채 멍하니 화면을 응시한다. 둔하고도 아릿한 통증과 함께 그 사람의 얼굴이 떠오른다. 기억 속에 묻혀 있는 이름, 다시 부를 수 없는 이름을 나직이 불러 본다. 시야가 흐려지면서 적막이 밀려오고 소리가 사라진 틈으로 '74호'의 노랫소리가 귓전에 맴돈다. 치리치리뺑뺑치리치리뺑뺑⋯

• JTBC 오디션 프로그램 〈싱어게인1〉의 '30호' 참가자를 모티브로 차용. 노랫말과 큰따옴표(" ") 안의 심사평 일부는 인용·재구성했음.

| 작가노트 |

 청춘은 아름다운가? 돌아보면 아름다웠노라 말할 수 있어도, 현실의 청춘은 그렇지 않다. 노력과 성실성만으로 일어설 수 있었던 시대, 개천에서 용 나던 시절은 옛말이다. 작금은 금수저, 흙수저의 시대. 연애, 결혼, 출산을 포기하는 3포 시대에서, 내 집 마련과 인간관계까지 포기해야 하는 5포 시대, 꿈과 희망까지 포기하는 7포 시대에 이어 'N포 세대'까지, 지금 청년들은 포기의 시대를 살고 있다. 청년 실업과 청년 신용불량자, 거기에 '영끌'까지, 전쟁터 같은 경쟁의 시대에 주류로 진입하지 못하는 마이너리티들의 삶은 고달프다.

 어느 시대든 어렵지 않은 시대가 있었겠냐고 누군가는 말할지도 모른다. 세대 간의 인식차뿐만은 아닐 것이다. 사회적 불균형과 불안정이 구조적이고 문화적 차원에 이르기까지 깊이 뿌리박고 있는 것도 사실이다. 끊임없이 경쟁을 조장하고 우열을 가리는 불평등한 사회. 금수저를 만든 그들만의 동질적이고 폐쇄적인 사회구조에서 경제적 양극화는 더 심화하고 심각해질지도 모른다. 삶의 가치, 미래의 가치, 투자의 가치가 투기로 탈바꿈한, 이 불안의 시대를 누가 만들었는가? 정상적이고 공정한 거래는 내가 괴롭지 않고 남을 해치지 않아야 한다. 기득권자들의 욕망과 이기심을 내려놓지 않고는 무슨 수로 흙수저들을 구제할 수 있는가.

이 시대를 살아가는 흙수저들이여, 부디 포기를 당연시하지 말기를, 실패에 무릎 꿇지 말고 좀 더 견뎌 주길 부탁한다, 고 말한다면, 견디라니? 무얼, 얼마나 더 견디라는 건가? 겨우 이 정도의 조언이라면 세상에 조언은 없다,고 그대들이 냉소할지도 모르겠다. 불신에 차서 어깃장을 놓을지도 모르겠다. 결코 양극화는 줄어들지 않을 거라고. 희망이 보이지 않는다는 것이 그대들이 도달한 결론이라고 해도, 그래서 그대들이 귀를 닫는다고 해도 오래된 조언을 할 수밖에 없다. 실패는 또 다른 시작이라고, 지나친 욕망은 부메랑이 되어 돌아오는 거라고, 그것이 순리라고 말할 수밖에.

젊은이가 건강하지 않은 사회의 미래는 불을 보듯 뻔하다.

하루빨리 잃어버린 질서가 회복되길 바랄 뿐이다. 이 시대의 청년들이 제 속도에 맞추어 뚜벅뚜벅 걸어갈 수 있도록. 그래서 꿈을 꿀 수 있도록. 실패와 좌절을 딛고 다시 도전할 수 있도록.

사랑조차 어려운, 불안의 시대를 살아가는 청년들을 위로하고 공감하려는 노력으로부터 이 소설은 시작되었다.

고로케 먹는 사람들

임
현
석

◆
임현석

2022년 〈조선일보〉 신춘문예에 단편소설 〈무료나눔 대화법〉이 당선되어 작품 활동을 시작했다. imflair5@gmail.com

그는 한 입 베어 먹은 고로케를 내려놓았다. 접시엔 고로케뿐이다.

"정말 고로케 동호회가 있단 말이에요?"

누구나 처음은 이런 식이다. 고로케 동호회가 있다는 말에 우선은 의심스러운 눈초리부터 보내게 된다. 하고 많은 모임이 있다지만 어째서 그런 모임일까. 거기엔 무슨 목적과 의미가 있나? 그러다가 보통 사람들이라면 참 별 모임이 다 있군, 하고 만다. 하지만 진수는 눈이 커졌다.

고로케를 먹기 좋은 날엔 진수는 앉은 자리에서 열 개도 먹을 기세로 먹는다. 그는 단 하루도 고로케를 거르지 않는다. 그날도 저녁 느지막이 들른 빵집에서 하나뿐인 테이블을 독차지한 채 느슨한 기분으로 고로케를 즐기고 있었다. 그는 왕

왕 그곳에서 고로케를 사 먹곤 했다. 속은 빈약하고 조직감도 느껴지지 않는 고로케였지만, 편의점 아르바이트를 마치고 집으로 돌아오는 언덕길엔 달리 마땅한 빵집이 없었다.

"고로케를 많이 좋아하시나 봐요?"

빵 가게 주인이었다. 그가 말을 건넨 것은 이번이 처음이었다.

"세상에 저보다 고로케를 좋아하는 사람은 없을 거예요."

이렇게 형편없는 고로케를 먹는 걸 보면 알 만하지 않느냐고, 진수는 되묻고 싶었다. 그러나 속내를 내비치진 않았다. 모난 사람처럼 보일 필욘 없었으니까. 반면 빵 가게 주인은 자신이 어떻게 보여질지 상관하지 않는 사람이었다. 앞치마 주머니에 깊숙이 두 손을 찔러 넣으며 비웃는 듯한 표정이었다.

"아닐걸요. 고로케 동호회를 가 보시면 다시는 그런 말씀 못 하실걸요."

진수가 그 말을 듣는 순간, 지구는 아주 천천히 자전과 공전을 하고 있었다. 멀리서 본 푸른 지구는 느린 곡조의 왈츠에 맞춰 아주 느릿하게 굴러가는 중이다. 그 순간 우리가 잘 알지 못하는 무수한 세계들, 고로케 동호회는 물론이거니와 육개장 클럽이나 케이크 클럽, 재즈 동호회나 녹차를 사랑하는 사람들의 모임 같은 것들이 알알이 들어차서 이 거대한 우주를 구성해나가고 있다는 사실이 진수를 압도해오고 있었다. 고로케 동호회라.

누군가는 고로케 동호회라는 그 단어의 울림을 통해 전 우주를 관통하는 고적한 운명과 처음으로 대면한다. 진수에게 그건 표현할 수 없는 막연한 감정, 스쳐 가는 느낌이었다. 진수는 심드렁하게 고로케로 돌아갔다. 하지만 그런 동호회가 있다는 사실만큼은 머릿속을 줄곧 맴돌았다.

진수는 흔들리는 버스 뒷좌석에서 고로케를 먹고 있었다. 약속 장소인 피노키오 제과점까지 다섯 정거장 남았다. 진수는 앞 주름 잡힌 베이지색 면바지에 하얀 피케 셔츠 차림이었다. 오랜만에 나가는 시내였다.

빵집과 편의점으로 이어지는 주변 동선을 벗어난 것도 오랜만이었다. 그건 익숙한 궤도를 벗어나 새로운 공전축을 만드는 일이었다. 게다가 동호회는 처음이라 긴장을 조금은 했는지도 모른다. 그는 입에 묻은 빵가루를 훔쳐 내며 아침에 잘 면도해놓은 턱도 가볍게 쓰다듬었다.

고로케 동호회를 찾는 게 어려운 일이 아니었다. 인터넷에 다 있었으니까. 진수는 정말로 고로케 애호가 모임이 있다는 사실에 처음엔 놀랐지만, 곧 당연하게 여겼다. 그래. 나 같은 사람이 세상에 한둘은 아닐 거야. 고로케 동호회가 존재한다는 사실은 분명 납득할 만했다. 사실 더 놀라운 건 규모 쪽이었다. 동호회엔 꽤 많은 사람들이 참여했고 보름에 한 번씩은 정기 모임까지 가지고 있었다. 잘 돌아가는 모임이었다. 수십 명의 사람들이 고로케를 먹기 위해 모여 있는 사진만 봐도 알 수 있었다.

동호회 회원이 되는 것 역시 이를 찾는 것만큼이나 간단하다. 고로케 동호회에 관심이 있을지도 모르는 사람들을 위해 가입 절차에 대해 소개해보자. 우선 고로케 동호회를 인터넷에서 검색한다. 홈페이지 상단 좌측에 있는 회원 가입 버튼을 누른다. 그리고 당신의 신상 정보를 기입한다.

그걸로 끝. 이제 당신은 동호회에 들었다. 이 얼마나 간단한지. 더해 가입 인사는 하든지 말든지 당신 맘이지만 진수처럼 글 하나 남겨 둔다면 다분히 의례적이긴 해도 열렬한 환영까지도 받을 수 있을 것이다. 오프라인 모임 때 기대됩니다, 같은 인사가 붙을 것이다.

고로케 동호회 회원들이 가입 인사에 남겨 준 답글을 보면서 진수는 정기 모임에 꼭 나가야겠다고 결심했다. 진심인지 어떤지는 잘 모르겠지만 아무튼 그들은 진수를 진심으로 정기 모임에서 만나고 싶다고 했다. 진수는 자신이 얼마나 고로케를 좋아하는지 보여주고 이곳에서 인정받고 싶었다. 가입하는 순간부터 진수는 이미 회원으로서 강한 소속감을 느겼다. 아주 오래전부터 이 동호회에 있었던 것 같은 느낌마저 받았다.

오프라인 모임 장소인 피노키오 제과점은 진수가 그 오래전 졸업했던 고등학교로부터 그다지 멀지 않은 곳이라 꽤 친숙했다. 고등학교 때까지만 해도 진수는 고로케엔 관심이라곤 전혀 없었다. 하루라도 고로케를 거르지 않게 된 건 졸업 후 5년이나 지난 후였다. 특별한 계기가 있었던 건 아니다.

여느 때처럼 고로케를 간식으로 먹었다. 숲속에서였다. 그때 나무의 틈 사이를 지나가는 봄바람이 불었고 풀들이 바람에 부드럽게 밀리면서 누웠다. 진수는 들판에 혼자 서 있다가 문득 손에 들린 고로케를 바라보았다. 무척이나 풍부한 맛이었다.

"그저 기호일 뿐이죠."

에스프레소를 즐겨 마시던 진수의 대학 후배는 말했다. 아무런 이유가 없는 거예요, 취향에는. 후배는 늘 에스프레소를 마신다고 했다. 에스프레소 그거 독하지 않나? 진수는 말했고 그녀는 피식 웃었다. 이제는 이해할 수 있었다. 에스프레소를 위한 변명은 자연스럽게 고로케를 위한 변명이기도 하다.

"취향엔 아무런 이유가 없는 거예요." 에스프레소의 변호사처럼, 그녀가 말했다.

약속 장소는 주차장으로 쓰이는 제과점 앞 공터였다. 30분이나 일찍 도착했지만, 회원들로 보이는 사람들이 열 명 남짓이나 모여 있었다. 그곳에는 인터넷에 오른 사진 속에서 본 듯한 인상의 남자도 있었다. 그 남자는 20대 후반 정도로 보였는데 그렇다면 진수와 비슷한 연배일 듯싶었다. 동년배가 편했다. 진수는 그에게 다가가서 조심스레 말을 걸었다.

"혹시 고로케 동호회 분이신가요?"

남자의 얼굴이 환해졌다.

"맞습니다. 신입인가요?"

진수가 고개를 끄덕이며 조그맣게 "네"라고 했다.

남자는 몇 번 박수를 쳐서 회원들의 주목을 끌었다.

"여기 새로 오신 분이 있네요. 자, 모두들 인사하세요."

환영 인사가 오갔다. 행인들이 주차장 쪽을 힐끔거리면서 지나갔다. 한낮의 주차장에서 자기소개라니. 진수는 시작부터 분위기에 휩쓸려 가는 기분이었다.

"저 역시도 정말이지 고로케를 무척이나 좋아하는 사람입니다. 앞으로 열심히, 뭘 열심히 해야 하는지는 아직 잘 모르지만, 아무튼 뭔가 해보겠습니다. 고맙습니다."

회원들은 박수를 친 뒤, 다시 친한 사람들끼리 무리를 이뤄 자기들만의 대화로 돌아갔다. 머쓱하기도 한 면도 있었지만, 어차피 한 번 정도는 겪어야 하는 일이라 생각하며 진수는 얼떨떨한 마음을 쓸어 냈다.

"이제 다들 모인 거 같으니까요. 우리 이동해봅시다."

가만 보니 앞에서 리더 노릇을 하는 사람이 좀 전의 그 남자였다. 사실 그는 회장이었다. 모임에 섞여 들어가기엔 멋쩍어하던 진수에게 먼저 다가와서 친절하게 말을 붙이더니 그렇게 밝혀 알게 됐다.

세상의 모든 취향들과 마찬가지로 고로케 취향을 가진 사람들에겐 그와 관련한 사소한 정보조차도 화제가 된다. 제과점 안으로 들어가는 동안 그들의 대화 주제는 고로케뿐이었다.

"진수 씨 방금 하루에 대여섯 개씩은 꼭 고로케를 드신다고 하셨죠? 여기 회원 중에는 끼니 삼아 하루에 스무 개 가까이 드시는 분도 계세요. 직접 만들어 드신대요."

회장이 그렇게 말하자, 복도에서 뒤따르던 한 젊은 회원이 웃으면서 손을 흔들어 보였다. 초록색 원피스를 입은 회원이었다.

"그게 저예요. 만들어 먹는 쪽이 덜 물리니까요."

"만들어 먹는 쪽은 다양한 고로케 조리법을 시도할 수 있죠." 회장이 미소 띤 얼굴로 말을 이었다. "아 참, 진수 씨도 잘 알고 계실 겁니다. 고로케 만드는 방법이 다양하다는 사실 말이에요."

물론 그 정도는 상식이었다. 가장 기본형은 으깬 감자를 넣은 고로케다. 얇게 썬 양파와 당근으로 소를 채워 넣은 야채 고로케도 있다. 다진 쇠고기를 넣고 튀긴 일본식 멘치카츠나 모차렐라와 토마토소스로 만든 이탈리안 고로케도 있다. 첫 모임이라 긴장한 진수는 더듬거리면서도 설명을 쏟아 냈다.

회장이 놀란 듯한 표정을 지어 보였다. 제법인데? 하는 표정이었다.

"맞습니다. 고로케란 일반적으로 으깬 감자나 크림소스, 고기, 해산물 등을 안에 넣고 튀긴 거죠. 고로케는 일본화된 서양 요리예요. 프랑스 요리 크로켓에서 유래했지만 일본에서 다양한 형태로 변형됐죠. 하지만 그거 압니까. 원래 크로켓은 속이라는 개념이 거의 없다는 거. 유럽 스타일은 우리처럼 속을 반죽 아래에 넣고 뭉치는 게 아니라 전부 반죽에 섞습니다. 그러고는 그걸 조그만 경단처럼 만들어서 빵가루를 묻힌 후에 기름에 튀기는 겁니다."

누군가에게 이건 고로케 기원에 대한 일반적인 설명처럼 들릴 것이다. 그러나 진수 같은 고로케 애호가가 듣기엔 의미심장한 구석이 있었다. 회장은 지금 묻는 것이다. 무엇이 고로케를 규정하는가. 소가 있어야 고로케인가? 아니다. 소는 필수가 아니다. 그렇다면 튀김이면 고로케일까? 구운 고로케가 있으므로, 그 또한 아니다. 고로케란 무엇인가. 진수에겐 더할 수 없이 흥미로운 주제였다.

회장은 크로켓까지 포함한 고로케의 역사는 300년이 약간 넘어가는 정도라고 했다. 프랑스에서 만들었다는 것이 정설이지만, 반죽을 만들어서 그걸 조그마하게 떼어 내서 기름에 튀긴다거나 다른 종류의 소스를 발라서 먹는 방법의 요리는 전 역사와 전 문명에 걸쳐 어디에서나 발견되고 있다고. 그러니까 고로케는 전 세계 문명의 보편적인 문화 코드인 셈이다.

"만약 세계인들이 고로케를 먹었던 공통의 기억을 떠올려 낼 수 있다면 지역 문화간 분쟁은 일어나지 않겠지요."

회장은 그쯤에서 확고하게 못 박았다. "인간이란 결국 고로케를 먹는 동물입니다."

"말씀을 들어 보니 정말이지 고로케는 대단한 음식 같군요."

"위대한 음식입니다. 인권과 더불어 손꼽을 만한 인류 보편의 가치랄까요. 자 여기 있는 이 빵을 보세요"

회원들을 이끌고 매장 안에 들어온 회장은 제과점 진열대에 놓인 초승달 모양의 빵을 가리켰다.

"이 빵을 우리는 크루아상이라고 부릅니다. 초승달 모양으로 생겼습니다. 초승달 하면 무엇이 생각나십니까?"

초승달? 진수가 생각에 잠기려 하자, 회장이 틈을 주지 않고 "튀르키예"라고 짚었다.

임현석 | 고로케 먹는 사람들

"튀르키예 국기가 생각나지 않나요? 초승달은 튀르키예 전신인 오스만제국의 상징이기도 했죠. 오스만제국은 17세기 오스트리아의 수도 빈을 공격했습니다. 오스트리아 사람들은 농성 끝에 오스만튀르크의 군대를 격퇴해냈고요. 그걸 기념하면서 그 지방 사람들은 크루아상을 만들었지요. 크루아상에는 오스만을 씹어 먹는다는 의미를 담았고요. 이 빵 하나에도 그런 잔혹한 이야기가 숨어 있지요. 이렇듯 음식은 만들어진 시대와 지역 상황, 정신으로부터 영향을 받습니다. 고로케도 마찬가지예요."

역사는 크로켓으로 거슬러 올라간다. 크로켓이 18세기에 프랑스에서 만들어졌다면 그때는 바로 혁명이라는 도도한 역사의 물결이 프랑스를 쓸어 가고 있었던 시기였다. 프랑스의 시민들은 창과 총을 들고 크로켓을 먹었다. 마리 앙투아네트. 회장은 그 이름을 강조했다.

"빵이 없으면 케이크를 먹으면 되지. 마리 앙투아네트가 했다고 알려진 말이죠. 누군가는 케이크가 아니라 고기나 브리오슈였다고도 합니다. 누가 압니까. 어쩌면 크로켓을 먹으면 된다고 했을지도요. 왜냐고요? 그게 더 맛있으니까요."

그 말의 진위가 어찌 됐든 프랑스 혁명으로 전제 왕권은 무너지고 공화정이 탄생했다. "그 이후로 고로케는 혁명의 정신을 가장 잘 표현하는 음식으로 우리에게 기억됩니다. 고로케는 크루아상과 비교하면 정치적으로도 올바르며 뭐, 맛도 훨씬 더 훌륭하죠."

그리고 고로케의 역사는 이어진다. 19세기 제국주의 식민지 건설 시대에 크로켓이 전 세계로 퍼져 나간 일, 제2차 세계대전에서 추축국이 비상식량으로 고로케를 고려했다는 사실, 1944년 미국이 전후 세계의 금융 질서를 세우기 위한 회의를 뉴햄프셔 브레턴우즈에서 열었을 때, 회담장인 마운트 워싱턴 호텔에서 고로케를 접시에 냈다는 것도. 1971년 미국 금본위제도 폐지와 1985년 플라자 합의로 이어졌고, 중국이 부상하면서 고로케 생산량은 늘어나고 있다.

"브레턴우즈에선 크로켓이 아니고요?" 진수는 물었다.

"논쟁적인 주제입니다. 크로켓일 수도 있지만, 그 시점부터는 고로케였을 거라고 저는 생각합니다."

그들이 고로케 소비량과 국민총소득이 정비례 관계에 있다는 이야기를 나누는 도중, 제과점에서 마련한 단체 테이블에 도착했다. 그곳에서 회원들은 각각 한 자리씩 차지하고 앉았으며 진수와 회장 역시도 빈자리를 찾아 앉았다. 그 제과점의 자랑은 오븐에 구운 고로케였다. 느끼하지 않고 물리지도 않았다. 튀긴 음식 특유의 고소한 맛은 없지만, 뭐 어떤가. 여기선 양껏 먹을 수 있다고 회장이 귀띔했다.

"그럼 사양하지 않겠습니다."

진수는 머뭇대지 않고 바로 고로케를 집어 들었다.

고로케 동호회라고 사람 모아 놓고 줄곧 고로케만 먹는 건 아니었다. 운영단이 주관하는 진행 프로그램이 짜여 있었고 회원들은 성실히 프로그램에 참여했다. 예컨대 신입 회원 환영이라고 했을 때 진수는 다시 한번 일어나서 깍듯하게 인사를 했다.

'고로케 요리법 나누기' 시간에는 한 회원의 제안에 따라 고로케 반죽에 잘게 으깬 순대를 넣는 레시피를 시도하겠노라고 다짐했다. 돼지 내장을 넣을 생각을 하다니. 정말이지 그런 레시피도 가능하겠구나. 진수는 감탄했다.

그날 프로그램 중에는 자신의 각별한 고로케 사랑을 수기 형식으로 써서 낭독하는 시간도 있었다. 삶은 늘어지고 이젠 그 무엇에도 감동할 수 없었을 때 고로케가 내게 왔습니다, 같은 내용을 이제 막 쉰 정도 됐을 법한 여성 회원이 읽어 내려가자 분위기가 엄숙해졌다. 그때만큼은 진수도 손에서 고로케를 놓고 경건해졌다. 고로케를 향한 거룩한 열망이 건물 안에서 공기처럼 부유했다.

그것이 고로케 동호회에서의 첫날이었다. 이후로 진수는 고로케를, 또 동호회를 사랑할 수밖에 없었다. 왜 아닐까. 동호회 사람들이 아니고서는 모두들 고로케로 끼니를 때우는 진수를 어딘가 이상한 인간쯤으로 생각해오곤 했는데, 세상에는 자신을 이해해주는 이런 모임도 있다는 데 감격했다.

이건 담배 기호나 와인 취향과도 같은 것이라고 주변인들에게 말하던 진수도 최근엔 슬슬 설득을 포기하고 있었다. 심지어 가족들까지도 진수를 이해하질 못했다. 어째서 진수는 밥 대신으로 고로케를 먹는 것인지 그 느끼한 걸 물려 하지도 않고 하루에 몇 개씩이나 처먹어대는 것인지 도저히 알 수가 없었다. 가족들은 어느 시점에서인가 진수에게 더 묻길 포기했다. 진수는 식탁에 나오는 대신 방 안에서 혼자 고로케를 먹을 때가 잦았다. 가끔 마주치는 여동생 눈빛에선 차라리 진수가 바퀴벌레가 되었더라면 상종이라도 하지 않으련만, 그런 경멸이 스쳤다.

지금 하는 편의점 알바는 그래도 꽤 용기를 낸 것이었다. 로스쿨 졸업 후 변호사 시험에 실패한 이후로 사람들과 교류하지 않았다. 어쩌면 그는 한 번도 성공한 적이 없었다. 부모가 원하는 대학에 들어가지 못했고, 쭈뼛대는 성격 탓에 연애도 쉽지 않았다. 에스프레소를 먹던 후배에겐 고백했지만 보기 좋게 차였다. 작은 에스프레소 빈 잔만 테이블 위에 놓여 있었다. 후배는 고로케를 위한 변명만 남기고 먼저 자리를 떴다.

진수는 자주 분개했다. 세상은 엉터리라고 말이다. 그러나 고로케 동호회를 알게 된 이후로 생각이 달라졌다. 세상이란 꽤 괜찮은 사람들이 모여 있는 곳이었다.

그렇게 몇 년간 고로케 동호회라면, 정기 모임에 빠지지 않았다. 어떨 땐 정기 모임은 수십 명이나 모일 만큼 성황이었다. 한번은 회장이 연단에 서서 말했다. 사람들이 와인을 대하듯이 고로케를 진지한 태도로 맛보게 될 것이라고, 분명 고로케의 시대가 열릴 것이라고.

"정말 고로케가 역사를 바꿨다고 생각해요?"

진수 옆에서 회장의 모임 연설을 같이 듣던 한 중년 남자는 귓속말로 물었다. 진수는 그다지 달갑잖은 표정이 됐다. 그렇게 물은 남자의 카키색 티셔츠엔 빨래에도 지워지지 않는 기름때 같은 것이 묻어 있었다. 어딘가 허술한 인상이었다.

"공부하지 않으면, 알 수 없죠."

깊은 것까지는 설명해줘도 어차피 무슨 뜻인지 모르겠지. 진수는 차갑게 대꾸했을 뿐, 남자의 반응은 살피지 않았다. 진수는 다시 고개를 회장 쪽으로 돌렸다.

"다른 음식으로 길들여진 거짓 입맛을 고로케로 구원합시다. 고로케의 깊은 맛을 알면 누구나 고로케를 밥 대신 먹게 될 겁니다."

과연 고로케를 알면 알수록, 중독되지 않을 수 없는 것이다. 회장 연설의 여운이 진수의 마음속에서도 파문처럼 번져나갔다.

역시나 그 남자는 더 이상 동호회에 남아 있질 못했다. 진수는 회장의 저번 강연 중에 그 남자가 아무런 감동도 내비치지 않고 다만 심드렁해하던 표정을 똑똑히 보았다. 그날 인터넷 동호회에는 탈퇴를 공고하는 그 남자의 글이 올라와 있었다.

저는 그저 빵을 좋아했을 뿐, 그게 그 이상의 무엇을 요구하는 일이라고는 생각하지 못했습니다. 미안합니다.

회원 가입만큼이나 탈퇴도 간단할 것이다. 진수는 고로케를 한입 크게 베어 먹으며 댓글을 달았다.

그저 빵이라뇨. 이제는 어디에 가더라도 고로케를 좋아한다고 함부로 말하지 마십시오.

그렇게 댓글을 달고 보니 굉장한 경고가 되는 것 같았다. 진수는 익명 게시판에 올라온 새 글들도 마저 확인했다.

'점점 고로케가 질려 갑니다. 어쩌면 좋죠?'

글쓴이는 동호회의 사람들과 분위기를 열렬히 사랑하지만, 정작 고로케가 이제 물린다는 것이었다. 이미 정들어버린 사람들을 생각하면 동호회에 남아야겠지만, 더 이상은 고로케를 먹을 수가 없으니 남아 있을 명분이 없다는 고민이었다. 진수 역시 익명으로 댓글을 달았다.

중요한 것은 고로케를 사랑하는 겁니다. 그리고 고로케는 단순히 음식이 아니라 문화입니다. 고로케 커뮤니티와 문화를 아낀다면 당신은 여기 남아 있을 자격이 있는 겁니다. 여전히 고로케 사랑하시죠?

어느 날 진수네 집에 시내 유명 떡집 로고가 붙은 선물 박스가 들어왔다. 친척이 보내온 명절 선물이었다. 편의점에 출근하기 전, 집에서 빈둥거리고 있던 진수가 가장 먼저 상자를 발견하고, 포장을 풀었다.

그리고 그날 진수는 인절미를 정말 오랜만에 맛보았다. 분분한 콩가루가 그의 혀 위로 가붓하게 내려앉았다. 가장 추운 겨울날 고적한 대나무 숲에 눈이 쌓이듯 그의 혀 위로 콩가루가 내려앉았다. 그 순간 깨달음이라도 얻은 것처럼 진수는 큰 눈으로 상자 안에 들어 있는 인절미를 진득하게 바라보았다. 그 순간이었다. 그는 고로케 말고도 다른 음식이 누군가에겐 삶의 위안이 될 수도 있으리란 생각이 들었다.

"저런, 질 낮은 걸 먹었군요. 우리 고로케 먹는 일에 더 집중합시다."

이제는 더없이 친해진 회장과 단둘이 나누는 술자리. 진수에게 돌아온 말이었다. 어쩌면 그건 꾸중에 더 가까웠을지도 모른다. 회장은 세상에 고로케만 한 음식이 없다고, 인절미 먹을 시간에 고로케를 더 먹자고 타이르듯 훈계했다. 일본식 선술집에서였다. 회장은 충고하는 말투였다. 진수는 열성적인 태도에 기가 눌려 더는 할 말이 없었다. 말을 다 끊어 먹는 회장의 버릇에 약간은 불쾌해진 진수는 말없이 남은 술이나 마저 들이켰다. 그 순간만큼은 고로케 안주엔 손도 대지 않았다.

그날 밤 진수는 회장이 사는 원룸에 회장을 끌고 가다시피 했다. 회장이 인사불성이었기 때문이다. 인절미도 알고 보면 고로케인 겁니다. 회장은 등에 업힌 채로 술주정을 부렸다. 회장은 그날 선술집에서 자신이 독일 유학과 한국 학계에서 정착에 실패한 사연을 길게 털어놓았다. 지도교수로부터 지엽적인 연구에 집착한다는 지적을 받았다던가.

원룸 문이 열렸고, 어수선한 방이 드러났다. 진수는 등 뒤의 업힌 사람을 내려놓았다. 그러곤 혼자 길가에 나와 허탈하게 웃으면서 생각했다. 자기주장은 내려놓고 체념하며 살았다고 생각했는데, 왜 어떤 고집은 내려놓을 수 없는 것일까. 그러나 아무리 생각해도, 고로케가 인절미일 수는 없는 것이었다.

바로 그 무렵이었을 것이다. 진수가 고로케에 싫증이 나기 시작했던 것은. 보드라운 인절미의 감촉 때문이었을까? 하지만 그것 때문만은 아니라고 진수는 믿었다. 사람이 고로케만 먹고 살 수는 없지 않나. 고로케만 먹자는 말은 맞는가. 이곳 고로케 동호회는 모든 사람들이 고로케만 먹기를 요구했고 또 요구하고 있지 않나. 의문이 들자 그는 더 이상 고로케만을 사랑할 순 없었다. 고로케를 먹기 싫어졌다는 얘긴 아니었다. 그는 고로케를 먹고 싶었지만, 동시에 고로케를 먹는다는 건 무섭게까지 느껴졌다. 혼란스러웠다. 그러나 이걸 누구에게 털어놓는단 말인가.

 진수는 동호회를 떠날 용기가 없었다. 마치 그것은 그렇게 자신이 침 뱉어대던 변절처럼 여겨졌고, 사람을 잃는 일인 것만 같았다. 여길 떠난다면, 또다시 외톨이가 될 수밖에 없을 것이다. 진수로선 감당할 수 없는 일이었다. 그래서 그는 차라리 자신의 결론을 부정하는 쪽을 선택했다. 회장의 말대로 지금까지의 내 생각은 잘못이고 위험한 생각임에 틀림없다고 말이다. 다시 그렇게 마음을 다잡으니 편해졌다. 오히려 전보다 더 철저하게 고로케를 좋아하는 마음이 솟구쳤다. 다시 고로케를 좋아하게 됐다. 누구나 방황은 하죠. 회장은 말했다. 극복했으면 되는 겁니다.

 고로케에 대한 열의가 가장 고양됐던 건 동호회 연간 최대 행사인 '고로케 마니아' 정기 모임 때였다. 동호회는 이번엔 서울 종로의 한 식당을 하루 종일 대관해서 행사를 열었다.

 고로케 시식 시간이었다. 진수는 고로케를 먹으려고 허겁지겁 달려들었다. 진수는 고로케 한 접시를 받아 들자마자 허겁지겁 먹고 나서는 마치 주정이라도 부리듯 고로케를 더 달라며 소리치고 발을 굴렀다. 동호회원들은 모두 그런 진수의 과격한 태도에 화들짝 놀랐다. 하지만 그들은 이내 더러 웃으면서 진수에게 왜 빨리 고로케를 더 주지 않느냐고 같이 화를 냈다. 고로케를 더 주세요! 식탁을 세 번 내리친 다음 그렇게 말하자 리듬이 붙었다. 그 리듬을 따라 회원들이 반복했다. 고로케를 더 주세요!

다시 고로케 한 접시가 진수 앞에 놓여졌다. 그러나 정작 받아 놓고 보니 좀 전의 그 식욕이 일어나지 않았다. 진수는 곤혹스럽게 고로케를 보았다. 입맛이 좀체 나지 않는다니. 고로케를 한 입만 더 먹어도 구역질이 날 것 같았다.

그 순간 고로케를 입에 넣는다는 생각만으로도 소름이 끼쳤다. 그는 무력감을 느꼈다. 고로케에 묻은 걸쭉한 기름이 그의 혈관을 타고 들어가서 그의 존재와 더불어 아주 천천히 무너져 내려가고 있는 듯한 환상이 훅 끼쳐 왔다. 진수는 기름이 내려가는 속도로 몸도 함께 걸쭉하게 무너지는 이미지를 떠올리고 있었다. 머리가 지끈거렸다.

그는 식은땀을 흘리면서 주위를 살펴보았다. 다른 사람들은 느긋하게 고로케를 즐기고 있었다. 그 모습이 어째서 그렇게 그의 부아를 돋웠을까. 그 이유를 정말이지 알 수 없었다. 그 순간 자신도 모르는 어떤 격정이 차오르는 것만 같았다. 그걸 참아 내지 못했다. 진수는 자리에서 벌떡 일어나서 소리쳤다.

"왜 다들 고로케를 빨리 먹지 않는 거야? 당신들 그러고도 고로케 동호회에 있을 자격이 있는 거야?"

그러자 모두들 놀란 눈이 되어 진수를 바라보았다. 그를 바라보는 시선이 느껴지자 진수는 비로소 방금 무슨 일을 저질렀는지 깨달았다. 너무 놀랐기 때문에 선 채로 뻣뻣하게 굳어 버렸다. 마침 그때 갑작스럽게 몸 안에서 구토가 나오려는지 속이 울렁거렸기 때문에 진수는 손으로 다급히 입을 가렸다.

그러고는 헛구역질을 하면서 그 건물에서 뛰쳐나갔다. 뒤늦게 수군거리며 웅성대는 목소리들이 진수의 뒤를 쫓아갔을 뿐, 실제로는 그 누구도 진수를 잡으려 일어날 사람은 없었다. 아무도 그의 뒤를 쫓지 않았다. 그들은 웅성거리다가 저마다의 접시로 돌아갔다. 이곳에서 고로케가 아닌 일들은 금세 잊힐 것이다. 회장은 뛰쳐나가는 진수 쪽을 바라보았다. 그는 진수를 잡지 않았다. 웅성거리는 동호회원들을 다독이며 말했다.

"많이들 드세요."

들어갈 때는 어둑해질 무렵이었는데, 건물 밖으로 나오자 한밤이었다. 그는 길가로 달려가 바로 택시를 잡았다. 구역질은 집에 도착할 때까지는 참을 수 있을 듯했다. 다만 정신이 아득해져서 진수는 가는 동안에 눈을 질끈 감았다. 머릿속엔 모든 상념들이 한 가지 질문만을 제외하고선 다 가라앉는 것을 느꼈다.

무엇이 그렇게 견디기 힘들었던 것일까?

바람이 서늘했고 머리는 여전히 지끈거렸다. 집으로 돌아가려면 찻길에서 벗어난 좁은 골목을 따라 작은 언덕배기를 넘어가야 했는데 걸어 오르는 중 숨이 찼다. 따스한 느낌의 가로등 불빛이 길게 내리쬐는 곳에서 그는 주저앉았다. 주저앉은 채로 그는 고로케 역사 이야기를 기억해냈다. 사람들이 모두 고로케를 좋아하게 될 것이란 회장의 말도 떠올리고 있었다. 고로케를 맛있게 먹으면서 웃는 사람들의 얼굴이 스쳐 지나갔다. 오늘 일로 인해 무엇을 놓치게 되는 것일까. 진수의 머릿속에 스친 생각들이다. 그러다가 문득 궁금해졌다. 인절미 동호회도 있을까. 거긴 여기와는 다를까.

그는 비틀거리다가 결국 걸음을 멈췄다. 인적 드문 골목길이었다. 그는 배를 움켜쥔 채로 천천히 헛구역질을 하기 시작했다. 오늘 너무나도 많은 고로케를 먹었지 뭔가. 속이 매스꺼웠다. 헛구역질은 진짜 구토가 됐다. 진수는 벽을 잡고 속을 다 게워 내고 있었다.

마치 그건 고로케가 제 속을 다 비워 내는 듯해서, 소 없는 튀김 빵이 되는 것만 같아서, 가로등 아래에서 고로케의 색으로 노릇하게 물들어가며 진수는 웃음을 터트렸다. 내가 고로케가 될 뻔하다니. 사람이 고로케가 된다니.

| 작가 노트 |

    지난해 서울 종로의 한 음식점이었다. 대학에서 사제 인연 (언론학과 기사 쓰기 수업이었다)을 맺은 고승철 작가님과 대화를 나누던 중 동인 결성 소식을 듣고 "오호! 재밌겠는데요" 했다. 그 순간엔 동인 활동에 담긴 큰 뜻까지 살피지는 못했고, 동인이라는 말이 주는 은밀하게 모의(?)하는 느낌이 좋았다. 동인이라는 말에 무장해제된 것이다.

    동인이란 말에 설렌 이유는 또 있다. 작가란 직업이라기보다는 내겐 결심이나 선언에 더 가깝게 느껴진다. 계속 쓰겠다는 결심. 세상을 예민하고 섬세하게 느끼겠다는 결심. 작가라고 누군가에게 날 소개할 때, 지금 정말 그런 마음가짐이 맞는가 돌이켜볼 수밖에 없다. 그래서 작가라는 말 뒤엔 머쓱함이 따라붙는다. 동인이라는 건 그 어려운 자기소개를 같이하자는 말 같았다. 그거 누구나 어려워요. 이렇게 말해주는 것만 같다.

마치 서로가 서로의 러닝메이트가 되어 주자는 말처럼 느껴졌다. 러닝메이트라니. 근사한 일이다. 이번 작품집 참여 과정에서 작가들과 같이 뛴다는 느낌을 받았고, 그 덕분에 차분하게 내 작품을 돌아볼 수 있었다.

소설 이야기로 마무리하자면, 고로케 동호회는 실제 모임은 아니다. 고로케 동호회가 생긴다면 가입할 의사는 있다. 일본식 멘치카츠나 체더치즈가 들어간 이탈리안 고로케도 좋아하는데, 고로케를 주제로 이야기를 나눌 만한 사람들이 많지 않다. 모임이 있다면 좋겠다.

그런데 막상 모임이 생기면 자주 나가야 한다는 부담감이 들지도 모르겠다. 사람들과 적당한 거리감을 찾느라 애먹지 않을까. 고로케 먹는 동호회도 러닝메이트 같다면 좋을 텐데.

소설에 나오는 고로케 역사에 대한 설명 또한 물론 픽션이다.

소설, 자서전

황주리

황주리

평단과 미술시장에서 동시에 인정받는 몇 안 되는 화가이자 산문가, 소설가다. 1980년대 포스트모더니즘의 한 페이지를 장식한 신표현주의의 선구자로, 지금의 젊은 작가들에게 많은 영향을 미치고 있다. 작품으로는 장편소설 《바그다드카페에서 우리가 만난다면》, 《마이러브 프루스트》, 산문집 《산책주의자의 사생활》이 있다. orbitj@naver.com

프롤로그

자서전을 써 보려고 한다. 있는 그대로도 아니고 연대기적도 아닌, '이 영화의 내용은 실제 있었던 일이다. 하지만 그 어느 곳에서도 실제로 일어난 적은 없다' 이렇게 시작되는 어느 영화의 프롤로그처럼 시작도 끝도 없는, 어느 페이지를 펼쳐 읽어도 상관없는 자서전. 주인공은 굳이 본인이 아니라도 무방하며, 이 글을 읽는 독자라도 무방하다.

삶이 꿈이라는 걸 실감 나게 느끼기 시작한 건 기억이 생기기 시작한 어린 시절부터다. 실제와 분간이 가지 않는 우리가 평생 동안 꾼 꿈들과 기억의 불확실성을 토대로 제멋대로 그리는 그림 같은 거랄까? 하지만 실제 있었던 일들이 이 현란한 가상기억 속에 낡은 집의 주춧돌처럼 남아 있을 것이니.

아버지

사람들은 아버지를 개츠비라고 불렀다. 피츠제럴드의 소설 《위대한 개츠비》를 영화로 본 사람들은 많아도 책으로 읽은 사람들은 별로 없을 것이다. 나는 아버지가 사다 준 그 책을 이해하기 위하여 두어 번 읽었고, 영화로는 미아 패로우가 나오는 옛날 영화도, 디카프리오가 나오는 나중에 나온 영화도 아버지와 함께 보았다.

지금처럼 한국 음식이 인기가 있지 않았던 시절, 1980년대 말 나는 뉴욕대에서 낮에는 수업을 듣고 저녁에는 아버지의 절친이 운영하는 뉴욕 맨해튼 32번가에 있는 식당에서 서빙을 했다. 일찍이 대학 시절부터 커플이었던 어머니와 아버지가 이혼한 지 오래였고, 매사추세츠공과대 교수였던 어머니는 인도 출신의 같은 과 교수와 결혼했다. 그리고 그 분야에서 눈부신 성공을 거두고 있었지만, 나는 어머니와 연락을 하지 않고 지낸 지 오래였다. 내가 태어날 무렵, 어머니가 박사과정을 끝낼 동안 아버지는 휴학을 하고 나를 보살폈다. 영문학을 전공한 아버지가 가장 애독하던 책이 《위대한 개츠비》

였다.

　어린 나를 데리고 서울로 돌아온 아버지는 친한 대학 동창과 함께 악기 상점을 열었다. 전공을 살리지 못한 아버지의 꿈은 악기의 꿈으로 바뀌었다. 실제로 첼로를 배워 연주하는 취미를 삶의 자랑으로 삼았다. 나도 늘 작은 삶의 기쁨을 누릴 줄 아는 그런 아버지가 자랑스러웠다. 나는 늘 첼로와 바이올린과 피아노를 조율하는 소리 속에서 성장했다. 나는 삶이란 그저 조율이라고 생각한다. 아버지는 대학을 졸업하고 유학을 떠난 나를 만나러 봄가을로 뉴욕에 오셨다. 악기를 구입하러 오시기도 했고, 오랜 시간 뉴욕에 살았던 향수 때문이기도 했다. 큰돈은 아니라도 아버지는 오실 때마다 두툼한 달러를 주고 가셨다. 영문판《위대한 개츠비》를 읽고 또 읽던 아버지가 왜 그 책을 그리 좋아했는지 지금도 나는 잘 모르겠다.

　사실 그 책은 사람들이 생각하는 것처럼 사랑 이야기가 아니다. 사회학적 관점에서, 운이 좋아 갑자기 돈을 번 신흥 부자가 날 때부터 화려한 저택에서 사는 부잣집 딸내미와의 짧은 연애를 잊지 못해, 사랑의 덫으로 걸어 들어가는 가슴 답답한 이야기인 것이다. 어쩌면 아버지는 부잣집 딸내미이면서 공부도 잘하고 외모도 수려한 어머니를 사랑하는, 자기 자신에게서 개츠비를 발견한 건지도 모른다. 유학은 어머니에게 기회가 되었지만, 아버지에게는 반대였다. 그리고 아버지는 그걸 한 번도 후회하지 않았다.

32번가 식당에서 웨이터 일을 끝내고 5번가 쪽으로 걸어 올라가, 뉴욕 페닌슐라 호텔 옥상 선베드에 누워서 지는 해를 바라보며 칵테일을 한잔하는 게 나의 낙이었다. 진토닉에 토마토 주스를 섞은 매운맛의 칵테일 이름이 무엇이었지? '블러디 메리', 그 이름을 잊을 수는 없는 일이다. 그 시절 내 인생에 제목을 붙인다면 '블러디 메리'라고 붙이고도 남을 테니까. 나는 그 칵테일의 맛처럼 매콤하게 살고 싶었다. 블러디 메리 한 잔을 비우고 두 번째 잔의 삼 분의 일 정도 마시고 나서 거리를 내려다보면 사람들이 걸어가는 풍경은 비현실적이었다. 나는 어머니를 본 지 오래되었다는 사실도, 사는 게 힘들다는 사실도 다 잊어버렸다.

그때만 해도 담배를 피우는 사람들이 꽤 있었던 맨해튼 거리에서 담배 한 대 물고 쏘다니는 일은 즐거웠다. 우디 앨런의 영화 속처럼 우수 어린 시절이었다. 나는 그 시절 우체국 직원과 열애 중이었다. 우체국 직원이면 공무원으로 든든한 밥벌이를 하는 직업이다. 어깨가 넓은 그녀는 힘이 좋았고 왜소한 내 어깨를 감싸 안아 주었다. 그 시절의 흑인 우체국 여직원들이 동양인들에게 얼마나 불친절했는지 아버지께 소포를 부치러 갈 때마다 나는 넌덜머리가 났다. 하지만 그녀와 사귀기 시작한 이후부터 내게 우체국은 꿈의 장소였다. 나는 정말 그 유명한 누군가의 시처럼 우체국 계단에 앉아 그녀를 기다렸다. 기다림이 행복한 거라는 걸 배웠던 시간들이었다. 한국 음식점 사장님은 아버지의 친한 친구분이라 월급도 넉넉히 주셨고 손님들이 주는 팁도 만만치 않아, 그녀를 데리고 페닌슐라 호텔 옥상에 올라가 칵테일 몇 잔 사 주는 것쯤은 어려운 일이 아니었다. 아버지는 늘 학비도 미리 보내 주셨고 엄마 없이 자란 내 마음의 구멍들을 세심히 살펴 주셨다.

내게는 예술을 하는 친구들이 많았다. 지금은 땅값이 올라 상상도 할 수 없는 번화가로 변했지만, 그 시절 이스트 빌리지는 가난한 예술가들의 누추한 서식처였다. 그래도 주말이면 옥상에서 와인 파티가 늘 열렸고, 우리는 싸구려 와인을 한 병씩 가져와 각자 만들어 온 작은 음식들 앞에 놓고 조촐한 행복을 나누곤 했다. 무더운 여름날 해가 늦게 지는 것도 자연의 선물이었다. 지금도 나는 80년대 이스트 빌리지의 고독하고 정겨운 와인 파티를 종종 떠올린다.

우체국 직원 자넷을 만난 곳도 그곳에서였다. 그녀는 화가 지망생 친구를 따라와 낯설고 신기한 파티에 참석 중이었다. 누군가 《위대한 개츠비》를 읽었느냐고 물었다. 그중에서 그 책을 읽은 사람은 나와 우체국 직원 자넷 둘 뿐이었고, 어쩌면 그걸 공통점으로 우리는 서로에게 호감을 느꼈는지도 모른다. 우리는 파티를 연 화가의 작업실 흑백 텔레비전에서 로버트 레드포드와 미아 패로우가 주연을 맡은 〈그레이트 개츠비〉를 보았다. 골동 흑백 텔레비전은 아마도 길에서 주워 온 것이었을 것이다. 그 시절 뉴욕은 길거리에서 주울 것이 많았다. 주말마다 장을 서는 벼룩시장에서도 우리는 의자나 식탁 등 멀쩡하고 근사한 물건들을 싼값에 사 오곤 했다.

우체국 직원 자넷은 나의 예술가 친구들과 어울리는 걸 좋아했다. 그중에서도 앨라배마주에서 온 친구 데이빗과 잘 어울렸다. "머나먼 앨라배마 너의 고향은 어디?" 얼굴을 보면 그 노래가 떠오를 만큼 순수하고 때가 안 묻은 청년이었다. 밤이 깊어 가면 이스트 빌리지 옥상은 세상과 괴리된 고독한 우주였다. 그 시절 우리는 젊었고, 아무것도 가진 것 없는, 그래서 더욱 내면에 가득한 열정과 사랑으로 폭발 직전의 별들이었다. 파티는 봄날에도 여름날에도 가을날에도 심지어는 겨울날에도 열렸다. 담요를 두르고 난로를 피워 놓고 우리는 옥상 파티를 즐겼다. 과연 즐겼다고 할 수 있을까? 우리들의 파괴적인 젊음을.

밤이 깊어지자 하나씩 둘씩 다른 친구들이 모이기 시작했다. 그 시절은 에이즈로 죽어 가는 예술가들이 적지 않았다. 그만큼 동성애자들이 많았고, 예술계는 그 형상이 더욱 심각했다. 누군가 옥상 문을 열고 들어서며 "키츠 헤링이 죽었어"

라고 외치는 소리가 들렸다. 분위기가 무르익으며 수런거리는 소리가 들리기 시작했고 대마초를 돌려 피는 분위기로 접어들었다. 나는 우체국 직원 자넷을 데리고 몰래 그곳을 빠져나왔다. 거리로 나오자 길에는 마약을 파는 장사꾼들이 여기저기 숨어 있었다. 한국식으로 말하면 어릴 적 밤중에 들은 메밀묵, 동지팥죽 등을 팔고 다니는 장사꾼들의 소리와도 같은, '대마초', '크랙', '코카인' 등을 몰래 숨어 파는 장사꾼들의 수런거리는 소리가 딱 연옥을 생각나게 했다. 천국도 지옥도 가지 못하는 죽은 영혼들의 수런거림을 피해 우리는 서쪽으로 서쪽으로 걸었다. 그리고 위쪽으로 업타운 쪽으로 계속 걸었다. 하늘의 별은 그날따라 총총했고, 맨해튼은 걷기에 좋은 곳이었다.

블루

자넷은 문학이든 미술이든 음악이든, 모든 예술을 다 좋아했다. 그중에서도 영화를 특히 좋아했다. 앨라배마에서 온 무명 화가인 데이빗과 함께 우리 셋은 주말마다 영화를 보러 다녔다. 그 시절 본 영화 중 가장 잊히지 않는 건 데릭 저먼의 영화 〈블루〉다. 온통 파란 하늘색의 화면으로 시작되어 계속 깊고 음울한 음향만 들려온다. 보면서 십 분까지는 이제나저제나 화면이 바뀌기를 기다리다가 언제부턴가 화면이 바뀌리라는 기대도 사라진다. 살짝 조는 사이 배경음악과 어울리는 감독 자신의 목소리로 시작되는 조용한 내레이션은 죽음과 삶에 관한 깊은 사색으로 남아 있다.

영화감독이면서 설치미술가, 성소수자 인권운동가 등 다양한 이력이 붙어 있는 데릭 저먼은 그림을 공부한 사람이다. 이탈리아 화가 카라바조의 생애를 그린 영화에서는 감독 자신의 화가적인 면모를 유감없이 발휘하고 있다. 그림으로도 그릴 수 없는 절대미에 도달한 파란 화면을 보면서 언젠가 미술관에서 본 이브 클라인의 온통 푸른 화면이 생각나기도 했다. 실체가 없는 막연함, 색을 통해 무형의 세계를 창조한 이브 클라인은 34세에 심장마비로 사망했다. 이브 클라인은 실제로 자신의 강렬하고 막막한 푸른색에 '인터내셔널 클라인 블루'라는 명칭을 부여했다.

영화 〈블루〉는 1994년 에이즈로 생을 마감한 데릭 저먼 감독의 마지막 영화다. 끝날 때까지 문자 그대로 온통 블루로 가득 찬 하나의 화면밖에는 볼 수 없다. 79분 동안 그 푸름을 지켜보면서 도중에 나가버리는 사람도 있었던 것 같다. 아니 보통 사람들은 그것을 영화라고조차 여기지 않을지도 모른다. 이 영화를 촬영 당시 감독은 거의 앞을 못 보는 상태였다고 한다. 단지 흐릿한 파란색만 언뜻 볼 수 있는 상태였다고 한다. 영화는 그에게 보이는 유일한 색, 굳이 분류하자면 이브 클라인의 '인터내셔널 클라인 블루'를 거대한 캔버스에 칠해 놓은 것 같은 그림이면서 영상시였다. 거의 삼십 년 전에 본 그 앞선 영화를 나는 아직도 잊을 수 없다. 물론 그 영화를 함께 본 자넷과 데이빗도 잊을 수 없다.

감독 자신의 낮은 목소리로 독백하듯 절규하듯, 동성애자로 1990년대 세상을 살아가는 감독 자신의 이야기를 풀어 간다. 그 시절의 보스니아 전쟁 이야기가 나오고, 눈이 잘 안 보여 옷을 자꾸 뒤집어 입으며 일상 속에서 에이즈 환자로 불편하게 살아가는 모습이 조명된다. 그러면서 하늘을 걷는 기분은 어떨까? 우주비행사는 드넓은 우주에서 어떤 감정을 느낄까? 하늘에는 어떤 것들이 존재하는가? 나에게 얼마의 시간이 남아 있을까? 이제 점점 보이지 않는다. 이러다 아무것도 보이지 않을 것이다. 점점 죽음이 가까이 다가오고 있다. 매일 서른 알의 알약을 먹으며 절망적인 감정으로 사랑했던 사람들에게 남기는 메시지, 그리고 그 중간 사이사이로 언뜻언뜻 보이는 블루. 삶의 절대적인 아름다움을 이야기하던 영화 〈블루〉.

영화가 드디어 끝나고 파란색 화면도 서서히 사라지다 아주 사라진다. 나는 그 무렵 읽었던 생텍쥐페리의 어떤 문구 '하늘길에서 만난 적막한 태양'을 떠올렸다. 저 적막한 태양을 어떻게 이야기할 것인가? 내게 남아 있는 삶의 색, 블루를 어떻게 이야기할 것인가? 그때 데릭 저먼의 〈블루〉는 내게 생텍쥐페리의 적막한 태양과 겹쳐졌다.

나는 수업 시간에 들어가기 전 자넷에게 보내는 편지를 써서 우체국으로 가곤 했다. 일에 열중하는 얼굴도 슬쩍 보면서 편지를 창구에 던지고 나오곤 했다. 1990년대 맨해튼의 우체국 창구는 감옥을 연상시켰다. 스산하게 내려져 있는 쇠창살 앞에 서면, 마치 형을 언도받기 위해 기다리는 번호표를 단 죄수의 조급한 마음이 되곤 했다. 아니 나는 단지 소포를 부치러 왔을 뿐이야, 하고 마음을 바꿔 먹으면 갑자기 세상은 아름다워졌다. 나는 사랑하는 사람이 있고, 그녀에게 소포를 부치러 온 것이다. 물론 맨해튼의 우체국 창구에는 '친절한 우체국, 우리는 여러분을 사랑합니다' 이렇게 쓰여 있기도 했다.

자넷과 사건 이후로 우체국은 내게 더 이상 감옥이 아니었다. 그즈음 자넷은 우편 폭탄에 관해 이야기해주었다. 편지나 소포에 폭탄을 장치해서 부치는 일들이 흔치 않게 일어나 우체국들이 비상에 걸렸다. 나는 아주 가끔 본 지 오래된 어머니에게 편지 폭탄을 보내고 싶은 충동을 느꼈다. '우체국에 가면 잃어버린 사랑을 찾을 수 있을까?' 하는 연애 시절 아버지가 어머니에게 썼음 직한 시를 기억하며, 어머니와 나 사이의 사랑에 관해 생각하곤 했다. 어머니와 나, 우리의 사랑은 온데간데없고 그저 폭탄만 있었다. 분노 폭탄, 무관심 폭탄, 진짜 폭탄, 아버지와 나를 버린 어머니를 향해 나는 마음속으로 매일 폭탄을 던졌다. '오늘도 나는 우체국이 내려다보이는 창가에 앉아 어머니 당신에게 편지를 쓴다. 내 글씨는 한 자 한 자 읽을 때마다 터지는 우편 폭탄이다. 편지를 받으시거든 부디 봉투는 열지 마시라.' 어머니를 향한 분노는 잘 익은 과일처럼 내 마음속에서 자랐다. 그즈음 어느 게으른 우체부가 편지들을 배달하지 않고 몽땅 땅에다 묻어버린 일도 있었다. 지금 생각하면 그조차도 낭만적이다. 영원히 도착하지 않을 연애편지를 상상해본다. 너무 많은 우편물이 분실되었고 그중에는 가족의 죽음을 알리는 부고도 있었으리라.

영화광이던 자넷은 우체국 직원이 나오는 영화가 나오면 꼭 나를 데리고 극장에 갔다. 데이빗이 바쁘지 않을 땐 셋이 함께 갔다. 이상하게도 그 시절엔 우체부를 주인공으로 하는 영화들이 많았다. 시인 파블로 네루다를 존경하고 그의 시를 사랑한 우체부 청년이 주인공으로 나오는 영화 〈일 포스티노〉를 기억한다. 폴란드 감독 키에슬로프스키의 〈사랑에 관한 짧은 필름〉이라는 영화도 그즈음 우리가 본, 우체국에서 일하는 아름다운 청년에 관한 영화였다.

그 시절을 마지막으로 우체국에 관한 상상력은 사라졌는

지 모른다. 아날로그의 종말이 시작되고 있었다. 우체통을, 우체국을, 우체부를 통하여 전달되는 네게로 가는 편지. 나는 그것을 우체국적 상상력이라 부른다. 나의 사랑 자넷은 그 시절의 우체국을 대표하는 사랑과 소통의 상징이었다. '우체국적 상상력을 금지한다면 더 이상 시인은 존재하지 않을 것이다'라고 나는 썼다.

하지만 그 시절 맨해튼의 우체국엔 어느 편지에 폭탄이 숨어 있을지 아무도 모를 일이었다. 그래선지 우체국은 점점 더 경계가 삼엄해지는 기분이 들었다. 샅샅이 편지 한 장 한 장, 소포 한 상자 한 상자를 검사하는 자넷의 모습을 상상하며, 내가 그녀에게 보낸 소포도 누군가에게 그렇게 검열을 당할 것을 생각하면 기분이 나빠졌다. 그즈음 나는 매일 그녀에게 편지를 썼다. 주말에 한 번 만나는 걸로는 성에 차지 않았기 때문이다. 소포를 부칠 때는 누가 무엇을 누구에게 왜 얼마나 부치는 것인지 위험한 물건은 아닌지를 아주 상세하게 적어야 했다. 오늘도 나는 우체국이 내려다보이는 창가에 앉아 너에게 편지를 쓴다, 그런 시를 쓰던 옛 시인은 우편 폭탄이라는 말을 상상이나 해보았을까? 자넷은 우편 폭탄에 관한 재미있는 이야기들을 많이 해주었다.

그 시절 우리가 본 우체부에 관한 또 다른 영화도 잊히지 않는다. 채플린을 생각나게 하면서도 사뭇 다른 자크 타티의 문명 비판적인 영화, 최첨단 스피드 시대의 한 우체부의 존재 양식을 유머러스하게 그려 내고 있는 1947년도 영화 〈축제일〉이라고 기억된다. 초고속 인터넷 시대에도 우체부라는 직업은 아직 존재한다. 우체부에서 더욱 발달한 배달원의 존재란 거의 신적인 존재가 아닌가? 한밤중에도 일용할 양식을 배달하는 배달부의 존재가 없는 우리의 삶은 상상하기 어려울 지경이다. 하지만 그건 상상력이라는 떡고물을 뺀 그저 현실이다. 현대문명의 속도에 관한 우려를 주제로 한 자크 타티의 영화 〈축제일〉은 그럼에도 불구하고 인간적인 너무나 인간적인 것들에 대한 따뜻한 웃음이 담긴 진지한 사색이다.

자넷은 자크 타티의 영화들을 좋아했다. 영화를 보고 우리는 그녀의 아파트를 향해 걸었다. 맨해튼에서 우리는 웬만하면 다 걸어 다녔다. 그녀의 집은 세계무역센터 옆의 자유의 여신상이 내려다보이는 33층 아파트였다. 우리는 넘실대는 강물을 내려다보며 와인을 마셨다.

자넷

자넷은 이혼을 하고 딸 '미아'와 함께 살고 있었다. 우리가 만나는 주말엔 주로 아빠와 지낸다고 했다. 나는 엄마와 살면서 주말에는 아빠와 만나는 그 아이가 부러웠다. 나의 유년 시절은 어떠했는가? 어머니의 존재는 내게 거의 남아 있지 않다. 어머니는 누구인가? 얼굴조차 기억나지 않는 어머니, 그녀는 나를 한 번도 찾은 적이 없다. 물론 나도 마찬가지다. 〈뉴욕 타임스〉에서 어머니와 그녀의 새 남편이 대서특필된 기사를 본 기억은 있다. 우연히 지하철 옆자리에 탄 사람이 보는 신문을 건너다본 짧은 기억이다. 엄마의 이름이 얼핏 눈에 띄었다. 부부의 연구가 노벨상 후보에 올랐다는 기사였다. 어머니가 마리 퀴리를 연상케 한다는 기사의 제목이 얼핏 보였다. 나는 그저 못 본 듯 그 기억을 없애려고 애썼다.

나는 자넷을 사랑했다. 그녀가 우체국 직원인 것도 좋았고, 잘난 척하지 않는 겸허한 사람이라 좋았고, 대단한 뭔가를 하지 않고 성실하게 작은 일에 행복을 느끼는 그녀가 좋았다. 어쩌면 어머니에 대한 반항 같은 감정도 섞여 있을지 몰랐다. 어머니가 알면 그러겠지.

"우체국 직원이랑 사귄다고? 네 아버지는 너한테 관심이나 있는 거냐? 영문학을 전공한다고? 아직 석사 학위도 못 따고 있다고? 미국에서 지금 이 시대에 영문학을 전공하다니. 뭐가 잘못되어도 한참 잘못되었구나. 애비 닮아서 착하기만 하지, 세상이 어떻게 돌아가는지 알기나 하는지."

나는 똑똑한 어머니를 싫어했다. 아니 세상의 너무 똑똑한 여자들을, 아니 너무 잘난 사람들을 싫어했다. 왜 세상의 모든 사람들이 다 성공한 삶을 살아야 하는 걸까? 작은 행복을 일궈 가는 자넷과 함께 나는 행복했다. 태어났다는 이유로 너무 열심히 사는 것도 지겨웠다. 가끔은 우편물들을 땅에다 묻어버린 우체부처럼 무책임하게 살고 싶었다. 하긴 어머니처럼 무책임한 사람이 있을까? 나는 어머니가 묻어버린 낡은 우편물 중 하나라는 생각이 가끔 들었다.

자넷은 어머니가 대서특필된 〈뉴욕 타임스〉의 기사를 오려다가 액자에 넣어 내게 주었다. 내가 어머니에 관해 자넷에게 말해준 것이 잘못이었다. 내가 너무 화를 내는 바람에 자넷과 나는 한 달 동안 만나지 못했다. 전화를 아무리 해도 받지를 않아 우체국 계단에 앉아 그녀를 하염없이 기다렸다. 아버지가 연애 시절에 어머니에게 보낸 오래된 시 구절을 영어로 번역해 자넷에게 보내기도 했다.

사랑하는 것은
사랑을 받느니보다 행복하나니라.
오늘도 나는
에메랄드빛 하늘이 환히 내다뵈는
우체국 창문 앞에 와서 너에게 편지를 쓴다.

(중략)

사랑하는 것은
사랑을 받느니보다 행복하나니라.
오늘도 나는 너에게 편지를 쓰나니-

그리운 이여 그러면 안녕!
설령 이것이 이 세상 마지막 인사가 될지라도
사랑하였으므로 나는 진정 행복하였네라.

_〈행복〉, 유치환

자넷은 내가 영어로 번역한 이 시를 받고 너무 감동을 해서 더욱 나를 사랑하게 되었다고 말했다. 돈도 아니고 보석 반지도 아니고 비싼 명품 가방도 아닌 그 오래된 낡은 시가 먹히는 자넷을 나 역시 더욱 사랑하게 되었다.

자넷이 사는 낡은 아파트는 겨울이면 창문이 잘 닫히지 않아 그 틈새로 폭풍우가 일 듯 덜거덕거렸다. 마치 한 해 한 해가 다른 백 살 노인처럼 아파트 창문은 점점 늙어 가고 있었다. 3월이 되어도 뉴욕의 겨울은 추웠다. 이 봄날의 추위는 누구의 분노인가 하고 나는 잠시 생각했다. 나는 무언가에 늘 화가 나 있었다. 이게 어머니를 향한 분노인지, 3월의 추위를 향한 분노인지, 내가 아르바이트하는 한국 음식점에서 가끔 부딪치는 어떤 불쾌한 인물 때문인지 알 수 없었지만 자넷은 나의 분노를 포근히 녹여 주는 유일한 존재였다.

나는 점점 미국 친구들의 파티에 가는 일에 흥미를 잃어 갔고, 별로 친할 것도 없는 사람들과 별 의미 없는 이야기를 나누며 시간을 죽이는 일에 싫증이 났다. 점점 누군가와 친하게 지내기가 쉽지 않아졌다. 나는 매일 자넷 옆에 매미처럼 들러붙어 있고 싶었다. 그녀의 아파트 창문 밖으로 강물이 넘실대는 풍경을 바라보는 일은 행복했다. 매일 강을 쳐다보다가 우울증에 걸려 자살을 하는 사람들이 있다는 사실이 나는 이해가 되지 않았다. 우울하다가도 강물을 쳐다보면 나는 살고 싶어졌다. 그러다가 다음 순간 죽어버리고 싶을지도 모르는 일이지만.

자넷의 딸 미아는 나를 무척 따랐고, 한국말을 하나씩 배우는 걸 좋아했다. 그 애가 좋아하는 한국말은 맛있다는 말이었다. 낯선 외계어로 들리는 미아의 "맛있다"는 발음은 영어의 '딜리셔스'와는 무척 다르게 느껴졌다. 주말이면 미아의 아빠가 딸을 데리러 왔고, 자넷과 나는 영화를 보고 저녁을 먹고 돌아와 꼼짝 않고 붙어 지냈다. 자넷이 잠시 간단한 와인 안주를 만드는 사이 나는 강물이 넘실대는 창밖 풍경을 바라보다가 잠시 잠이 들었다. 꿈속에서 나는 아버지가 사는 집을 찾아가고 있었다. 그 집에 가려고 안개 낀 장터를 부지런히 걸어갔다. 사실 그 자리엔 오래전에 장터는 사라지고 커다란 쇼핑센터가 들어섰다. 꿈속에서 나는 오래된 장터에 있는 작은 식료품 가게에 들어가 라면을 사고 있다. 그동안 먹어 보지 못했던 새로 나온 라면의 종류들을 바구니 속에 담았다. 얕은 꿈에서 깨니 자넷이 신라면을 튀겨서 유리그릇에 담아 테이블 위에 올려놓았다. 튀긴 라면은 그럴듯한 와인 안주가 되었다. 나는 "딜리셔스"를 연발하며 아버지가 끓여 주던 오래된 라면을 떠올렸다. 그 시절엔 유효기간이 넘은 라면에 영어로 쓰인 딱지를 붙여 놓은 그런 라면들이 많았다. 도착한 지 얼마 안 된 신선한 라면의 맛이란 얼마나 딜리셔스 했는지. 어머니와는 워낙 어릴 때 헤어졌기 때문에 어머니가 해준 음식은 하나도 기억이 나지 않는다. 그래서인지 나는 맛있다는 말이 슬펐다. 미아가 "맛있다"라고 발음할 때마다 나는 슬펐다. 나는 맛있다는 말을 하지 않는다. "딜리셔스"라고 말한다.

영문학을 전공한 아버지가 내게 제일 처음으로 물은 말도 "맛있어?"가 아니라 "딜리셔스?"였던 것 같다. 내게 '딜리셔스'는 에이프런을 두른 아버지를 생각나게 한다. 음악을 좋아하던 아버지는 어린 나를 가끔 음악회에 데리고 갔다. 내가 태어나서 처음 갔던 음악회의 기억은 지휘자의 기억이다. 지휘자의 살아 있는 몸짓은 닫힌 세상에서 열린 세상으로 날아가는 자유의 몸짓이었다. 그것도 음악을 연주하는 사람들과 그 음악을 듣는 사람들까지 데리고 우주로 날아가는 믿음의 몸짓, 명령의 몸짓. 나는 그 몸짓이 너무 멋져서 잠이 안 올 지경이었다. 지휘자를 보러 아버지를 따라 음악회에 따라갔다 해도 과언이 아니었다.

지금도 나는 지휘자가 되고 싶다. 결코 이룰 수 없는 꿈이라 더욱 애틋한 지휘자의 꿈. 꿈속에서 나는 능숙하게 열정적으로 지휘를 한다. 자넷은 모차르트나 베토벤의 교향곡을 틀어 놓고 제멋대로 하는 나의 엉터리 지휘를 구경하는 걸 좋아했다. 나는 그녀의 엉터리 지휘자, 그녀를 데리고 어디로 날아갈지 모르는 방향키를 잃어버린 조종사. 그래도 그녀는 먼 먼 아득한 하늘을 나와 함께 날았다.

주말이면 우리는 센트럴파크에 가서 하염없이 걷다가 메트로폴리탄 미술관에 가서 이집트관의 미라를 구경하기를 좋아했다. 미라를 구경하며 하염없이 조용히 앉아 우리는 죽음에 관해 생각했다. 죽은 뒤의 세상에서 영생을 누리려는 이집트인들은 현재의 삶을 내세에 가기 위한 준비로 생각했다고 책자에 쓰여 있었다. 그들은 내세에서 사용할 모든 물건들을 무덤에 넣기 시작했다. 죽은 이의 뇌는 버리고 각 장기를 소중히 여겨 단지에 담아 잘 보관했다고 한다. 다 버리고 뇌만 보존하면 되는 게 아닐까 싶기도 하다. 아니 인간의 가장 큰 능력 중 하나는 보존의 능력일지 모른다. 지구의 생명이 끝난다면 인류는 그동안 보존해온 문명을 다른 행성으로 운반해야 할 것이다. 어쩌면 그럴 날이 진짜 올지도 모른다. 누군가 그랬었다. 미래란 오늘 있던 것이 사라지고 오늘 없던 것이 생겨나는 것이라고. 그리고 미래란 늘 길 위에 서 있는 사람의 몫이라고. 이번 생이 그저 부담 없는 연습이라면 좋을 것 같았다. 내세에는 진짜 근사한 지휘자가 되어 자넷에게 멋진 지휘를 보여주고 싶었다.

존

자넷은 이렇게 말하곤 했다.
"나는 다시 태어나고 싶지 않아. 이생에서 하고 싶은 거 다 하고 완전히 끝내고 싶어."
불교에서는 윤회를 끝내고 다시 태어나지 않는 존재를 '아라한'이라고 부른다. 아라한이 된 기분으로 미술관을 나와 우리는 가끔 자연사 박물관에 가곤 했다. 박물관의 뼈, 화석, 벌레, 공룡 박제가 늘어서 있는 사람 없는 전시관에서 우리는 다음 생에 도착한, 아니 낯선 별에 떨어진 기분이 들었다. 이 세상의 큰 동물들은 늘 멸종위기에 놓인다. 그리고 작은 생물들은 살아남는다. 그저 작은 생물인 나와 자넷이 이 불안한 세상에서 매 순간 무사하기를 나는 늘 기도했다. 자넷이 좋아하는 장소가 또 하나 있다. 스케이트장이다. 스케이트장은 또 하나의 낯선 세계다. 아무 걱정 근심 없는 환상의 나라 같다. 맨해튼의 도시 한가운데 있는 록펠러센터 스케이트장은 마치 신이나 강을 바라보는 것과는 다른 특별한 풍경을 선시한다.

우리는 맥주 한잔을 마시며 커다란 노천카페의 유리창을 통해 스케이트 타는 사람들을 바라보는 걸 좋아했다. 겨울도 아닌 봄날에, 스케이트를 타는 사람들을 바라보며 자넷은 "꿈꾸는 것 같아"라고 말하곤 했다. 우리는 직접 스케이트를 탈 생각은 하지 않았다. 마치 어린 시절에 이미 끝이 난 꿈처럼 그냥 구경만 했다. 그러다 갑자기 부러운 마음이 솟아오르기도 했다. 시원하게 죽죽 미끄러지는 발들을 바라보며 어린 시절의 어느 날 어머니와 함께 스케이트를 탔던 생각이 떠올랐다. 생각해보니 그런 시간들도 있었다. 그 기억 탓에 나는 스케이트를 타지 않는지도 몰랐다. 아니 스케이트를 신을 엄두조차 내지 않았다. 어머니가 신겨 주던 그 스케이트의 기억을 부정하려는 듯 어른이 된 나는 남들이 타는 풍경을 구경하기만 했다. 남의 삶을 구경만 하는 삶의 구경꾼이 된 건지도 모른다. 어머니는 언제부터 나의 시야에서 사라졌을까?

뉴멕시코가 고향인 자넷은 여행자가 되어 맨해튼을 걷는 일을 좋아했다. 뉴욕현대미술관 한 블록 옆 오롯이 숨겨진 공간에 근사한 인공폭포와 빈 의자들이 놓여 있는 장소는 내가 늘 혼자 앉아 책을 읽곤 하던 곳이었다. 자넷은 사시사철 시원한 폭포가 쏟아져 내리는 그곳을 좋아했다. 도시 한복판의 근사한 폭포 앞에 앉아 있을 수 있다는 건 신기한 일이라는 생각이 들었다. 커피 한 잔을 사 들고 그곳에서 한없이 몇 시간씩 책을 읽어도 방해하는 사람 하나 없는, 걷다가 발이 아프면 찾아가는 오아시스처럼 숨겨진 장소에서 우리는 몇 시간씩 아무 말 없이 앉아 있어도 좋았다.

어느 날 우리는 그 조용한 행복을 깨뜨리는 방해꾼을 만났다. 휠체어를 탄 미국인 여자와 그녀의 한국인 남편이었다. 남자는 일곱 살에 입양되어 자라 25년을 군에서 복무한 뒤 중령으로 제대했다고 자랑스럽게 자기소개를 했다. 그는 갑자기 군복을 입고 찍은 흑백사진을 가방 속에서 꺼내 보여주었다. 18K로 만든 금 지갑도 보여주었다. 지아니 베르사체 정장 양복을 들추니 수십 개의 훈장들이 양복 안쪽에 달려 있었다. 무겁지 않으냐고 물으니 그 훈장들 없이는 한순간도 살 수 없다고 했다. 누가 훔쳐 갈까 봐 훈장들을 줄줄이 단 옷을 입은 채 잔다는 것이다. 휠체어를 탄 아내가 남편에 관해 말해주었다.

"이 사람은 목욕을 안 해요. 어릴 적에 부모로부터 버림받아 삼촌 집에서 살면서 목욕을 한 적이 한 번도 없대요."

그런 사람과 어떻게 결혼했냐 물으니 샤워를 매일 하기로 맹세하고 결혼했다 말했다. 웃고 있는 그녀의 얼굴에 그늘이 드리워 있었다. 그게 어떤 종류의 그늘인지 나는 알 수 없었다. 그 뒤로 언젠가 책 한 권을 들고 혼자 그곳에 갔을 때 멀리서 그 부부가 앉아 있는 게 보였다. 남자가 울고 있었다. 여자가 남자를 더 이상 사랑하지 않는다고 말하고 있었다. 나는 문득 자넷이 그렇게 말하는 장면을 연상하면서 슬퍼졌다. 우리는 사랑할 때 자신만이 상대의 상처를 치유할 수 있다고 감히 착각한다. 하지만 남의 상처는커녕 자기 상처도 치유할 수 없는 법이다. 그날 이후 가끔 그곳에 갈 때마다 나는 그 퇴역 중령이 혼자 앉아 있는 것을 보았다. 내가 가서 그 옆에 앉으니 흠칫 놀란 듯 나를 올려다보며 말했다.

"그녀가 떠났어요."

내가 물었다,

"휠체어는 어떻게 하구요?"

"옛사랑이 찾아와 밀고 갔어요."

그녀가 그를 떠난 것은 그가 목욕을 하지 않기 때문일까? 그는 어릴 적 아무도 목욕을 하라는 말을 해준 적이 없다고 했다. 가끔 옷을 다 벗고 햇볕에 몸을 말린다고도 했다. 그가 아내를 처음 본 건 링컨센터에서 열린 어느 음악회에서였다. 베토벤 교향곡 5번 〈운명〉을 제일 좋아하는 중령은 혼자 음악회에 갔다가 휠체어를 능숙하게 자가 운전하고 온 그녀에게 한눈에 반했다. 휠체어를 탄 아내는 무슨 사연으로 옛사랑에게 돌아갔을까? 나는 문득 아버지와 어머니를 떠올렸다. 어머니는 왜 아버지를 버렸을까? 나는 여자에게 버림받은 세상의 모든 남자들을 생각했다.

중령은 울고 있었다. 깊은 슬픔이 우리를 감쌌다. 그 뒤로 자넷과 나는 마치 삼촌을 대하듯 그와 가까워졌다. 어느 주말에 앨라배마에서 온 화가 데이빗과 훈장을 잔뜩 달고 다니는 퇴역 중령 존을 자넷의 집에 초대해서 저녁을 같이 먹었다. 존은 요리를 잘했다. 무거운 훈장을 목과 가슴에 주렁주렁 달고도 몸을 잽싸게 움직였다. 한국 음식을 좋아한 아내를 위해 그는 요리사 자격증을 땄다. 문득 앨라배마에서 온 무명 화가 데이빗이 그에게 여자 친구를 소개해주겠다고 했다. 독신 화가라 했다. 그리고 조금쯤 망설이며 그녀도 휠체어를 탄다고 했다. 5년 전 사고를 당해 걷지 못하게 되었다는 것이다. 그 말을 듣는 순간 존의 눈에 눈물이 고였다. 눈물이 그가 만드는 음식 속에 몇 방울 떨어지는 게 보였다. 눈물은 음식 속에 들어가 적당히 간을 맞추고 잊을 수 없는 맛으로 변했다.

고향이 산골 마을이라는 존은 다섯 살 때 아버지가 병으로 돌아가시고 어머니가 재가를 해서, 삼촌 집에서 살다가 일곱 살 때 미국으로 입양되었다. 목욕을 안 하는 버릇 때문에 양부모를 세 번이나 바꾸어야 했다. 다행히 마지막 부모는 좋은 사람들이었다. 존은 한국말이 서툴렀지만 어릴 적 살던 삼촌의 시골집을 또렷이 기억하고 있었다. "내가 살던 고향은 꽃 피는 산골", 그 노래를 부르는 그의 얼굴은 다섯 살 소년으로 돌아갔다.

존과 화가는 내가 일하는 32번가의 한국 음식점에서 만났다. 그녀의 휠체어는 그에게 낯설지 않았다. 뭘 드시겠냐고 물으니 그녀가 설렁탕을 먹겠다고 답했다. 샤워를 하지 않고 일광욕을 선호하는, 훈장을 주렁주렁 달고 다니는 퇴역 중령과 장애인 휠체어 마라톤에서 우승한 씩씩한 여성 화가는 첫눈에 반해 연인이 되었다.

그들은 둘 다 한국인이지만 한국인도 미국인도 아닌 낯선 외계에서 온 듯, 처음 듣는 언어로 대화하는 것처럼 느껴졌다. 다음 세대에는 컴퓨터와 인간의 뇌를 결합하여 귀밑에 폰을 심는 세상이 도래한다고 한다. 우리의 신체가 완벽한 충전기가 되는 것이다. 세상에는 대화를 하면 할수록 어긋나는 사람들이 있다. 적당히 안 통하는 언어로 적당히 못 알아들으면서 적당히 싸우지 않는 인간관계. 그것도 정말 나쁘지 않을 것이다.

존과 휠체어 화가는 말이 잘 통했다. 그녀는 아일랜드계 미국인 교수와 십여 년 결혼 생활을 한 탓에 복합적인 문화에 익숙한 사람이었다. 왜 헤어졌냐고 물으니 죽었다고 했다. 남편이 나이 어린 여자와 사랑에 빠져 서부로 떠난 뒤 오래지 않아, 남편이 유골이 되어 돌아왔단다. 사인은 심장마비라는데, 더 이상 알고 싶지 않았다 한다. 어디 화풀이할 수도 없는 고독한 나날들이 지나고, 사고로 휠체어를 타게 된 뒤로 얼마나 살기 위해 몸부림쳤는지 모른다고, 휠체어를 타고 달리는 마라톤은 자신을 살게 한 힘이었다고. 산다는 건 누구에게나 어려운 자신만의 길이라고 먼 곳에 시선을 두며 그녀가 말했다. 우리는 자신만의 길에 관해 조용히 생각에 빠졌다. 문득 카프카의 소설《성》중 한 구절이 생각났다.

"성으로 가는 길은 여러 갈래예요. 그 중 어느 길로 가는 게 유행이면 대부분 그리로 가고, 다른 길이 유행이면 다들 그곳으로 몰리지요. 어떤 규칙에 따라 그렇게 유행이 바뀌는지는 아직 밝혀지지 않았어요."
성에 가까이 다가가긴 했지만 길은 마치 일부러 그러는 것처럼 옆으로 휘었으며 성에서 멀어지지는 않았지만 그렇다고 더 가까워지지도 않았다. K는 걷는 내내 이 길이 결국엔 성으로 접어들고야 말 거라는 기대를 접지 않았으며, 그 기대 때문에 계속 걸었다.

크리스틴 혜경

자넷과 데이빗과 나는 목욕을 하지 않는 퇴역 중령 존과 그의 새 연인 크리스틴 혜경의 결혼식에 참석했다. 그림을 그리는 그녀의 한국 이름 혜경은 미국 이름 크리스틴 뒤에 꼭 붙어 다녔다. 그녀의 그림에는 언제나 영어로 크리스틴, 옆에 한국어로 혜경이라는 사인이 되어 있었다. 우리 모두는 그녀를 크리스틴 혜경이라고 불렀다. 화가이면서 휠체어를 타고 달리는 장애인 마라톤 우승자. 그녀 옆에 선 존은 늠름해 보였다. 결혼식은 존이 전처와 헤어졌던 뉴욕현대미술관 뒤 작은 간이 골목에 있는 인공폭포 앞에서 거행되었다. 존이 예의지아니 베르사체 양복을 입고 옷깃을 열며 번쩍거리는 훈장들을 보여준 뒤, 결혼 서약이 시작되었다. 주례도 사회도 없는 존의 일인삼역 결혼식은 왠지 슬프고도 웃음이 났다.

"어느 날 기적이 찾아와 아내 크리스틴 혜경이 휠체어에서 벌떡 일어나 씩씩하게 걸을 수 있다 해도, 아내 크리스틴 혜경은 남편 존 웨인스타인을 버리지 않고 비가 오나 눈이 오나 그의 곁에 있을 것을 맹세합니까? 남편 존 웨인스타인은 아내 크리스틴 혜경이 휠체어에서 벌떡 일어나 하늘을 날 때까지 눈이 오나 비가 오나 그녀를 사랑하겠습니까?"

크리스틴 혜경이 휠체어에서 벌떡 일어나는 모습이 내 머릿속에서 스쳐 지나갔다. 좀 있으니 초대도 하지 않은 객들이 하나둘 모여들었다. 그들은 마치 결혼을 축하해주러 모인 진짜 손님들처럼 주섬주섬 먹을 것들을 내려놓았다. 아마도 노숙자들인 것 같았다. 우리는 준비해간 샌드위치와 김밥, 치킨과 케이크를 테이블 위에 늘어놓고 풍성한 결혼 피로연을 준비했다. 노숙자들은 어쩌면 존의 친구들인 것 같기도 했다. 그들은 한결같이 목욕하지 않는 비밀 결사대의 일원들인 것처럼 보였다. 그중 누군가가 축가를 불렀다. 〈달은 지금 몇 시인가?〉라는 아일랜드 민요라고 했다. 그 노랫말이 너무 인상적이었다.

> 달에선 아무도 목욕을 하지 않는다. 왜냐면 달빛이 우리의 머리끝에서 발끝까지 씻어 주기 때문이다.

정말 잊을 수 없는 축가였다. 누군가 콘트라베이스를 연주하기 시작했다. 외로워 보이는 콘트라베이스 연주자는 커다란 고목을 끌어안고 있는 것처럼 보였다. 그 옆에서 첼로를 켜는 여자도 슬퍼 보였다. 음악은 다 슬프다. 인생처럼.

내가 가장 처음 참석한 결혼식은 어릴 적 아버지를 따라갔던 모르는 사람의 결혼식이다. 악기 상점을 운영하는 아버지의 주선으로 나는 이름 없는 음악가들이 연주하는 합창단에 끼어서 축가를 불렀다. 그 노래가 뭐였는지는 기억이 나지 않는다. 이미 아버지와 어머니가 헤어진 뒤라, 어린 나의 결혼에 대한 감정은 슬픈 크리스마스 저녁 산타클로스가 선물이 가득 든 양말을 아이들에게 하나씩 나누어 주면서 나만 못 본 척 그냥 지나가는, 그런 결핍된 기분이었다.

허기진 감정의 습관이랄까, 그런 기분이 휠체어를 탄 신부의 보라색 드레스에 얹혀 증폭되어 눈물이 났다. 나는 〈달은 지금 몇 시인가?〉 노래 구절을 혼자 읊조리며 늘 인생을 짝사랑해왔다는 쓸쓸한 생각에 젖어 들었다. 그때 갑자기 누군가 그 작은 결혼식의 평화를 깨며 뛰어 들어왔다. 아무도 말릴 겨를도 없이 그는 휠체어를 탄 신부와 퇴역 중령 존이 서 있는 방향으로 무작위로 권총을 몇 발 쏜 뒤 눈 깜짝할 새 사라졌다. 허공을 향해 날아간 총알은 아무의 심장도 관통하지 못한 채, 잊을 수 없는 결혼 해프닝의 기억 속으로 사라졌다.

드디어 나는 마흔 살이 되었다. 자넷은 나의 오랜 프러포즈를 거절하고 전남편과 재결합했고, 나는 외로운 마흔 살을 맞았다. 그녀가 왜 나를 떠났는지는 알 수 없었다. 존의 결혼식 해프닝은 일주일 뒤 〈빌리지 보이스〉에 대서특필되었다. 한 명의 사망자도 없는 결혼식 총기 테러는 전위미술가이면서 화가, 장애인 마라톤 우승자인 크리스틴 혜경의 자작극으로 판명되었고, 결혼 퍼포먼스의 남자 주인공인 퇴역 중령 존은 자취를 감추었다. 그의 행방은 아직 묘연하다. 존이 그 결혼이 퍼포먼스였음을 알고 있었는지는 아무도 모른다. 권총은 진짜 총이 아닌 걸로 판명되었다. 마치 극장에 앉아서 영화를 보는데 바람이 불고 의자가 흔들리고 화약 냄새가 나는 4D 영상을 보는 것과 같은 상황이었던 거다.

나는 마흔 살이 되던 날 아침, 꿈을 꾸었다. 낯선 골목에서 아무리 집을 찾으려 해도 집이 보이지 않았다. 분명 집을 나선 지 얼마 되지 않았는데 낯선 길들이 나타났다. 빌딩 숲속의 골목 속의 골목, 어느 낯선 건물의 삐걱거리는 계단을 올라간다. 갑자기 장면이 바뀌어 옆집에서 들리는 소리가 생생하게 들려오는데, 노부부가 별 의미도 없는 잡담을 천천히 느린 말씨로 한없이 늘어놓고 있다. 그러다 갑자기 내가 옆집의 노부부를 모시고 택시를 잡아탄다. 그들이 내 어머니와 아버지라고 운전기사가 말해준다. 노부부 중 늙은 여인이, 어쩌면 나의 어머니가 다급한 말투로 내게 다른 택시를 잡아타고 빨리 공항으로 가야 한다고 말한다. 얼떨결에 택시에서 내려 공항 가는 택시를 잡으려는데 어디에도 택시는 보이지 않고, 때는 밤이고, 인적 없는 좁은 길에 나 혼자 서 있다. 어디선가 〈달은 지금 몇 시인가?〉 하는, 존의 결혼식에서 울려 퍼지던 노래가 들려온다. 문득 내가 달에 착륙했다는 생각이 든다. 달에 가려면 공항에 가야 하는가? 그리고 달에는 왜 가는가?

그리고 그곳은 지금 몇 시인가? 그런 뜬금없는 생각들을 하는 사이 택시 한 대가 내 앞에 선다. 기사와 승객 사이 가림막 유리창이 있는 뉴욕의 옐로 캡이다. 기사와 나는 어떤 나라말로도 소통되지 않는다. 어쩌면 그의 언어가 달의 언어인지도 모른다고 생각한다. "에어포트", "에어포트" 여러 번 하니 겨우 통한 듯 머리를 끄덕이는 기사가 내려 주는 곳에서 내리니 캄캄한 골목길이다. 이곳에 공항이 있다고? 의심스러운 마음으로 좁은 비탈길을 내려가니 갑자기 바다가 나온다. 맙소사, 캄캄한 밤에 누군가 바다를 사진 찍고 있다. 꿈속의 그 얼굴은 퇴역 중령 존이다.

자넷이 떠나고 난 뒤 나의 휴일은 외로웠다. 휴일이면 자넷과 맨해튼을 발바닥이 닳도록 걸어 다니는 대신 나는 차를 빌려 낯선 곳으로 떠났다. 하이웨이를 끼고 펼쳐지는 한없이 황량한 풍경. 영화 〈파리, 텍사스〉나 〈마이 오운 프라이빗 아이다호〉 속의 주인공이 되어, 가도 가도 주유소밖에 없는 끝없는 길 위에 서 있으면 나는 우주인처럼 외로웠다.

드디어 오고야 만 마흔 살에 나는 늦은 석사 학위를 끝내고 박사과정을 시작했다. 저녁부터 새벽까지 아버지의 가까운 친구가 경영하는 그 한국 음식점에서 매니저 일을 했다. 영문학은 내게 달나라로 가는 길 같았다. 늦게 학위를 따 봤자 교수가 되기는 하늘의 별 따기라는 것도 알고 있었다. 나는 그저 내 삶의 완성을 위해 한 걸음씩 나아가고 싶었다. 세상의 가치의 신발에 내 삶의 가치를 욱여넣기는 싫었다. 조금씩 외로움이 가장 친한 친구처럼 느껴지면서도 가끔은 분노가 치밀었다.

야근을 하고 돌아와 텔레비전을 켜니 투우를 하는 장면이 나왔다. 문득 평생 일만 하다가 도살장으로 끌려가는 소와 열광하는 사람들의 외침 속에서 혼이 다 빠진 채 이리 뛰고 저리 뛰다가 칼에 맞아 죽는 투우 소의 운명은 어느 쪽이 나을까? 무기수와 사형수 중 어느 쪽이 나을까? 그런 생각이 들었다. 투우 소는 투우가 시작되기 전 24시간 동안 캄캄한 곳에 가두어 둔다고 텔레비전 속의 내레이터가 말했다. 햇빛 속으로 걸어 나온 소는 투우사가 휘날리는 빨간 망토의 흔들림에 흥분하여 이리 뛰고 저리 뛰다가, 투우사가 던져대는 작살에 찔려 피 흘리며 힘이 빠진다. 그리고 결국은 칼에 맞아 쓰러진다.

죽은 투우 소는 보통 쇠고기보다 질긴데도 특유의 향이 있어서 훨씬 비싸게 팔린다고 한다. 싸우다 죽은 분노의 향기가 값으로 매겨지는 인간들의 어떤 세계, 이 잔인한 프로세스를 사람들은 축제의 이름으로 광분하며 즐기는 것이다. 나는 텔레비전 속의 빨간 망토를 휘날리는 투우사의 얼굴을 얼핏 보았다. 초췌해 보이는, 하루아침에 십 년은 늙은 얼굴, 바로 나다.

| 작가 노트 |

　내게 소설을 쓴다는 건 오늘을 내일로 이어 가는 일이다. 쓰지 않으면, 이야기를 잇지 못하면 죽어야 하는 《천일 야화》의 주인공 왕비처럼 계속 불안한 것이다. 예전의 보통 사람들이 자식의 그 자식의 대를 잇기 위해 오늘을 살아갔던 것과도 같은 이치다.

　그리하여 내가 그리는 그림도 그런 의미에서 소설이다. 언젠가 존재했거나 존재했을지도 모르는, 그러나 한 번도 없었던 새로운 이야기 같은. 이 순간에서 다음 순간으로, 오늘이 내일로 이어지는 모든 소설의 끝은 도대체 언제이며 어디일까? 소설에서 앞으로의 삶은 없다. 여기까지, 그리고 거기까지다. 인생 같다.

　타인의 자서전을 통해 나는 무엇을 말하려는 것일까? 주인공의 삶을 대신 살아가는 자서전을 쓰면서 나는 이런 바람을 가져 본다.

"화가였던 건축가 훈데르트바서, 건축가였던 화가 르 코르뷔지에, 소설가였던 화가 헤르만 헤세, 화가였던 소설가 황주리. 이들의 공통점은 그 두 세계가 한 우물에서 길어 올린 같은 영혼의 엑기스였다는 거다."

후세의 누군가 그렇게 말해주길 바라며.

소설 동인 '큰글'을 시작하며

세계를 향한 담대한 기상으로

한국소설K-Novel이 지구촌을 뒤덮는 날을 꿈꿉니다.

우리는 한국어, 한글로 소설을 씁니다. 전 세계 인구 1% 안팎이 쓰는, 소수의 언어죠. 그러나 한글로 소설을 쓰는 모든 이들의 꿈은 언제나 컸습니다. 작은 언어, 작은 사유에 머물지 않았고, 인류애·자유·평등과 같은 높은 가치를 스토리로 구현해 내는 일을 멈추지 않았습니다. 그렇게 한국소설은 지구의 중심을 향해 한 발걸음씩 앞으로 나아갔습니다.

2024년 말 한국소설은 노벨문학상을 품어 안았습니다. 지구의 변방에서 중심을 향해 바짝 다가선 기쁨. 드디어 한국소설이 지구적 축제를 벌이고자 들떴던 그 순간, 비상계엄이라는 더 큰 정치적 사건이 축제의 열기를 싸늘하게 식혔습니다.

아~ 아쉬운 장면이었습니다. 한국소설의 업적과 잠재력,

다양한 작품 조명과 한국문학의 가능성에 관한 논의…. 한국소설에 대한 담론이 확산할 수 있는, 어쩌면 결정적인 순간에 문학을 논하기엔 너무도 엄혹한 쟁점이 나라를, 세계를 뒤덮어 버렸으니까요.

돌이켜보면, 한국문학에 어렵지 않은 시절은 없었습니다. 한국의 소설 시장은 번안 소설이 오히려 주류를 이루고, 독자들은 외국 스타 작가의 작품에 열광과 찬사를 보냅니다. 그에 비하면 한국소설에 대한 국내 독자들의 평은 야박하기까지 하지요. 이런 현실을 보며, 언어예술인 문학에서 세계 주류 언어로 꼽히는 서구 언어의 영향력에 짓눌려 있는 건 아닌가 하는 '삐딱한' 생각도 가끔 해보았습니다.

그럼에도 불구하고, 우리는 한글로 소설을 씁니다. 한국소설가에게 한글은 결코 소수의 언어, 작은 글이 아닙니다. 매일 갈고, 닦고, 경작하여도 결코 그 끝에 도달할 수 없는 광활한 대지입니다. 한국소설의 저변은 매우 넓고 두텁습니다. 소설가로 이름을 크게 떨치지 못해도, 소설을 발표하는 지면이 나날이 줄고 있어도, 매일 영육靈肉을 바쳐 소설 창작에 몰두하는 적잖은 소설가들이 존재합니다.

한국의 근현대 100년사를 살펴보면 망국, 한민족 디아스포라, 동족상잔, 남북 분단, 쿠데타, 민주화, 산업화 등 질풍노도가 끊이지 않았습니다. 역설적이게도 세계사에서 유례가 없는 이런 신산辛酸한 역사는 문학의 토양이 되었습니다. 한국의 역동성은 앞으로도 두고두고 문학에 반영될 것입니다.

문학평론가 김윤식 교수는 "한국문학은 다국적 시대에 새로운 문학적 가치를 창출해야 한다"면서 "한국소설가들은 세계를 향해 담대한 기상을 갖고 창작하기를 바란다"고 갈파한 바 있습니다. 한국의 특수성이 세계의 보편성과 접촉하기를 바라는 소망이겠지요.

K-팝, K-영화, K-드라마, K-뷰티…. 언젠가부터 세계인에게 K는 새롭고, 재미있고, 혁신적인 콘텐츠를 상징하는 기호가 되고 있습니다. 한국소설, K-노블도 언제든 출격할 준비가 되어 있습니다. 소설 동인 '큰글KNGL, K-Novel Global Literature'의 첫 소설집이 한국소설의 새로운 지평선을 넓히는 출발점이 되기를 '타는 목마름'으로 갈망합니다.

소설 동인_큰글KNGL, K-Novel Global Literature
권지예 고승철 김용희 양선희
윤순례 윤혜령 임현석 황주리

제1회 소설 동인_큰글_소설집
개와 고양이의 생각

1판 1쇄 인쇄 2025년 7월 10일
1판 1쇄 발행 2025년 7월 17일

지은이 권지예 고승철 김용희 양선희 윤순례 윤혜령 임현석 황주리
펴낸이 김병우
펴낸곳 생각의창
주소 서울 서대문구 거북골로 120, 204-1202
등록 2020년 4월 1일 제2020-000044호

전화 031)947-8505
팩스 031)947-8506
이메일 saengchang@naver.com

ISBN 979-11-93748-05-3 (03810)

ⓒ 권지예 고승철 김용희 양선희 윤순례 윤혜령 임현석 황주리, 2025

- 잘못 만들어진 책은 구입하신 서점에서 바꾸어드립니다.
- 책값은 표지 뒷면에 표시되어 있습니다.
- 이 책은 저작권법에 의해 보호를 받는 저작물이므로 무단 전재와 복제를 금합니다.